grafit

Chemnitzer Str. 31, D-44139 Dortmund
Internet: http://www.grafit.de
E-Mail: info@grafit.de

Umschlaggestaltung: Peter Bucker
Umschlagfoto: Anna Jongen / buchcover.com
Druck und Bindearbeiten: CPI – Clausen & Bosse, Leck
ISBN 978-3-89425-359-2
1. 2. 3. 4. 5. / 2011 2010 2009

Gabriella Wollenhaupt

Grappas Gespür für Schnee

Kriminalroman

grafit

Die Autorin

Gabriella Wollenhaupt, Jahrgang 1952, arbeitet als Fernsehredakteurin in Dortmund. Sie mag Bierstadt, feinsinnige Politiker und deftige Geschichten.

Als Kriminalschriftstellerin debütierte sie im Frühjahr 1993 mit *Grappas Versuchung*. Seitdem ist die rothaarige Reporterin Maria Grappa mit der spitzen Zunge aus der deutschen Krimilandschaft nicht mehr wegzudenken: *Grappas Gespür für Schnee* ist der neunzehnte *Grappa*-Krimi.

Doch Gabriella Wollenhaupt setzt sich nicht nur mit der Gegenwart ironisch auseinander. Der Roman *Leichentuch und Lumpengeld* (Grafit 2008) spielt im Vormärz und steht den anderen Büchern der Autorin in Sachen Witz und Schlagfertigkeit in nichts nach.

www.gabriella-wollenhaupt.de

Personen

Enno Barth .... möchte mitmischen

Waltraut Becker .... trägt Trauer

Anton Brinkhoff .... bekommt einen Ausweis

Jessica Brühl .... spürt nichts mehr

Lady Cora .... lässt spüren

Erwin Dibill .... mischt mit

Aldwin von Elberberg .... will groß rauskommen

Rudi Gies .... mobbt die Falschen

Milva Grandi .... haut richtig drauf

Maria Grappa .... pflegt ihr Gespür

Max Grubermeier .... gewinnt Boden

Simon Harras .... mag es bunt

Peter Jansen .... verhindert Schlimmes

Friedemann Kleist .... hat alles im Blick

Mobby Madig .... zieht die falschen Fäden

Jakob Nagel .... zieht sich zurück

Wayne Pöppelbaum ....macht gerne mit

Sarah, Stella, Susi ....mögen's heiß

Anneliese Schmitz .... will wieder kuppeln

Frauen standen unbeweglich da, alle mit dunklen Schleiern um Haupt, Stirn und Nacken, schwarze Spitzenlarven über dem Antlitz, aber sonst völlig nackt. Fridolins Augen irrten durstig von üppigen zu schlanken, von zarten zu prangend erblühten Gestalten; – und dass jede dieser Unverhüllten doch ein Geheimnis blieb und aus den schwarzen Masken als unlöslichste Rätsel große Augen zu ihm herüberstrahlten, das wandelte ihm die unsägliche Lust des Schauens in eine fast unerträgliche Qual des Verlangens. Doch wie ihm erging es wohl auch den andern. Die ersten entzückten Atemzüge wandelten sich zu Seufzern, die nach einem tiefen Weh klangen; irgendwo entrang sich ein Schrei; – und plötzlich, als wären sie gejagt, stürzten sie alle, nicht mehr in ihren Mönchskutten, sondern in festlichen weißen, gelben, blauen, roten Kavalierstrachten aus dem dämmerigen Saal zu den Frauen hin, wo ein tolles, beinahe böses Lachen sie empfing …

Arthur Schnitzler, Traumnovelle

Luxusorgie von ›Château Events‹

Edle Schlossparty-Events à la *Eyes Wide Shut* mit edlem Publikum in edlem Ambiente. Unsere ausgesuchten Gäste schätzen diese Exklusivität und wissen, dass alles Gute seinen Preis hat.

Wir leben in einem Zeitalter, in dem die Menschen, insbesondere Liebespartner immer weniger miteinander sprechen, sich von ihren intimen Wünschen erzählen.

Wir existieren in einer schnelllebigen Zeit, die es uns oft nicht gestattet, uns zurückzulehnen und über das ICH bzw. WIR nachzudenken. Und hier möchten wir in Ihr Leben treten. *Château Events* als Ausgleich, als Oase, ja sogar teilweise als Beziehungsretter.

Wir führen die Geschichte von Stanley Kubricks erfolgreichem Film *Eyes Wide Shut* fort.

Sei ein Teil davon … erlebe den Zauber, die Erotik, die Mystik.

Warum fremdgehen und mit schlechtem Gewissen leben, wenn man seine erotischen Träume gemeinsam mit seinem Partner ausleben kann?

Stellen Sie sich vor, welch neuartige Gefühle geweckt werden, wenn Sie merken, wie Ihr Partner auch von anderen begehrt wird!

Ein weiterer Anspruch von *Château Events* ist, die durch eine überreizte pornografische Welle in den Medien verloren gegangene Erotik zurückzuholen in den Alltag von langjährigen Liebesbeziehungen.

Das Mysterium Erotik mit all seinen Facetten ausleben (…). Fantasie, intensiver Blickkontakt, das Kribbeln, Gänsehaut. Heiße Berührungen intensiv genießen …

Gefunden im Internet

Gerüchte, die man ernten will, muss man säen

Die einzige Droge, der ich zuweilen nicht widerstehen kann, ist Wein. Trockener Wein. Nicht geschüttelt, nicht gerührt, einfach in ein schönes Glas geschenkt.

Ich rauche nicht, nicht mal Nikotin; ich ziehe keine Linien und werfe mir keine Pillen mit dubiosen Inhaltsstoffen ein. Ich schnüffle nicht an Farbverdünnern und knuspere keine Haschischplätzchen. Was Drogen angeht, bin ich einfach eine total langweilige Person.

Ich weiß gar nicht mehr, wann das Gerücht erblühte: Oberbürgermeister Jakob Nagel wurde verdächtigt, Kokain zu nehmen.

»Kannst du dir so was vorstellen? Nagel ein Kokser?«, fragte mein Chef Peter Jansen eines Tages. Es war noch vor der Redaktionskonferenz, die jeden Morgen im Verlagshaus des *Bierstädter Tageblattes* stattfand.

»Ich bin mir sehr sicher, dass unser Stadtoberhaupt niemals Kokain genommen hat«, beantwortete ich Jansens Frage. »Und weißt du, warum?«

»Sag's mir!«

»Kokain macht die Menschen jovial, zugänglich und charmant. Hast du Nagel jemals so erlebt?«

Jansen kratzte sich am Kinn. »Wenn du mich so fragst – nein!«

»Eben«, grinste ich. »Aber ich gehe der Sache natürlich nach. Böse Schlagzeilen sind immer gut fürs Blatt. Vielleicht hat die Droge bei unserem Oberbürgermeister ja eine ganz andere Wirkung. Vielleicht regt sie nur seine Intelligenz an oder stellt ihn ruhig. Von wem hast du das eigentlich, dass Nagel kokst?«

»Von Mobby Madig. Aber unter dem Siegel tiefster Verschwiegenheit«, antwortete mein Chef. »Du kennst das ja – kleiner Tipp auf dem Herrenklo.«

»Sicher. Journalisten einen streng vertraulichen Tipp zu geben, das macht Sinn. In unserem Beruf sind wir ja zum Schweigen verpflichtet. Der Madig ist ein elender Intrigant.«

Jansen lachte. »Klar. Aber wenn was dran ist, hätten wir einen wunderbaren Skandal.«

Das war wohl wahr. Schnee im Rathaus – eine tolle Story. Doch Madig war ein dubioser Typ. Er hatte zwar nur die Intelligenz eines Toastbrots, aber er hatte es weit gebracht. Als Vorsitzender der SPD im Ruhrgebiet war er ein mächtiger Mann.

»Ich gehe keinem Skandal aus dem Weg. Wo soll ich anfangen?«

»Keine Ahnung«, meinte Jansen. »Stell einfach die falschen Fragen zur richtigen Zeit oder die richtigen Fragen zur falschen Zeit. Schüttle alles durch und guck, was dabei rauskommt. Wie immer.«

»Du hältst mich für eine Dilettantin, die ihre Erfolge nur glücklichen Umständen zu verdanken hat? Herzlichen Dank!« Ich war eingeschnappt.

»Aber Grappa-Baby! Wohl mit dem falschen Bein zuerst aus dem Bett gehüpft, was? Oder hattest du Stress mit deinem neuen Freund?« Er schaute mich neugierig-amüsiert an.

»Welcher Freund?« Ich machte ein unschuldiges Gesicht.

Jansens Grinsen wurde tiefer. »Tu doch nicht so …«

»Keine Ahnung, was du meinst. Und sowieso – wir müssen jetzt los«, änderte ich das Thema. »Die Konferenz beginnt gleich.«

»Ohne mich fangen die nicht an«, lachte er und stiefelte los. »Ich bin nämlich der Chef.«

Einige Kolleginnen und Kollegen warteten schon, andere waren zu Terminen ausgeflogen. Jansen und ich gehörten seit Jahren zum Stammpersonal des *Bierstädter Tageblattes.* Sportreporter Simon Harras, die drei Sekretärinnen Susi, Sarah und Stella waren auch schon einige Jahre dabei. Unser fester freier Fotograf und Kameramann saß betont lässig und verkehrt herum auf einem Stuhl. Er hatte die Arme auf die Lehne gestützt, das linke Auge zugekniffen und betrachtete die Sekretärinnen abwechselnd mit einem abwartenden Gesichtsausdruck. Wayne Pöppelbaum, der Bluthund. Er schnappte draußen nach aufregenden Motiven, um sie anschließend der Redaktion zu apportieren.

Die Runde vervollständigten einige frische Volontäre sowie die Feuilleton-Redakteurin Margarete Wurbel-Simonis. Und Rudi Gies. Der sollte sich um die Kommunalpolitik in der Stadt kümmern. Die nächste Kommunalwahl stand im Sommer an. Experten erwarteten, dass die CDU die Macht übernehmen würde.

Der Verleger des *Tageblattes* hatte Gies über Peter Jansens Kopf hinweg eingestellt, was der Stimmung zwischen den beiden nicht sehr förderlich war.

Gies schlug heute vor, eine Serie mit dem prickelnden Namen ›Wahlprüfsteine‹ ins Blatt zu heben. Jansen bat ihn, den Begriff mit Leben zu erfüllen.

Es kam das Übliche. Thematische Schwerpunkte zu den wichtigsten Problemen der Stadt setzen und die Kandidaten für das Amt des Oberbürgermeisters dazu befragen.

»Könnte das nicht ein bisschen öde wirken?«, mischte ich mich ein. »Was die SPD sagt, kennen wir schon durch Nagel. Der Typ von der CDU ist ein unbeschriebenes Blatt und wird sich alles von seiner Partei einflüstern lassen. Die Grünen haben zugunsten der SPD auf einen eigenen Kandidaten verzichtet und die FDP fährt im Schlepptau der CDU.«

»Das ist mir alles nicht fremd, Frau Kollegin.« Gies schaute unerfreut. Er war um die sechzig und hatte eine rote Nase mit geplatzten Äderchen. »Aber es muss doch möglich sein, dieser Zeitung ein etwas gehobenes politisches Profil zu verleihen. Nur mit Polizei- und Skandalgeschichten kommen wir langfristig nicht über die Runden.«

»Überlegungen zur Ausrichtung der Zeitung überlassen Sie bitte mir, Herr Gies. Erstellen Sie ein schriftliches Konzept zu Ihrem Vorschlag und legen Sie es mir vor. Bitte bis morgen früh«, gab ihm Jansen eins drüber.

»Grappas Skandalgeschichten werden wenigstens gelesen«, gab Simon Harras von sich. »Die Leserbriefe, Anrufe und Mails beweisen es.«

»Es reicht jetzt«, sagte Jansen. »Kommen wir zum Tagesgeschäft.«

Er verteilte die Termine, die an dem Montag noch besetzt werden mussten. Margarete Wurbel-Simonis sollte eine Schulklasse bei einer Museumsführung begleiten und bekam dafür sechzig Zeilen auf der fünften Lokalseite. Polit-Gies wurde zum traditionellen Kartoffelsuppe-Essen der Gewerkschaft *ver.di* geschickt und Harras sollte das Training unseres Fußball-Bundesligisten beobachten.

Zurück in meinem Büro wählte ich die Nummer von Nagels Büro. Der Oberbürgermeister habe auswärtige Verpflichtungen wahrzunehmen und sei nicht erreichbar, so seine Sekretärin.

»Aber er meldet sich heute Mittag bei mir – um was geht es denn?«

»Nichts Wichtiges. Fragen Sie ihn einfach nur, ob er kokainsüchtig ist«, hörte ich mich sagen.

»Bitte?«

»Nur ein Scherz.«

»Ach, so.« Sie atmete tief durch. »Was soll ich ihm also ausrichten?«

»Ich hätte gern einen Gesprächstermin bei Herrn Nagel. Unter vier Augen. Wir gehen einem Gerücht nach, das in der Stadt verbreitet wird.«

Sie versprach, mir ein Date mit ihrem Chef zu verschaffen.

Gar nicht so schlecht, diese Methode, dachte ich. Ich setze einfach das Zauberwort *Kokain* in die politische Landschaft und lasse es keimen wie eine Bohne in nasser Watte. Wenn wirklich etwas dran ist an der Sache, werden die Reaktionen schon kommen. Also gleich das nächste Böhnchen pflanzen. Bei Madig. Natürlich würde ich Jansen nicht reinreiten.

Ich hatte Glück, der Parteichef hielt sich in seinem Büro auf. »Sie müssen mir helfen! Im Rathaus kursieren wilde Gerüchte«, begann ich. »Und ich dachte, wenn einer was weiß, dann sind Sie es, Herr Madig.«

»Was für Gerüchte?«, brummte er.

»Schreckliche Beschuldigungen gegen unseren Oberbürgermeister«, antwortete ich. »Er soll drogenabhängig sein. Sie sind doch häufig mit Herrn Nagel zusammen – können Sie sich so etwas vorstellen?«

»Absolut bösartige Behauptungen!«, polterte er los. »Der politische Gegner schreckt vor nichts zurück. Ich hoffe, Sie schreiben nichts darüber.«

»Ich sammle nur Informationen. Darum wende ich mich ja an Sie.«

»Das sind Diffamierungen der übelsten Art. Den Genossen Nagel mit Kokain in Verbindung zu bringen, ist absolut verwerflich.«

Aha. Er war auf den alten Krimi-Trick reingefallen. Ich hatte nur von Drogen gesprochen und nicht von Kokain. Oder hatte er das Kokain absichtlich erwähnt, um sich als voll informiert hervorzutun? Oder wollte er eine Gegenfalle stellen und jetzt mich aushorchen? Egal.

Ich bohrte weiter. »Ich kann Sie zitieren? Nagels Weste ist weiß wie Schnee?«

»Sie wollen ja doch etwas schreiben!« Seine Stimme wurde laut und abweisend.

Darauf ging ich nicht ein. »Fällt Ihnen noch jemand ein, der das bestätigen könnte?«

»Da können Sie fragen, wen Sie wollen. Wenn sich so üble Vorwürfe verbreiten, werden die Menschen in der Umgebung unseres geschätzten Oberbürgermeisters schwer geschockt sein«, sagte Madig. »Von den Dezernenten bis zur Pförtnerriege in der Bürgerhalle.«

»Schön, dass Sie Herrn Nagel so verteidigen«, flötete ich. »Aber Sie verstehen sicher, dass solchen Gerüchten nachgegangen werden muss. Wer möchte schon, dass unser schönes Bierstadt von einem Drogenabhängigen regiert wird?«

Natürlich hatte Madig nun Verständnis für meine Arbeit. »Wir machen ja alle nur unseren Job«, meinte er.

Zufrieden legte ich den Telefonhörer auf. Gar nicht schlecht für den Anfang. Ich hatte die Lunte an ein Fass gelegt, von dem ich nicht wusste, was es enthielt.

Schnell informierte ich Jansen über die Gespräche.

Er grinste breit: »Die Lawine kommt in Bewegung.«

»Jetzt müssen wir nur noch aufpassen, dass nicht die Falschen im Schnee ersticken.«

»Ich baue auf dein Gespür für Schnee, Grappa.« Immer musste Jansen das letzte Wort haben.

In der Folge informierte ich mich genauer:

Kokain bewirkt im Zentralnervensystem eine Stimmungsaufhellung, Euphorie, ein Gefühl gesteigerter Leistungs-

fähigkeit und Aktivität sowie das Verschwinden von Hunger- und Müdigkeitsgefühlen. Durch die Störung der Gefühle für Hunger, Durst, Furcht, Schlaf und Wachen kann es zu starken Mangelerscheinungen in diesem Bereich kommen.
Regelmäßiger Konsum kann an den Körperreserven zehren. Massiver Schlafentzug aufgrund von Kokainkonsum kann zu paranoiden Halluzinationen, Verfolgungsängsten, zeitlicher und örtlicher Desorientierung, gesteigerter Nervosität und Aggressivität führen.

Es war inzwischen Nachmittag. Die Lektüre der Informationen über das Suchtmittel weckte in mir einen Heißhunger auf Mandelhörnchen.

Ich sah mich um. Polit-Gies hämmerte seinen Artikel ins System. Sarah und Susi räumten ihre Schreibtische auf. Frau Wurbel rührte Zucker in ihren Kräutertee. Simon war noch nicht von den Fußballern zurückgekehrt und Jansen hatte einen Termin beim Arzt.

Mein Magen knurrte. Die Bäckerei meines Vertrauens hatte noch geöffnet.

»Tach.«

»Tach auch.«

»Wie isses?«

»Muss! Wie imma?«, fragte Anneliese Schmitz.

»Vitalbrot und vier Brötchen für morgen«, gab ich zurück. Klar, dass sie nachfragen musste.

»Vier oder zwei?«, staunte sie.

»Vier.«

»Kommt wer?«

»Könnte sein«, antwortete ich mit neutraler Miene.

»Und wer?«

»Liebe Frau Schmitz«, seufzte ich. »Die Kavalierin genießt und schweigt.«

»Dann isses der Mann von neulich«, strahlte sie. »Der hat auch vier Brötchen gekauft.«

»Viele Männer kaufen vier Brötchen«, meinte ich.

»Der aber nicht«, beharrte die Bäckerin. »Den Mann, den ich meine, kenne ich aus der Zeitung. Von einem Foto. Und wissen Sie was, Frau Grappa?«

»Nein, aber Sie sagen es mir ja bestimmt.«

»Er hat auch noch zwei Mandelhörnchen mitgenommen.«

»Na, und? Die Dinger sind halt Klasse.«

Anneliese Schmitz wandte sich ab. War sie verschnupft? Schweigend nahm sie das Brot vom Regal, schlug es in Papier ein und legte die vier Brötchen in eine Tüte.

»Fünf fünfzig, Frau Grappa.«

»Ohne Mandelhörnchen geh ich nicht, Frau Schmitz.«

»Normale Ration?«, fragte sie.

»Genau, zwei, wie imma.«

Sie tat die leckeren Dinger in eine zweite Tüte. »Dann sind es sechs siebzig.«

»Danke.« Ich packte den Einkauf und bezahlte.

»Unter dem Foto standen die Namen der Leute, die drauf waren«, grinste Frau Schmitz.

»Dann wissen Sie ja, wie der geheimnisvolle Mandelhörnchenkäufer heißt«, lächelte ich.

»Klar. Schöner Mann übrigens. Und so seriös. Nun sehen Sie mal zu, dass der ein bisschen länger bleibt als die anderen.«

Ich schluckte.

»Na ja, Sie sind ja jetzt auch schon älter, Frau Grappa. Da wächst sich vieles aus.«

Schön, dass mir die Bäckerin Hoffnung auf ein normales Leben gab. Im Auto ging das erste Mandelhörnchen den Weg alles Irdischen. Köstlich. Dabei malte ich mir das Leben aus, das mir die Bäckerin in Aussicht gestellt hatte: eine komische Alte in einem Haus mit Grasdach, im Vorgarten ein Rabe und im Hausflur der Rollator. Essen auf Rädern und eine Zusatzversicherung für den Zahnersatz. Das zeitgenössische Paradies.

Nein, protestierte die Jugend in mir. Du kochst viel zu gerne, um dir den durchgedrehten Fraß einer Großküche anzutun. Du hast noch alle Zähne. Du beißt ab und zu um dich und hinterlässt dabei Spuren. Dein Rabe beschützt dich. Die Nummer mit dem Rollator ist nichts als Koketterie.

Okay, dachte ich. Ab nach Hause, das muss gefeiert werden.

Der Pinot Grigio war kalt genug und wartete darauf, aufgeploppt zu werden.

Ich schenkte mir ein Glas ein. Sollte ich ihn anrufen? Seit Tagen war Funkstille zwischen uns. Nein, ich nicht zuerst.

Ich nahm einen Schluck. Meine Disziplin begann, sich zu verflüssigen.

Ich stellte den Fernseher an, um mich abzulenken.

Bauer sucht Frau – die Balzschau zwischen Schweinetrog und Gülle. Der hilfsbereite Hühnerwirt Hansi holt unter seiner Lieblingshenne Hildegard zwei Eier hervor. Traumfrau Elisabeth, eine schlecht frisierte Proll aus Wattenscheid, schreit: »Igitt, da ist ja Kacke dran!« Und packt die Koffer.

Die Moderatorin klärt auf und sagt, dass Elisabeth die Koffer gepackt hat. Elisabeth sagt in die Kamera, dass sie die Koffer gepackt hat. Dann der Auftritt des hilfsbereiten Hühnerwirts Hansi: Elisabeth hat die Koffer gepackt! Ich überlegte. Was war wohl mit diesen Koffern? Anscheinend hat Elisabeth sie gepackt.

Ich zappte weiter. Reklame. Ein dicklicher Engländer mit schiefen Zähnen schmachtet *Nessum Dorma.* Nichts wie weg.

Bei einem politischen Magazin hielt ich es eine Weile aus. Finanzkrise und Kinderarbeit in Kolumbien. Beim nächsten Sender geriet ich in die hundertzehnte Ausstrahlung der *Dornenvögel.*

Ich machte die Kiste aus und wandte mich dem Kriminalroman eines finnischen Autors zu. Er spielte in einem Sanatorium, in dem ein psychopathischer Mörder wütete. Der Winter war klirrend kalt, die Sonne ging nicht auf und der Irre hatte vor dem Meucheln die Heizung zerstört.

Es war kurz vor Mitternacht. Die Flasche Wein war leer und ich hundemüde. Ich prüfte mein Handy. Nein, er hatte mich nicht angerufen und auch keine Message geschickt. Warum meldete er sich nicht?

Ich schimpfte noch eine Weile mit ihm rum, dann mit mir und begann, an meiner geistigen Verfassung zu zweifeln. Mit Selbstgesprächen fängt es ja meistens an, bevor es in der Klapse endet.

Wie man einem in die Suppe spuckt

Nagel meldete sich am nächsten Morgen persönlich. Seine Sekretärin habe ihn über meinen Wunsch informiert. Doch für ein Treffen habe er keine Zeit.

»Nur fünf Minuten am Telefon sind drin«, meinte er.

»Was fällt Ihnen zu dem Begriff Kokain ein?«

»Kokain ist eine Droge. In Fachkreisen wird sie auch Schnee genannt«, kam es durch den Telefonhörer.

»Und was sagt Ihnen die Kombination zwischen Kokain und Rathaus?«

»Madig sollte lieber vorsichtig sein«, erwiderte Nagel hart.

»Sie wissen, was er rumerzählt?«

»Ich kenne alles, was meine politischen Gegner rumposaunen. Besonders die Dinge, die hinter vorgehaltener Hand erzählt werden.«

»Ihr Parteichef lanciert, dass im Rathaus gekokst wird. Und er lässt Sie dabei nicht aus. Koksen Sie?«

»Nein. Ich rauche nur ab und zu mal eine Pfeife. Tabak.«

»Was bezweckt Madig mit solchen Gerüchten?«

»Können Sie sich das nicht denken, Frau Grappa?«

»Die Kommunalwahl in einem halben Jahr. Will er Ihren Posten?«

»Vermutlich. Aber ich trete noch mal an. Das will er verhindern. Dafür habe ich ihm gezeigt, wer von uns im Moment noch den längeren Hebel hat.«

»Oh, oh, oh, Herr Nagel, ist das etwas für meine zarten Journalistinnenohren?«

»Sie setzen das schon richtig ein, Frau Grappa.«

»Und den längeren haben Sie? Sind Sie sich sicher?«

Er musste lachen. »Ich hab ihm den beruflichen Sarg zugenagelt. Karriereknick vom Feinsten.«

»Wieso? Hat er den Bombenjob bei den Stadtwerken nicht mehr? Viel Kohle und nichts zu tun.«

»Damit ist Schluss. Ich habe seine Abteilung wegrationalisiert«, gestand Nagel fröhlich. »Dabei habe ich meine Möglichkeiten als Vorsitzender des Aufsichtsrats schamlos ausgenutzt. Er hat nicht gemerkt, wie der Knoten sich festzog.«

»Muss er jetzt wieder den Strom ablesen?«, kicherte ich.

»Über Herrn Madigs künftige Verwendung hat der Vorstand noch nicht entschieden. Aber vielleicht verstehen Sie jetzt besser, warum er mich unmöglich machen will.«

»Kann er das schaffen?«, fragte ich.

»Immerhin bereiten die Grünen schon eine entsprechende Anfrage im Rat vor – so hörte ich. Tenor: Ob dem Oberbürgermeister bekannt sei, dass es in seiner unmittelbaren Umgebung Drogenmissbrauch gebe.«

»Madig schickt also die Grünen vor«, stellte ich fest. »Wird es zu einem offenen Schlagabtausch kommen?«

»Nein. Auf der letzten Klausurtagung hat mir Madig versichert, dass er voll hinter mir steht«, entgegnete der Oberbürgermeister trocken. »Sozialdemokratische Solidarität. Einer für alle, alle für einen. Schöne Sache, nicht?«

»Ja, mir kommen die Tränen. Und mehr ist da wirklich nicht dran?«

»Es gibt amtsinterne Untersuchungen«, antwortete Nagel. »Aber sie sind nicht gegen mich persönlich gerichtet. Ich bin sauber. Obwohl ich oftmals versucht war, mir Madig und diese wunderbare Partei schönzutrinken. Wenn Sie also Alkohol als Droge bezeichnen wollen ...«

»Sicher ist Alkohol eine Droge. Außer den trockenen Weinen aus Italien und Frankreich.«

»Ab und zu mal ein Grappa ist auch okay«, lachte Nagel.

Nach dieser Kurzlektion über Politik durch den OB rief ich bei den Grünen an. Fraktionssprecher Moritz Ritter-Mensch war gewillt, mit mir zu reden, aber nicht am Telefon. Er lud mich zu einem Kräutertee ins Fraktionsbüro.

Das Bierstädter Rathaus lag mitten in der Stadt – ein fast quadratischer Block aus rosa Stein. Eine breite Treppe führte in die Halle. Von dort aus konnte man in den Himmel sehen, denn das Dach war aus Glas. Neben dem Eingangsportal thronten die Pförtner und Pförtnerinnen. Sie gaben Auskünfte und hatten den Überblick, wer hier ein und aus ging.

In der ersten Etage hatte der Oberbürgermeister seine Büros – umzingelt von den Geschäftsräumen der Ratsfraktionen. Die Zimmer wurden ihnen entsprechend der Mitgliederzahl zugeteilt. Noch hatten die Sozialdemokraten die meisten Sitze im Stadtparlament, gefolgt von der CDU. Da die Sozis nicht allein regieren konnten, hatten sie eine Koalition mit den Grünen gebildet. Die FDP arbeitete mit der Bürgerliste zusammen. Dann gab es noch ein paar Ratsmitglieder, die den Linken und einer rechtsradikalen Splittergruppe angehörten, die mit viel Lärm um Aufmerksamkeit buhlte.

Zurzeit kämpften die Rechten gegen die Errichtung eines Minaretts im Bierstädter Norden. Die Typen nannten solche Gebäude ›orientalische Machtsymbolik‹ und verteufelten die Islamisierung.

Hinter der Informationstheke im Rathaus saß ein einzelner Mann – vertieft in eine Illustrierte.

»Kann ich Ihnen helfen?«, fragte er mich mit prüfendem Blick.

»Zu den Grünen. Ich kenne den Weg.«

Ich verschwendete keine Worte und nahm die Freitreppe nach oben.

Ritter-Mensch erwartete mich schon. Das Tee-Ei war auf den Grund der Kanne gesunken. Es duftete nach Pfefferminze.

»Mal ehrlich«, begann ich. »Warum lasst ihr euch von Madig gegen den OB aufhetzen? Habt ihr denn gar kein Rückgrat mehr?«

Ritter-Mensch nippte an seinem Tee. Dann lächelte er schräg. »Wer sagt denn so was?«

»Nagel.«

»Nagel spinnt. Der soll lieber mal seinen Laden in Ordnung halten.«

»Worauf spielst du an?«

Ich kannte Moritz Ritter-Mensch schon seit ein paar Jahren. Seine Frisur ähnelte der Haartracht des Struwwelpeters – auch die Farbe passte.

»Was ist da nebenan los?« Ich deutete mit dem Kinn in die Himmelsrichtung, in der die Büros des Oberbürgermeisters lagen.

»Na ja, das ist so ...«, dehnte der Grüne.

»Nun sag schon!«, drängelte ich.

»Es gibt im OB-Büro eine Frau. Die ist für die Repräsentationsaufgaben von Nagel zuständig. Also – Bewirtungskosten, Blumengebinde für Gesellschaften oder hundertjährige Geburtstage, Geschenke für offizielle Anlässe und so weiter. Die holt sich das Geld dafür direkt bei der Stadtkasse ab.«

»Na, und?«

»Im Büro gibt es auch einen Mann.«

»Ach was! Das ist ja ein Hammer!«, grinste ich. »Ein Mann!«

»Dieser Mann ist Mitglied bei den Grünen«, erklärte er. »Er ist ein Kollege von Frau Brühl.«

»Die Frau heißt Brühl?«

»Jessica Brühl. Und unser Mann hat sich gewundert, dass Frau Brühl auch dann Geld bei der Stadtkasse geholt hat, wenn sie krank oder in Urlaub war. Er hat sie darauf angesprochen.«

»Und was hat das Ganze mit Kokain zu tun?« Ich war leicht verwirrt.

»Warte ab. Der Kollege hat seine Beobachtung dem Rechnungsprüfungsamt gemeldet. Die haben erste Ermittlungen aufgenommen. Frau Brühl wurde befragt.«

Moritz schenkte mir eine weitere Tasse Tee ein.

»Sie ist zusammengebrochen und hat gestanden, Bewilligungen und Belege gefälscht zu haben. Sie sei kokainsüchtig und habe das Geld gebraucht, um das Zeug zu kaufen.«

»Hat denn niemand die Geldgeschäfte kontrolliert?«, fragte ich.

»Offenbar nicht. Sonst wäre es ja aufgefallen.«

»Und um wie viel tausend Euro geht es da?«, fragte ich.

Ritter-Mensch grinste. »Keine Ahnung! Die Rechnungsprüfer untersuchen die Sache noch. Und die Brühl ist seit einer Woche beurlaubt.«

Mehr wusste er nicht – auch nicht, ob die Polizei eingeschaltet worden war. Immerhin hatte ich den Namen der Frau erfahren. Ihre Adresse herauszubekommen, würde kein Problem sein.

Fliegen lügen nicht

Jessica Brühl wohnte im Westen der Stadt. Das Mehrfamilienhaus war ein dunkelgraues, renovierungsbedürftiges Ungetüm. Vor dem Gebäude gab es immerhin einen schmalen Streifen Grün mit abgeblühten Beetrosen.

Der Eingang befand sich seitlich am Haus. Ich betrachtete die Namensschilder. Jessica Brühls Klingel war die unterste in der linken Leiste, also Erdgeschoss. Entschlossen betätigte ich den Klingelknopf.

Nichts geschah. Hatte die Polizei sie abgeholt?

Ein städtisches Müllfahrzeug näherte sich. Es war einer der Wagen, die das Altpapier einsammelten. Neben dem Eingang stand die Tonne mit dem blauen Deckel. Ich ging hin und öffnete ihn. Das Übliche: Prospekte, Anzeigenblätter, leere Briefumschläge. Manche waren an *Jessica Brühl* adressiert. Nichts von Interesse. Aber weiter unten! Da lagen zerrissene Seiten, die das Logo der Stadtverwaltung Bierstadt trugen. Ich öffnete meine Tasche, raffte so viel Papier zusammen, wie ich fassen konnte, und stopfte alles hinein.

Die Müllleute waren am Nebenhaus fertig und kamen näher. Ich ging zur Straße zurück und fixierte die Fassade. Unten links zwei Fenster, die zu Brühls Wohnung gehören mussten. Die Gardinen am rechten Fenster waren gelblich und versperrten den Blick ins Innere. Eine Topfpflanze schrie durch die Scheibe nach Wasser. Das Fenster daneben gehörte zum Schlafzimmer, denn ich konnte den oberen Teil eines dreitürigen Kleiderschrankes erkennen. Ich stieg über die Rosen und stellte mich auf die Zehenspitzen.

Nichts bewegte sich innen. Ich klopfte an die Scheibe. Ein Schleier stob auf. Schwarz mit einem grünmetallischen Leuchten darin. Fliegen! Viele Hunderte von ihnen klebten plötzlich am Glas des Fensters.

Erschrocken lief ich auf die Straße zurück – ahnend, was passiert sein musste.

Vielleicht ist es nicht sie, sondern nur ein Hund oder eine Katze, dachte ich. Also erst mal Ruhe bewahren.

Mein Handy lag inmitten der Papierfetzen. Ich kramte es hervor und wählte die Nummer von Friedemann Kleist. Seine Sekretärin meldete sich. Als sie meinen Namen hörte, wollte sie mich zur Pressestelle durchstellen. Kleist hatte sie gut erzogen.

Ich versuchte es mit der Handynummer.

»Guten Tag«, begrüßte er mich. »Wie schön, deine Stimme zu hören.«

»Gleichfalls. Es ist etwas passiert«, stammelte ich. »Ich glaube, dass ich gerade eine Leiche gefunden habe.«

»Du glaubst?«

Ich erklärte ihm die Situation. Dann rief ich Wayne Pöppelbaum an.

Eine halbe Stunde später rückte die Mordkommission in kleiner Besetzung an: ein Kriminalbeamter, den ich nicht kannte, und zwei Kriminaltechniker. Sie verschwanden im Haus. Kleist hatte sich nicht persönlich bemüht.

Endlich traf auch der Bluthund ein.

»Die beiden Fenster unten links«, sagte ich. »Das ist die Wohnung, um die es geht.«

Der Kripomann öffnete das Schlafzimmerfenster von innen.

»Igitt, wo kommen denn die Fliegen her?«, fragte Wayne entsetzt. »Und dieser eklige Geruch.«

»Leichengeruch«, stellte ich fest und hielt mir ein Taschentuch vor die Nase.

Autos bogen in die Straße ein. Die polizeiliche Verstärkung war da.

»Dein neuer Freund ist auch dabei«, stellte Pöppelbaum süffisant fest.

Ich verzog keine Miene, als Hauptkommissar Dr. Friedemann Kleist mit wehendem Mantel auf uns zukam.

»Lichte ihn ab, wenn er ins Haus geht«, raunte ich Wayne zu. »Und dann noch den Sarg mit der Leiche und gut is'.«

Pöppelbaum trollte sich.

»Hallo, Maria«, begrüßte mich Kleist. »Du hattest die richtige Nase. Es liegt wirklich eine Leiche in der Wohnung. Wahrscheinlich die Mieterin. Was weißt du über die Frau?«

»Das ist eine längere Geschichte.«

»Erzählst du sie mir, wenn ich meine Arbeit im Haus getan habe?«

»Ich muss zurück in die Redaktion«, behauptete ich. »Du kannst morgen alles Wissenswerte in der Zeitung lesen.«

»Muss ich dich wirklich offiziell vorladen?«, seufzte Kleist.

»Ja. Mit Unterschrift und Stempel bitte.«

»Geht es nicht etwas weniger zickig, Maria?« Sein Blick war genervt. »Ich würde mich jedenfalls freuen, wenn du warten könntest. Ich möchte mir nur kurz einen Überblick am Tatort verschaffen.«

Er wandte sich ab und ging zur Haustür, wo ihn einer seiner Kollegen in Empfang nahm.

Mistkerl, dachte ich. Aber warum war ich eigentlich so wütend? Wir hatten keine Beziehung vereinbart – dazu waren wir beide zu erfahren. Ich hatte den Männern doch eigentlich sowieso abgeschworen.

Eine Besonderheit hatte Kleist allerdings: Er nannte mich beim Vornamen. Alle Welt sagte ›Grappa‹ zu mir. Daran hatte ich mich gewöhnt. So fand ich es immer ein wenig merkwürdig, wenn Kleist ›Maria‹ zu mir sagte. Gleichzeitig gefiel es mir, vielleicht weil es mich weniger burschikos erscheinen ließ.

Ja, ich würde auf ihn warten. Pöppelbaum lauerte neben der Haustür. Genau passend, denn der Sarg wurde gerade ins Haus gebracht. Die Männer, die ihn schleppten, trugen Mundschutz.

Scheißjob, dachte ich. Den Zustand der Leiche mochte ich mir nicht vorstellen.

Brötchen und Politik

Meine ›Vernehmung‹ durch Kleist gestaltete sich dann doch noch recht angenehm. Wir verzogen uns ins Bistro der Bäckerei – an einen hinteren Tisch, der von der Straße aus nicht einzusehen war. Hier hatte ich auch einige Male mit Kleists Vorgänger, dem pensionierten Anton Brinkhoff, gesessen und einen Plausch gehalten.

Frau Schmitz schaute bedeutungsvoll, als Kleist und ich zusammen auftauchten.

»Da isser ja wieder«, raunte sie mir zu.

»Alles rein dienstlich«, gab ich zurück.

»Abba ganz bestimmt!« Ihr Lächeln war verschwörerisch. »Nett isser aber doch.«

Wir bestellten Kaffee, Tee und zwei belegte Baguettebrötchen. Außer uns waren zwei Männer in Arbeitsanzügen anwesend. Gegenüber der Bäckerei befand sich eine der vielen Baustellen, welche die Bierstädter U-Bahn unter die Erde bringen sollten.

Ich zögerte. Aber es half ja nichts. Ich musste ihn fragen. »Weiß man schon etwas über die Todesursache?«

Nachdenklich schaute er aus dem Fenster. Sein Gesicht wirkte völlig entspannt. Vermutlich kehrte das Bild des Totenzimmers zu ihm zurück. Als er dann den Blick auf mich richtete, hatten seine Augen einen seltsamen Ausdruck.

»Wir müssen die Obduktion abwarten. Die Veränderungen an ihrem Körper waren schon so weit fortgeschritten, dass wir nicht erkennen konnten, wie sie zu Tode kam. Ich vermute, sie wurde erwürgt.«

Wieder blickte er eine Weile aus dem Fenster. Dann fand er zu seiner normalen spröden Freundlichkeit zurück und lächelte. »Wie kam es dazu, dass du die Frau aufsuchen wolltest?«

Ich setzte Kleist ins Bild über alles, was ich von Jessica Brühl wusste.

Er telefonierte mit dem Betrugsdezernat und der Rauschgiftabteilung und erkundigte sich, ob dort etwas bekannt sei.

»Warum hat die Stadt keine Anzeige gegen die Frau erstattet?«, murmelte Kleist anschließend. »Unterschlagung von Geld und Drogenkonsum sind Offizialdelikte.«

»Die Rechnungsprüfer ermitteln intern«, antwortete ich. »Vielleicht wollten sie erst mal die genaue Summe feststellen.«

»Das können Polizisten und Staatsanwälte auch. Ziemlich ungewöhnlich. Herr Nagel wird sich ein paar unangenehme Fragen gefallen lassen müssen.«

»Die politischen Feinde in der eigenen Partei würden ihn am liebsten an die Wand pressen«, sagte ich. »Wer Madig zum Freund hat, braucht keine Feinde mehr. Er versucht, dem Oberbürgermeister ans Bein zu pinkeln. Aber er macht es nicht offen, sondern hetzt Pinscher auf, die er dann vorschickt.«

»Deine politische Analyse ist erfrischend, Maria. Ich habe mich vor vielen Jahren auch mal in der Politik getummelt.«

»Du? Dir fehlen doch die drei wichtigsten Charaktereigenschaften, die Politiker haben müssen«, rief ich. »Machtgier, Skrupellosigkeit und Intrigantentum.«

»Danke für die Blumen, Maria.« Er lächelte.

Er hatte so eine hübsche Falte auf der linken Wange. Ein warmes Gefühl stieg in mir auf. Fast hätte ich ihn gefragt, ob wir uns am Abend treffen könnten, doch ich drängte meinen Wunsch zurück.

»So, ich muss jetzt wirklich in die Redaktion.«

»Und ich ins Präsidium.«

Wir standen beide auf, bezahlten und verabschiedeten uns voneinander. Frau Schmitz hing mit dem Gesicht an der Scheibe und lächelte. Am liebsten hätte sie wohl mit einem weißen Taschentuch gewinkt.

Nicht alles, was rieselt, ist Schnee

Die Geschichte von den Koksgerüchten hatte an Gewicht gewonnen. Eine Leiche war an ihrem Rand aufgetaucht. Erwartungsgemäß war Jansen davon sehr angetan. »Schnee im Rathaus – und das im Frühjahr. Und auch noch kurz vor der Kommunalwahl. Haben wir die Sache exklusiv?«

»Das will ich doch hoffen«, entgegnete ich.

»Dann setz dich mal auf deinen Hosenboden und leg los, Grappa.«

»Die üblichen sechzig Zeilen auf der Eins?«

»Kann auch gerne mehr sein. Dann wandert die Kultur-Wurbel mit ihrem Bericht über die Event-Szene im Ruhrgebiet wieder auf die Fünf. Die hat mir doch wirklich hundert Zeilen aus dem Kreuz geleiert.«

»Altersmilde?«, grinste ich.

»Eher ein bisschen müde, immer die gleichen Sprüche zu hören. Dass die Kultur in dieser Zeitung am Abgrund steht und ich nichts dagegen tue und so weiter.«

»Sag ihr, dass sie einen Schritt nach vorn tun soll. Ist Pöppelbaum schon eingetrudelt?«

»Ja. Die Fotos sind auf deinem Rechner. Dein Freund ist bestens getroffen. Echt fotogen, der Typ. So eine Mischung aus James Bond, Albert Einstein und Alfred Biolek.«

»Den Biolek verbitte ich mir!«, muffelte ich.

»Ach ja, der ist ja schwul.«

»Nicht deshalb«, stellte ich klar. »Kleist kann nicht kochen.«

»Das kann Biolek auch nicht. Was glaubst du, warum er sich Gäste einlädt.«

»Darf ich jetzt arbeiten?«, fragte ich. »Oder gibt es noch weitere Kommentare zu meinem Privatleben? Oder sonst welche Themen, mit denen du dich als geistreich profilieren möchtest?«

Gab es nicht, also zog ich mich zurück. Neugierig sah ich mir zuerst die Fotos an. Friedemann Kleist machte wirklich eine gute Figur. Er besaß eine natürliche Eleganz, ohne affig oder manieriert zu wirken. Verdammt, ich dachte viel zu oft an ihn. Mir wurde warm. Erschrocken klickte ich die Fotos weg.

Zuerst einen Kaffee, damit du wieder runterkommst, Grappa, dachte ich. In der Küche gab es keinen einzigen sauberen Becher mehr. Ich suchte den heraus, der am wenigsten dunkle Spuren hatte, und weichte ihn ein. Auf einem Dessertteller hatte jemand Zigaretten ausgedrückt. Das Kaffeepulver würde gerade noch für einen Becher reichen, wenn ich Glück hatte.

Als ich die Küche verlassen wollte, stand plötzlich Rudi Gies vor mir. Seltsamerweise trug er einen hellen Trenchcoat. Er sah aus wie Hans Albers für Arme.

»Der Kaffee ist leider alle, Herr Kollege«, sagte ich.

»Ich hab Sie gesucht, Frau Kollegin«, teilte er mir mit. Seine rote Nase glühte.

»Ach ja? Kann ich was für Sie tun?«

»Ich wollte mich für meine Reaktion in der gestrigen Konferenz entschuldigen. Wissen Sie, es ist nicht einfach für mich, mich in das Team einzufinden. Ich hab zu lange als freier Journalist gearbeitet. Ohne Chef. Darum ist es ungewohnt für mich, Anweisungen entgegenzunehmen.«

»Aber unser Peter Jansen ist doch kein Einpeitscher«, wunderte ich mich.

Gies lächelte gequält. »Wir hatten einen schlechten Start, der Herr Jansen und ich. Ich bin ja sozusagen über seinen Kopf hinweg in die Redaktion gesetzt worden.«

»Ungewöhnlich war das allerdings. Wie kam es eigentlich dazu?«

Gies seufzte. Die Sache schien ihm peinlich zu sein. »Der Markt für freie Journalisten, die sich mit ernsthaften politischen Themen befassen, wird immer enger. Und mit bald sechzig Jahren sich auf andere Themen zu spezialisieren, ist geradezu unmöglich. Also habe ich einen alten Freund um Hilfe gebeten.«

»Und der alte Freund ist bestimmt unser Verleger«, lächelte ich. »Rotarier oder Lions?«

»Weder noch. Phönix-Forum.«

»Aha. Die schwerreichen Klugscheißer.«

»Das sehen Sie falsch, Frau Grappa. Das Phönix-Forum versucht, Anregungen zu geben, damit das Leben in dieser schönen Stadt mehr Qualität bekommt. Jemand muss sich ja kümmern.«

»Ich dachte, dafür wählen wir die Politiker«, entgegnete ich. »Phönix ist ein Zusammenschluss von konservativen Industriebossen, skrupellosen Managern und herzlosen Arbeitgebern.«

»Haben Sie wirklich den Eindruck, dass diese Stadt bei den Politikern in guten Händen ist?«

Nun seufzte ich. »Wo Sie recht haben, haben Sie recht, Herr Gies«, gab ich zu.

»Im Rathaus herrschen Zustände wie früher in Sodom und Gomorrha. Und an der Spitze steht dieser unfähige Nagel. Ein Oberbürgermeister, der seine Mannschaft nicht im Griff hat. Sie wissen doch von der Unterschlagungsaffäre?«

»Ja, ich recherchiere gerade. Aber woher wissen Sie davon?« Ich war erstaunt.

»Ich habe gute Kontakte ins Rathaus und zu den örtlichen Politikern. Wenn ich Ihnen behilflich sein kann, sagen Sie mir bitte Bescheid.«

»Danke, Herr Gies. Ich werde vielleicht darauf zurückkommen. Was hat Jansen eigentlich zu Ihrem Exposé der Wahlprüfsteine gesagt?«, fragte ich.

»Er hatte bisher keine Zeit, das Papier mit mir zu diskutieren.«

»Das wird er bestimmt noch. Herr Jansen ist fair. Überzeugen Sie ihn durch gute Arbeit. Ich werde Ihnen dabei behilflich sein, wenn ich kann.«

Rudi Gies lächelte wieder. Doch irgendwie gelangte das Lächeln nicht bis zu den Augen. Sein Blick wirkte abschätzig. Er überlegte und entschloss sich dann, weiterzureden. »Ein Detail möchte ich noch erwähnen, über die Unterschlagungen – man sagt, dass es eine ausdrückliche, wenngleich nur mündliche Anweisung an die Kasse gab: Den Forderungen von Frau Brühl sollte stets ohne Rückfrage Genüge getan werden.«

Das war mir neu. »Oha. Das ist ja wie eine Generalvollmacht. Da rieseln die Banknoten wie aus einer Quelle. Wenn das wirklich jemand so angeordnet hat, dann steht der jetzt aber im Regen. Wer war es denn?«

»Daran will sich niemand erinnern. Aber es könnte sich lohnen, da nachzubohren.« Damit drehte er sich weg, nicht ohne mir zuvor ein Auge zugekniffen zu haben. Er ging leicht gebeugt und schlurfte etwas. Komischer Typ, dachte ich.

Als er außer Sicht war, war mein Kaffee kalt. Ich stellte den Becher in die Mikrowelle, um die Brühe wieder auf Temperatur zu bringen. Irgendwie misstraute ich Gies. Ich musste mehr über den Kerl herausbekommen. Und dass er mit den Phönix-Typen verbandelt war, gefiel mir ganz und gar nicht.

In meiner Mailbox fand ich die Pressemitteilung von Polizei und Staatsanwaltschaft zum Tod von Jessica Brühl vor. Kleist hatte schnell gearbeitet. Ich überflog die Fakten.

Jessica Brühl war achtundvierzig Jahre alt geworden und von Verwandten identifiziert worden. Über Todesursache und Todeszeitpunkt gab es keine Angaben, die Obduktion war erst für den Abend angesetzt: *Die Leiche befand sich im Stadium fortgeschrittener Verwesung. Deshalb hat die Mordkommission einen forensischen Entomologen des Landeskriminalamtes um Amtshilfe gebeten.*

Interessant, dachte ich. Kriminalbiologie war zurzeit sehr modern. Jede Woche flimmerten einschlägige amerikanischen Serien auf den Mattscheiben – meistens waren es junge, schöne Frauen, die – durchgestylt wie Models – ihre Befriedigung darin fanden, in vergammeltem Fleisch herumzuwühlen. Keine von ihnen verzog jemals eine Miene wegen des Geruchs. Vermutlich waren sie alle bei Jack Klugman in die Schule gegangen, der mit *Quincy* die Welt auf das Thema Gerichtsmedizin vorbereitet hatte.

Durch die Entscheidung, einen Entomologen anzufordern, hatte Kleist die nationalen Medien aufgeschreckt. Ich musste aufpassen, dass mir niemand mein Revier streitig machte.

Eine Stunde später hatte ich meinen Artikel fertig. Er war betont sachlich gehalten und warf zum Schluss folgende Frage auf:

Ob Jessica B.s Tod etwas mit ihrer Stellung als Sachbearbeiterin im Büro des Oberbürgermeisters zu tun hat – darüber kann derzeit nur spekuliert werden. Es gibt amtsinterne Ermittlungen gegen die Tote. Sie wird verdächtigt, Geld unterschlagen zu haben, um ihre Kokainsucht zu finanzieren. Jessica B. war vor zwei Wochen vom Dienst suspendiert worden.

Jansen begutachtete den Artikel und hatte nichts auszusetzen. »Da kommt noch einiges auf uns zu«, prophezeite er. »Bierstadt wird nach der Kommunalwahl nicht mehr so sein, wie es mal war.«

»Wäre ja vielleicht gar nicht schlecht«, meinte ich. »Auch wenn die Alternative zum sozialdemokratischen Filz nicht sehr prickelnd ist. Und jetzt muss ich nach Hause – ich habe noch was vor.«

»Aha. Bekommst du Besuch?«

»Nein. Ich habe aus der Papiertonne der Brühl ein bisschen Altpapier mitgehen lassen – das schaue ich noch durch.«

»Bezahle ich dich nicht anständig? Musst du schon im Abfall wühlen?«

Ich zeigte ihm mein süßestes Lächeln. »Darüber reden wir ein andermal. Es handelte sich um eine haptische Recherche. Man gönnt sich ja sonst nix.«

Papier ist so geduldig wie das Fernsehen

Das Regionalmagazin des Fernsehens brachte am Abend einen kurzen Bericht über Jessica Brühls Tod. Die Staatsanwältin wurde im Blitzlichtgewitter interviewt, doch sie sagte nichts, was über den Inhalt der Pressemitteilung hinausging. Neben ihr stand Friedemann Kleist, doch er hielt sich im Hintergrund. Wieder grummelte es warm in meinem Magen.

Ich schaltete die Kiste ab, zog die Papierfetzen aus meiner Handtasche und verteilte sie auf dem Esstisch. Reklame und anderes sinnloses Zeug sortierte ich aus, Papiertaschentücher mit Blutflecken fasste ich mit einer Pinzette an und deponierte sie in einem Plastikbeutel. Jessica Brühl hatte wohl häufiger Nasenbluten gehabt – bei Koksern war das üblich, weil die Droge die Nasenscheidewände angriff.

Übrig blieben zerrissene Belege über Auszahlungen der Stadtkasse an das Amt des Oberbürgermeisters. Es waren erkennbar die Durchschriften für den Empfänger des Geldes. Nach einer Weile hatte ich einige der Zettel zusammengesetzt. Jetzt wurde es spannend. Es handelte sich um relativ kleine Summen: Unter einem Datum von vor drei Monaten gab es ein Hundert-Euro-Geldgeschenk an Hermine Klein, wohnhaft in einem städtischen Altenheim anlässlich ihres 102. Geburtstages. Oder an Adolf Möller, der es auf einhundert Jahre gebrachte hatte. Mehrere Belege über Auszahlungen für Bewirtungskosten und Blumengestecke. Alle Belege waren von der Stadtkasse ausgestellt worden und trugen die Unterschrift von Jessica Brühl als Empfängerin.

Ich schaute auf die Uhr. Egal. Ich suchte die Nummer heraus und rief das Altenheim an. Hermine Klein war vor vier Jahren gestorben. Aha. So ging das also.

Nun telefonierte ich mit Moritz Ritter-Mensch. Er hatte vom Tod der Sachbearbeiterin erfahren und zeigte sich geschockt.

»Wie sie gestorben ist, weiß doch noch niemand«, wandte ich ein. »Vielleicht war es ja ein natürlicher Tod. Oder er hängt mit ihrer Drogensucht zusammen. Ich frag mich nur, warum das im Amt nicht aufgefallen ist. Eine hochgradig drogensüchtige Frau als Geldbriefträgerin für den Oberbürgermeister! Sehr ungewöhnlich.«

»In der Tat. Die Stadtkasse hatte sogar Anweisung, die Brühl bevorzugt zu behandeln. Sie tauchte auf, sagte, wie viel sie wollte, bekam die Kohle und unterschrieb die Quittung.«

»Davon hab ich schon gehört. Doch das Geld kam nicht da an, wo es hinsollte«, meinte ich. »Auch wenn es sich um kleine Summen handelte.«

»Kleinvieh macht auch Mist. Und es ist wohl eine ganze Menge Kleinvieh. Die Rechnungsprüfer sichten angeblich Tausende von Vorgängen. Die Frau hat gut sieben Jahre bei der Stadt gearbeitet.«

Ich beschloss, ins Bett zu gehen, und lief ins Bad. Als ich nach der Zahnbürste griff, hörte ich mein Handy klingeln. Ich sprintete zurück ins Wohnzimmer, doch ich war zu langsam. Der Anrufer hatte die Nummernanzeige unterdrückt, aber auf die Mailbox gesprochen. Ich hörte die Nachricht ab, doch außer Atemgeräuschen war nichts zu vernehmen. Und verbrauchte Luft war schwer zuzuordnen.

Die anderen sind auch nicht schlecht

Am nächsten Morgen traf mich fast der Schlag. Im Großraumbüro lag die BILD-Zeitung anklagend auf einem Schreibtisch. *Sex und Koks im OB-Büro* – so stach mir die

Überschrift ins Auge. *Eine Exklusivreportage von Milva Grandi.*

Wer war Milva Grandi? Ich kannte alle Kolleginnen und Kollegen des Boulevardblattes vor Ort, doch dieser Name war mir noch nicht begegnet.

Ich las weiter:

Jessica B. kann nicht mehr auspacken. Die 48-Jährige wurde gestern tot in ihrer Wohnung gefunden. Mord oder Selbstmord? Die Polizei schweigt. Hauptkommissar Dr. Friedemann Kleist beschreibt den Anblick der Leiche so: »Sie war über und über mit Maden bedeckt und in der Wohnung herrschte ein bestialischer Gestank.«

Wer war Jessica B.? Sie arbeitete in direkter Nähe von Bierstadts Oberbürgermeister Jakob Nagel (SPD), offiziell als ›Sachbearbeiterin‹. Doch welche ›Sachen‹ hat die Tote bearbeitet? BILD weiß aus sicherer Quelle: Jessica B. hatte weiter reichende Vollmachten als ihre Kollegen. Sie war die Geldbeschafferin des Oberbürgermeisters. Immer, wenn Jakob Nagel Bares brauchte, lief Jessica B. zur Stadtkasse und kassierte. Mal große, mal kleine Summen. Belege? Fehlanzeige! Die Staatsanwaltschaft überprüft jetzt Tausende von Geldabholungen.

BILD weiß auch: Jessica B. hat Kokain konsumiert. Und nicht immer allein. Auf dem Handy der Toten wurden Fotos von geheimen Sex- und Schneepartys im Rathaus gefunden.

BILD fragt: Hat der Tod der ›Sachbearbeiterin‹ mit diesen Vorgängen zu tun? Wer wollte Jessica B. zum Schweigen bringen?

Oberbürgermeister Nagel, der die Kokser kennen müsste, hüllt sich in Schweigen. Parteichef Mobby Madig (SPD) dagegen verlangt eine rückhaltlose Aufklärung des Skandals.

BILD fordert: Herr Nagel, machen Sie reinen Tisch oder treten Sie zurück!

Milva Grandi hatte ihren Artikel mit Fotos aufgehübscht. Friedemann Kleist im Porträt. Die Unterzeile: *Kann er den Sumpf im Rathaus trockenlegen?*

Ein weiteres Foto zeigte Madig: *SPD-Parteichef fordert konsequente Aufklärung.* Auch einen Nagel-Schnappschuss hatte sich Grandi nicht verkniffen: *Nahm OB Nagel an geheimen Drogen- und Sexpartys teil?*

Ich ließ die Zeitung sinken. Die Grandi hatte nicht schlecht recherchiert und ihre Zeilen so formuliert, dass man ihr juristisch nicht beikommen konnte.

»Hallo, Grappa.« Jansen stand vor mir. »Ich sehe, du hast die Konkurrenz schon gelesen. Frau Grandi weiß offenbar mehr als du.«

»Abwarten«, meinte ich reserviert. »Wer zuletzt lacht ... Und so weiter.«

»Komisch ist das doch!« Er schaute mich direkt an. »Du findest die Leiche und du hast eine Affäre mit dem Chefermittler. Also beste Voraussetzungen für eine heiße Story. Warum hat die BILD dann die bessere Geschichte?«

»Ich horche meine Freunde nicht aus«, sagte ich lahm. »Und die Leiche hab ich zwar entdeckt, aber nie gesehen. Und darüber bin ich sogar froh. Und jetzt hör auf, meine Arbeit an der BILD-Zeitung zu messen.«

»Grappa! Es geht nicht um den Schreibstil! Woher weiß die Frau das mit den Fotos auf dem Handy? Von deinem Freund vielleicht?«

»Frag sie doch selbst«, blaffte ich. »Kleist hat es ihr nicht erzählt – da bin ich mir sicher. Vielleicht hat sie andere Kontakte ins Präsidium. Ich werde mich heute um die Obduktionsergebnisse kümmern und mit dem Kriminalbiologen reden.«

»Dann pass auf, dass die Grandi nicht wieder schneller ist als du«, sagte mein Chef.

Meine Laune war am Boden. Jansens Kritik hatte mich gekränkt. Ich gab zu, dass Grandis Artikel munter und frech geschrieben war und für Aufsehen sorgen würde. Drogen- und Sexpartys – festgehalten auf einem Foto-Handy.

Ich rief Kleist an. »Gibt es dieses Handy wirklich, von dem die BILD-Tussi geschrieben hat?«

»Ja.«

»Und woher weiß die das?«, fragte ich leicht angesäuert.

»Maria, ich habe keine Ahnung.«

»Ich hab mich jedenfalls schwarz geärgert. Du scheinst eine undichte Stelle in deiner Truppe zu haben. Was ist auf den Bildern zu sehen?«

»Das kann ich dir nicht sagen. Das weißt du doch!«

»Herzlichen Dank, Herr Dr. Kleist«, schnippte ich. »Dann werde ich mal die Pressestelle anrufen.«

»Manchmal steht dir dein Sarkasmus nicht. Ich bedaure sehr, dass Frau Grandi nicht zurückhaltender war.«

Ich atmete durch. »Du kennst die Frau?«

»Ich kenne alle Journalisten, die sich mit Mordfällen befassen.«

»Aha. Und wie gut kennst du diese spezielle Journalistin?«

Er lachte. »Nicht so gut wie dich. Bist du etwa eifersüchtig?«

»Eifersucht? Was ist das?«

»Ein unschönes und zerstörerisches Gefühl«, antwortete er. »Wollen wir heute Abend zusammen essen? Ich bestelle einen Tisch und hole dich ab.«

Ich grummelte vor mich hin. Vielleicht machte ich den Job schon zu lange, um ihn gut zu machen. War mein Elan verbraucht? Sah ich den Wald vor lauter Bäumen nicht mehr?

Auf dem Weg zur Kaffeeküche bemerkte ich Simon Harras, der in der Raucherklause stand. Der Verlag hatte im Flur einen Glaskäfig aufstellen lassen, der über ein Absaugrohr entlüftet wurde. Leider nur unzureichend. Der Qualm zog trotzdem durch den Gang. Es roch wie im Raucherraum des Betriebsrestaurants von Reemtsma.

Harras drückte die Kippe aus und folgte mir in die Küche. Sein Pullover war mal wieder waffenscheinpflichtig: ein unglaublich wirres Gemenge von Farben und Formen.

»Wie isses?«, fragte er.

Jetzt imitierte er auch noch die Bäckerin!

»Muss.«

I Stay In Love ... Aus dem Radio triefte der Song von Mariah Carey.

»Mach dir nichts draus«, meinte er.

»Wovon redest du?«

»Milva Grandi. Die Neue bei der BILD.«

»Keine Sorge, meine Leiche lebt noch«, meinte ich. »Und ein blindes Huhn wie Frau Grandi findet auch mal ein Korn.«

»Klasse, dass du es so locker siehst«, grinste er. »Nur die Harten kommen in den Garten.«

»Ich bin Profi.«

Der Kaffee schmeckte bitter. Ich hatte ihn zu stark aufgebrüht.

»Wenn du mal reden willst, sag Bescheid«, bot Simon an. »Ich hab immer ein Ohr für dich.«

Verbreitete ich eine so schwache Aura, dass der im Ernst meinte, ich müsste mich an seiner Schulter ausweinen? Wütend goss ich den ungenießbaren Kaffee in den Ausguss und ließ Simon stehen. Aber meine Tür schloss ich lautlos.

Eine Fliege kommt selten allein

Das Gespräch mit dem Kriminalbiologen brachte mich auf andere Gedanken, obwohl es letztendlich nur ein telefonischer Grundkurs über den Lebenszyklus der Schmeißfliege war. Seine Ergebnisse wollte mir der Mann nicht verraten. Er verwies darauf, dass die Staatsanwaltschaft gerade dabei war, seine Stellungnahme zu veröffentlichen. Und wirklich erhielt ich eine Stunde später eine E-Mail. Das wichtigste Resultat: Jessica Brühl war vor etwa zwei Wochen erwürgt worden. Der Kriminalbiologe hatte den Todeszeitpunkt trotz des Zustandes der Leiche einigermaßen genau bestimmen können.

Auszüge aus seinem Gutachten waren der Pressemitteilung beigefügt. Mir war bis dahin nicht klar gewesen, wie schnell sich Insekten auf totem Fleisch niederließen.

Schmeißfliegen sind die ersten. Sie legen ihre Eier schon fünfzehn Minuten nach dem Tod – bevorzugt an feuchten und dunklen Stellen wie Mund und Nase. Die Maden können bei warmer Witterung innerhalb eines Tages schlüpfen. Sie häuten sich zweimal, entleeren ihren Darm und verpuppen sich danach zum sogenannten ›Tönnchen‹, in dessen Innerem sich die Fliege entwickelt. Die Tönnchen-Haut reißt später auf und die neue Schmeißfliege krabbelt heraus.

Bei der Berechnung eines Todeszeitpunktes spielen natürlich die Außentemperatur und andere Umweltbedingungen eine Rolle. Je wärmer es ist, desto schneller verläuft der Zyklus.

Eine Haaranalyse der Toten bestätigte außerdem den Kokainverdacht. Die Staatsanwaltschaft teilte mit, dass die einschlägig bekannten Drogendealer überprüft würden. Aber kein Wort von dem Handy mit den belastenden Fotos.

Jansen hatte fünfzig Zeilen auf der Eins vorgesehen. Ich hatte keine Lust, sie zu schreiben. Doch ich riss mich zusammen.

JESSICA B. ERDROSSELT – POLIZEI ÜBERPRÜFT DROGENSZENE

Die 48-jährige Sachbearbeiterin aus dem Oberbürgermeisteramt ist ermordet worden. Die Gerichtsmediziner konnten trotz der weit fortgeschrittenen Verwesung der Leiche Strangulationsspuren feststellen. Eine Haaranalyse hat außerdem ergeben, dass die Tote kokainabhängig war. Das war schon im Zusammenhang mit den Ermittlungen der Staatsanwaltschaft um die unterschlagenen Gelder vermutet worden. Jessica B. galt als ›Geldbotin‹ des Bierstädter Oberbürgermeisters. Jede Summe, die sie von der Stadtkasse forderte, wurde ihr ausgehändigt. Die genaue Summe der veruntreuten Gelder wird zurzeit ermittelt.

Die Polizei knöpft sich jetzt die Drogenszene vor und ist auf der Suche nach B.s Dealern. Die Ermittlungen betreffen zudem politische Kreise. Das Gerücht von Drogen- und Sexpartys im Bierstädter Rathaus macht die Runde. Und viele Bürgerinnen und Bürger unserer Stadt fragen sich: Was hat Oberbürgermeister Jakob Nagel mit all dem zu tun? Wusste er von den Unterschlagungen? War er selbst Teilnehmer der Partys im Rathaus?

In einem zusätzlichen Artikel informierte ich die Leser über die Arbeit des Kriminalbiologen. Die Schilderung der Entstehung von Schmeißfliegen in einer menschlichen Leiche würde manchem Abonnenten des *Bierstädter Tageblattes* beim Frühstück den Magen umdrehen.

Man muss nicht fliegen, um nach oben zu kommen

Der Fahrstuhl brachte uns innerhalb von einer Minute auf einhundertsiebenunddreißig Meter. Das Restaurant *Florian* im Bierstädter Fernsehturm war nach Renovierungsarbeiten vor Kurzem wiedereröffnet worden. Nun funktionierte auch die Mechanik wieder, die das Restaurant um die eigene Achse drehte. Ein neuer Küchenchef hatte das *Florian* von einer Familiengaststätte zu einem gefeierten Etablissement hochgekocht.

»Weißt du, Maria«, erklärte Friedemann Kleist, »als Bierstädter Neubürger wollte ich diese Stadt schon eine ganze Weile mal von oben besehen. Wer etwas von oben betrachtet, kann sich dazu in Beziehung setzen.«

»Wo wohnst du eigentlich zurzeit?«, fragte ich.

»Meine letzte Herberge war schrecklich«, antwortete er. »Ich bin jetzt wieder im Hotel – bis ich etwas Passendes gefunden habe.«

»Du Armer!«, lächelte ich.

»Ich bin ja kaum in meiner Unterkunft«, entgegnete er. »Die meiste Zeit verbringe ich im Büro.«

»Ist das ein Leben?«, fragte ich.

»Nein.« Friedemann Kleist atmete tief durch. »Es ist nur ein vorübergehendes Leben … Oder: eine vorübergehende Existenz.«

»Möchtest du etwas dagegen tun?«, fragte ich.

Der Kellner fragte nach unseren Wünschen. Die Auswahl war wirklich exquisit. Ich wählte die Hasen-Terrine mit Rucola-Salat als Vorspeise und danach Heidschnucke mit Spinat-Strudel und feinen Gemüsen.

Kleist entschied sich für Pot au feu vom Kaninchen mit Salbei und dann für einen Lammrücken.

»Was meinst du mit vorübergehender Existenz?«, griff ich seinen Satz auf.

»Ich weiß nicht, wie lange ich in dieser Stadt bleiben werde«, antwortete er.

»Du bist noch gar nicht richtig angekommen«, sagte ich mit belegter Stimme.

Das Restaurant war gut gefüllt. Am Tisch neben uns hielten ein junger dunkelhaariger Mann arabischen Aussehens und eine blonde junge Frau im Cocktailkleid Händchen. Sie war sehr hübsch und hielt den Kopf auf eine besondere, attraktive Weise. Etwas schräg und gesenkt.

»Escort-Service«, flüsterte Friedemann Kleist.

»Wieso?«

»Ich sehe das einfach«, antwortete er. »In den ganz frühen Tagen meiner Polizeiarbeit war ich bei der Sitte. Das ist aber schon lange her.«

Ich beäugte die Frau. Sie war hübsch und konnte mit Messer und Gabel umgehen. Mit gespitzten Ohren versuchte ich, etwas von dem Gespräch der beiden mitzubekommen. Er berichtete von seinem Beruf, der mit Technik zu tun haben musste, und sie zeigte in die Richtung, in der sie wohnte.

Es dunkelte schon. In der Stadt unter uns wurden nach und nach Lichter eingeschaltet.

Die Aperitifs wurden gebracht. Kein Alkohol für Kleist, wie immer. Aber bei mir durfte ordentlich was drin sein.

»Der Cocktail heißt *Erinnerung an einen Tag in den Tropen*«, erklärte der Kellner, »und er besteht aus Lime Liqueur, Batida de Coco, Kiwilikör, Ananassaft und Pfefferminzsirup.«

Das Zeug sah hübsch aus, duftete hervorragend und war mit einer roten Kirsche plus frischer Minze garniert. Ich nahm einen kräftigen Schluck. Sogleich zog Wärme in mir hoch. Ich entspannte mich.

Der Kellner verschwand und gab den Blick auf den Eingang frei, der ungefähr alle zwanzig Minuten an uns vorbeizog. Die Tür öffnete sich und zwei Personen betraten das Restaurant.

»So ein Zufall«, seufzte ich. »Da denkt man an nichts Böses und dann das.«

»Du kennst sie ja doch«, stellte Kleist fest, der in die gleiche Richtung schaute.

»Sie?« Jetzt war ich verwirrt. »Ich meine den Mann. Rudi Gies. Ein Kollege vom *Tageblatt.*«

»Und ich meine die Frau«, lächelte er. »Milva Grandi.«

»Bitte?«

Rudi Gies hatte mich entdeckt und grüßte. Ich nickte kurz und musterte die Frau. Das war sie also! Mitte dreißig, vollschlank, viel schwarzes Haar und schillernd bunt gekleidet wie ein Knallbonbon kurz vor dem Platzen. Die Brüste waren auf Krawall geschnürt und die Stiefel gingen ihr bis weit über die Knie. Das Parfum war Marke *Hirnhammer.* Neben ihr wirkte Rudi Gies wie die Sparausgabe von Rumpelstilzchen.

Milva Grandi hatte uns ebenfalls entdeckt. Doch sie grüßte nicht dezent, sondern kam direkt auf uns zu.

»Dr. Kleist«, strahlte sie. »Welch ein Zufall! Da treffen wir uns schon zum zweiten Mal heute. Beim dritten Mal müssen Sie einen ausgeben!«

Kleist reichte ihr die Hand. »Vor der Presse ist man aber auch nirgends sicher.«

Grandi musterte mich neugierig. Ich machte keinerlei Anstalten, mich vorzustellen. Leider wusste Kleist, was sich gehörte, und nannte meinen Namen.

»Sie sind Frau Grappa?« Sie lachte. Es klang, als würde sich eine Katze erbrechen.

»Sie arbeiten an denselben Fällen wie ich«, stellte sie fest.

»Eher umgekehrt. Aber wir werden uns schon nicht ins Gehege kommen. Das *Tageblatt* hat mit dem Machwerk, für das Sie schreiben, nicht viel gemein.«

»Die Arroganz der langweiligen Abo-Presse«, grinste sie. »War trotzdem nett, Sie mal zu treffen, Frau Grappa. Und die Zusammenarbeit mit Ihnen, Herr Dr. Kleist, ist ja immer angenehm.«

Damit stiefelte sie davon. Gies folgte ihr.

»Musste das sein?«, seufzte Kleist.

»Sie wird schon keinen Selbstmord begehen«, entgegnete ich und trank den Cocktail aus. »Interessant, dass ihr euch schon zum zweiten Mal an diesem Tag trefft.«

»Sie hat mich um ein Hintergrundgespräch gebeten. Ich habe sie natürlich an die Pressestelle verwiesen«, entgegnete Kleist lächelnd. »Doch dann stand sie plötzlich in meinem Büro.«

»Und deine Sekretärin hatte nicht den Mut, die Tussi rauszuwerfen?«

»Frau Schnippig war wohl gerade eine Zigarette rauchen. Wie viel kostbare Arbeitszeit durch dieses Nichtraucherschutzgesetz verloren geht!«

»Wie bist du die Grandi wieder losgeworden?«

»Wir haben eine Tasse Kaffee getrunken und sie erzählte mir von ihrem aufregenden Leben als BILD-Reporterin«, berichtete Kleist. »Tod, Titten und Termine. Und das war es schon.«

»Was hat sie wohl mit Gies zu besprechen?«

»Die Neugier ist bestimmt wechselseitig. Die fragen sich sicher auch, was wir zwei zu bereden haben«, sagte Kleist.

Der Kellner servierte die Vorspeisen. Dazu wählte ich einen südafrikanischen Sauvignon blanc.

Doch ich konnte mich nicht auf das Essen konzentrieren.

Gies und Grandi hatten sich in Sichtweite niedergelassen. Beide warfen uns genauso neugierige Blicke zu wie ich ihnen. Nur Kleist war die Ruhe selbst. Bedächtig löffelte er seine Suppe und genoss die großartige Aussicht.

Inzwischen war es ganz dunkel geworden. Die Aussicht auf die Stadt mit den vielen Lichtern war sensationell. Nur das Areal, auf dem der Phönix-See geplant wurde, war lichtfrei und wirkte wie ein großes schwarzes Loch.

»Warum sind wir eigentlich heute Abend hier?«, fragte ich.

»Vertrauensbildende Maßnahme.« Kleist lächelte und nahm meine Hand.

»Haben wir die nötig?« Ich zog die Hand weg.

»Du bist so reserviert in den letzten Wochen.«

»Du irrst«, entgegnete ich. »Du hast kein Vertrauen zu mir. Sonst würdest du mir bei meiner Arbeit helfen. So, wie es Brinkhoff auch getan hat, als er noch Leiter der Mordkommission war.«

»Du suchst den Kontakt zu mir, damit ich dir Informationen gebe, die ich dir offiziell nicht geben darf?«

Ich schüttelte den Kopf. Der Sauvignon blanc war sehr fruchtig und aromatisch. »Brinkhoff kam damit gut klar«, meinte ich. »Und er war ein genauso korrekter Beamter wie du.«

»Hattest du mit Brinkhoff denn auch eine Affäre?«

»Hatte ich nicht«, sagte ich wahrheitsgemäß. »Und wir? Haben wir denn eine Affäre? Oder ist es beendet?«

Das Paar nebenan füßelte unter dem Tisch. Der Mann und die Dame von Escort-Service waren sich wohl handelseinig geworden. Ungeduldig verlangte er die Rechnung.

»Ich weiß manchmal nicht, wie ich mit dir umgehen soll«, sagte Kleist. Es klang verletzt.

Beobachteten Rudi Gies und Milva Grandi uns immer noch? Ich warf einen verstohlenen Blick zu den beiden, doch sie waren in ein lebhaftes Gespräch vertieft. Der Araber und die Escort-Blondine verließen das Restaurant.

»Lass uns alles vergessen, was gewesen ist«, schlug ich vor. »Es war ja kaum was und was Tiefes sowieso nicht und außerdem und so weiter ...«

»Du hast dich auch schon mal präziser ausgedrückt«, grinste Kleist.

Ich trank das Glas Wein zu schnell aus. »Würdest du nur noch eine Frage beantworten?« Die Endungen der Worte machten mir leichte Schwierigkeiten.

»Gerne. Wenn ich kann.«

»Wer ist auf den Fotos zu sehen? Wer war bei den Drogenpartys im Rathaus dabei?«

Kleist wirkte ein wenig pikiert. »Wenn ich dir das sage, widerspricht das meiner beruflichen Ethik.«

»Lass gut sein«, sagte ich leise. »Ich bekomme es auch ohne dich heraus.«

In der Nacht wurde ich von merkwürdigen Träumen geplagt. Ich sah Oberbürgermeister Nagel und Milva Grandi zusammen in einem Whirlpool – sie amüsierten sich prächtig und gossen sich gegenseitig Champagner auf Haare und Brüste und in sich hinein. Kleist und Brinkhoff steckten in blauen Uniformen und bemühten sich, Mobby Madig daran zu hindern, ins Wasser zu springen. Der Parteichef brüllte wild herum. Ich sah dem Treiben von oben zu – schwebte unter der Decke – und musste ständig dumm kichern. Plötzlich zog Madig eine Pistole und schoss mich ab. Ich plumpste in den Pool. Der OB war verschwunden und ich war mit Milva Grandi allein im Wasser. Musik ertönte. Eine Mischung aus *Spiel mir das Lied vom Tod* und dem Soundtrack von *Das Schweigen der Lämmer.* Die Grandi kam auf mich zu und versuchte, meinen Kopf unter Wasser zu drücken.

Ich verlor den Halt, rutschte aus und bekam keine Luft mehr.

Schreiend schnellte ich hoch. Ich war außer Atem. Das Nachthemd war hochgerutscht und hatte sich um meinen Hals gewickelt.

Ein superstarker Kaffee brachte mich wieder in die Welt zurück. Ich dachte an den vorigen Abend. Kleist hatte mich zu Hause abgesetzt und war sofort wieder gefahren. Das war es dann wohl, dachte ich. In Zukunft würde ich Job und Privates besser voneinander trennen.

Eine Stunde später saß ich in der Redaktion. Als Erstes schnappte ich mir die BILD-Zeitung. Verdammt! Milva Grandi war es gelungen, ein Foto von Jessica Brühl zu beschaffen.

Doch so sah keine Frau aus, die achtundvierzig Jahre alt war! Ich las die Bildunterzeile: *Mordopfer Jessica B. – ein Privatfoto aus besseren Tagen.*

Die Abgebildete hatte einen unschuldigen Blick und eine dieser grauenhaften Fönfrisuren, die in den Siebzigerjahren die meisten Frauenköpfe zierten. Der Artikel unter dem Bild enthielt nicht viel Neues – Grandi hatte sich in der Drogenszene der Stadt umgetan und nach Jessica Brühl gefragt. Doch keiner der Junkies konnte sich an sie erinnern.

Kein Wunder, dachte ich. Kokain war die Droge für gehobene Süchtige. Die hingen nicht in Parks oder auf dem Straßenstrich ab, sondern gingen auf Partys, um Linien zu ziehen.

Wie auch immer: Milva Grandi versuchte – genau wie ich –, die Geschichte ›auf kleiner Flamme am Köcheln zu halten‹.

Ich legte die BILD beiseite, setzte mich in meiner Einzelzelle an den Rechner und überprüfte die Eingänge in meiner Mailbox.

Sie enthielt mehrere Nachrichten von Pressestellen und Veranstaltern. Und natürlich jede Menge Spams. Eine der Nachrichten hatte keinen Betreff und stammte von *hans.meier@email.de.* Ich kannte niemanden mit diesem Namen, öffnete die Mail aber trotzdem. Sie enthielt keine Anrede und keine Visitenkarte. Im Textfeld war nur *Zur Kenntnis* zu lesen. Doch im Anhang entdeckte ich viele Bilddateien. Ich klickte ein paar an.

Zunächst war ich verwirrt. Dann dämmerte mir, was darauf zu sehen war: Menschen, die feierten, miteinander vögelten und Drogen nahmen.

Die Bilder waren nicht von guter Qualität. Das sind die Handyfotos von Jessica Brühl, vermutete ich. Doch wer hatte sie mir geschickt und warum? Wer war *Hans Meier?*

Jansen schaute zur Tür herein. Ich rief ihn an den Rechner: »Guck dir das mal an!«

Kurz darauf pfiff er durch die Zähne. »Grappa! Das ist der Hammer! Die Drogenpartys im Rathaus! Es gibt sie also wirklich! Erkennst du jemanden auf den Fotos?«

Plötzlich stand Rudi Gies hinter uns und starrte interessiert auf meinen Bildschirm. Schnell drückte ich auf die Austaste des Monitors.

»Hallo, Herr Kollege«, sagte ich. »Hatten Sie noch einen schönen Abend gestern?«

»Ja. Ich hoffe, Sie auch. Der Ausblick da oben lohnt sich ja.«

»Grüße an Frau Grandi, wenn Sie ihr das nächste Mal begegnen«, lächelte ich.

»Frau Grandi?«, fragte Jansen.

Ich erklärte die Zusammenhänge.

»Ich kenne Frau Grandi aus früheren Tagen«, stotterte Gies. »Gemeinsame Jahre bei der BILD. Und vor Kurzem haben wir uns hier in Bierstadt zufällig wiedergetroffen.«

Mit einem bedauernden Blick auf den schwarzen Monitor stapfte er hinaus.

Ich schaltete das Gerät wieder ein. Jansen und ich wandten uns erneut der Mail und den Bildern zu.

»Der Name Hans Meier klingt unglaublich authentisch«, meinte er.

Ich ergänzte: »Einem Hermann Schulz hätte ich bedingungslos geglaubt.«

Jansen witterte eine Spur: »Über die IP-Nummer des Computers bekommen wir den Absender heraus.«

»Fällt das nicht unter Datenschutz?«, fragte ich.

»Polizei und Staatsanwaltschaft können die Herausgabe erzwingen«, antwortete er.

»Eben«, nickte ich. »Du möchtest doch bestimmt nicht, dass die ermittelnden Behörden erfahren, dass wir über diese Fotos verfügen.«

»Du hast es erfasst, Grappa-Baby.« Jansen lachte überlegen. »Aber du hast ja einen schlauen Chef, der seine Kontakte hat. Obwohl er nicht mehr jeden Tag auf aktuellen Journalismus macht.«

»Du kriegst den Absender raus?«

»Wetten, dass?«

»Und wie viele Jahre dauert das?«

»Na, ja … in einer halben Stunde müsste ich wissen, wem der Rechner gehört.« Damit verzog er sich.

Ich speicherte die Bilddateien im Bildarchiv des Redaktionssystems und guckte dann genauer hin. Die Fotos waren unscharf, aber vielsagend. Wenn Jessica Brühl diese Aufnahmen gemacht hatte, war das Motiv für ihre Ermordung offensichtlich.

Zunächst musste ich mich vergewissern, dass die Aufnahmen wirklich im Rathaus entstanden waren. Ich betrachtete die sichtbare Inneneinrichtung. Büromöbel, die überall hätten stehen können. Kaffeemaschine, Flipchart, Aktenordner und jede Menge Sekt-, Wein- und Bierflaschen.

Doch da waren auch Fenster. Sie gaben den Blick auf Bierstadt frei. Ich identifizierte die Kirche, die vom Rathaus aus gut zu sehen war, das Versicherungsgebäude und das alte Ziegelsteinhaus aus der Wilhelminischen Zeit, in dem früher mal die Stadtverwaltung und ein paar Ämter untergebracht waren.

Ja, die Fotos waren im Rathaus aufgenommen worden. Nun musterte ich die Personen. Junge Frauen, leicht bekleidet und in eindeutigen Posen. Männer in verrutschten Anzügen, fettes Lachen im Gesicht und Alkoholblick. Auf einem Bild war im Hintergrund ein junger Mann zu sehen, der mit einem aufgerollten Geldschein weißes Pulver aufnahm. Wer das war, konnte man freilich nicht erkennen. Von der Mehrheitspartei identifizierte ich Parteichef Mobby Madig, den SPD-Fraktionsvorsitzenden Erwin Debill und zwei Dezernenten – Enno Barth und Max Grubermeier. Der eine war für Kultur und Sport zuständig, der andere für Stadtplanung und Bauen. Aber auch CDU-Politiker hatten sich unter die Gäste gemischt – zum Beispiel der Fraktionschef und ein paar Hinterbänkler, deren Namen ich mir nie merken konnte.

Ich kopierte Ausschnitte und vergrößerte die Gesichter. Männer und Frauen getrennt. Bei einem Bild stutzte ich. Diese Blondine da, die hatte ich doch schon mal gesehen …, aber wo … und wann? Ich grübelte eine Weile. Dann wusste ich: Es war vor ganz kurzer Zeit gewesen – die junge Frau hatte gestern im Fernsehturm-Restaurant am Nebentisch gesessen. Es war jene, von der Kleist angenommen hatte, dass sie für einen Escort-Service arbeitete!

Persönlichkeitsschutz ist nicht Personenschutz

Ich griff zum Telefon und ließ mir den Geschäftsführer des Fernsehturm-Restaurants ans andere Ende der Leitung holen.

»Hier Grappa vom *Bierstädter Tageblatt*«, begann ich. »Ich habe gestern Abend mit einem Bekannten bei Ihnen köstlich gespeist – es war wirklich hervorragend und ich werde Sie weiterempfehlen. Leider hat mein Freund versehentlich den Seidenschal eines anderen Gastes in seinem Mantelärmel gefunden. Vermutlich gehörte er dem jungen Mann am Nebentisch. Er und seine Begleitung sind vor uns gegangen. Haben Sie eine Idee, wie ich dem Herrn den Schal zurückgeben kann?«

»An welchem unserer Tische haben Sie gesessen?«, fragte der Mann.

»An dem mit der besten Aussicht«, witzelte ich. »Der Tisch war vorbestellt – auf den Namen Kleist.«

»Moment, ich schaue in die Liste.«

Ich wartete. Im Hintergrund Geschirrklappern und leise Musik.

»Sie hatten Tisch drei«, meldete er sich wieder. »Tisch vier war nicht belegt zu dieser Zeit, also muss es Tisch zwei gewesen sein. Ja, für Tisch zwei gab es eine Reservierung. Zwei Personen. Auf den Namen Abdallah al-Murad.«

»Und wie kann ich Herrn Murad den Schal zukommen lassen?«

»Eine Adresse habe ich nicht, aber er hat eine Telefonnummer angegeben.« Er zögerte. »Aber ich weiß nicht, ob ich die so ohne Weiteres herausgeben darf.«

»Das müssen Sie entscheiden. Wie hat der Herr denn bezahlt?«

»Kreditkarte. Eine Bank in Kuwait. Die Karte ist auf seine Firma ausgestellt. Würde es Ihnen genügen, wenn ich Ihnen den Namen der Firma sage?«

Klar würde es das. Ich vernahm den Namen eines großen Bauunternehmens, das auch in Bierstadt eine Niederlassung hatte.

Ja, da war es plötzlich wieder – dieses Kribbeln im Bauch. Mein Jagdinstinkt war voll da. Milva Grandi, du Hühnchen, ich komme! Und zwar gewaltig!

Den zweiten Treffer an diesem Tag landete wenig später Peter Jansen. Er hatte tatsächlich herausbekommen, von welchem Rechner aus die Partyfotos an mich geschickt worden waren.

»Und? Wem gehört das Teil?«, fragte ich neugierig.

»Der Rechner steht im Bierstädter Polizeipräsidium«, verkündete mein Chef. »Ist das nicht merkwürdig?«

Mir fehlten die Worte. Gab es die undichte Stelle bei der Kripo wirklich? Und ein neuer Verdacht keimte in mir: Hatte vielleicht Kleist mir die Fotos geschickt nach unserer Unstimmigkeit vom Vorabend? Wenn ich ihn fragen würde und er es nicht war, würde er alles daransetzen, die undichte Stelle in seiner Behörde zu finden. Vielleicht könnte mir aber gerade diese undichte Stelle in Zukunft noch sehr nützlich sein. Also lieber schweigen.

Ich machte mich an die Arbeit und haute in die Tasten.

SEX UND DROGEN IM BIERSTÄDTER RATHAUS – FOTOS BEWEISEN: ALLE MACHTEN MIT UND ALLE HIELTEN DICHT

Ein Exklusivbericht von unserer Reporterin Maria Grappa.

Nein. Alle nicht. Oberbürgermeister Nagel war auf den Bildern nicht zu sehen. Ich verbesserte: ›fast alle‹.

Wird unsere Stadt von einem Haufen drogenkranker Politiker regiert? Wer finanzierte die Kokain- und Sexpartys im Rathaus? Warum musste die Frau sterben, die seit Jahren Gelder aus der Stadtkasse unterschlug?

Dem *Bierstädter Tageblatt* liegt eine Reihe von Fotos vor, die das Schlimmste bestätigen: Parteipolitiker, Dezernenten und Ratsmitglieder ließen es so richtig krachen. Leichte Mädchen und harte Drogen – das war das parteiübergreifende Feierabendvergnügen unserer gewählten Volksvertreter. Die Fotoserie zeigt unter anderem: Geschlechtsverkehr auf Schreibtischen, Oralverkehr vor dem Kopierer und Politiker, die Linien ziehen.

Musste Jessica B. (48) sterben, weil sie auspacken wollte? Die Mitarbeiterin im Büro des Oberbürgermeisters war beurlaubt worden, weil sie Hunderttausende von Euro aus der Stadtkasse unterschlagen haben soll. Dienstag wurde ihre stark verweste Leiche gefunden. Wurde sie getötet, weil sie mit ihrem Handy von den Sexpartys im Rathaus Fotos gemacht hatte? Diese aussagekräftigen Bilder liegen dem *Tageblatt* vor. Aus Gründen des Persönlichkeitsschutzes werden keine Namen veröffentlicht und die Gesichter unkenntlich gemacht.

Jansen kicherte bei der Lektüre meines Berichtes. »Persönlichkeitsschutz ist gut, Grappa. Jeder, der nicht völlig Banane ist, kann sich vorstellen, wer alles dabei war. Also pixeln wir Madig und Genossen. Und der CDU-Fuzzi ist ja ohnehin an den Manschettenknöpfen und dem Ehrenring der Stadt zu erkennen. Guck mal!«

Der Mann, der die Nase in eine Linie weißen Pulvers steckte, hatte sich mit einer Hand abgestützt. Auf dem Manschettenknopf prangte unübersehbar das CDU-Logo und am fleischigen Ringfinger leuchtete der blausteinige Ehrenring.

»Stimmt«, grinste ich. »Und guck mal, Madig beherrscht den Büro-Klassiker offensichtlich ganz gut.«

Mobby Madig, der Parteichef der Sozialdemokraten, beugte sich mit angestrengter Miene über eine junge Frau, die bäuchlings auf dem Schreibtisch lag.

»Und da lernt der Erwin Kopieren«, kommentierte ich weiter. »Früher hat er den Strom bei den Stadtwerken abgelesen. Welch ein Aufstieg durch Parteibuchs Gnaden! Ob die Frau ihm das Gerät vorher erklärt hat?«

Fraktionschef Debill stand an einen Kopierautomaten gelehnt – vor sich eine leicht bekleidete Frau auf Knien. Sie war nur von hinten zu sehen. Er hatte beide Hände an ihren Kopf gelegt.

»Debill hat nichts gegen die Frauenbewegung … wenn sie nur rhythmisch genug ist«, lästerte Jansen. »Die beiden Dezernenten sind richtig peinlich.«

Enno Barth und Max Grubermeier hatten eine ›Dame‹ auf den Kopierer gesetzt, auf den Start-Knopf gedrückt und hielten nun die Kopie in die Kamera.

»Mein Gott, Grappa, und ich dachte immer, dass Bierstadt ein beschauliches Pflaster ist.«

»Daran arbeiten wir doch«, stellte ich fest. »Und jetzt muss ich an die frische Luft. Oder brauchst du mich noch?«

»Mach dir einen gemütlichen Abend«, nickte mein Chef. »Ich bearbeite noch die Gesichter bis zur Unkenntlichkeit und geh dann auch nach Hause. Der Tag morgen wird nicht einfach!«

Auf dem Weg nach Hause kehrte ich noch kurz beim Pizza-Service meines Vertrauens ein und ließ mir eine *Quattro stagioni* einpacken. Ich freute mich auf mein Haus, den wilden Garten, der dringend gepflegt werden musste, und eine kühle Flasche Wein.

Heute Abend wollte ich nicht mehr gestört werden. Ich nahm Pizza, Glas und Wein und verzog mich ins Freie. Hier würde ich kein Telefon hören. Mein Handy steckte in den Tiefen meiner Handtasche und die befand sich im Flur.

Der zweite Stuhl am gelben Tisch war leer. Vor einigen Wochen hatte ich noch mit Kleist hier gesessen. Schade, dass mein Beruf mich zwang, ihn um Informationen anzugehen, und seiner ihm verbot, sie mir zu geben. Womöglich machten unsere Berufe eine wirkliche Beziehung unmöglich. Aber vielleicht fehlte uns auch nur der Wille und ein großes Stück Mut.

Eskorte ohne Motorrad

Auf dem Weg zur Redaktion hielt ich an einem Kiosk und kaufte die BILD-Zeitung. Milva Grandi hatte wieder zugeschlagen.

ICH SAH SIE KOMMEN UND GEHEN –
RATHAUSPFÖRTNER WOTAN B. PACKT AUS

Ich nahm das Blatt und steuerte meine Lieblingsbäckerei an.

Anneliese Schmitz war in die Lektüre des *Tageblattes* vertieft, legte die Zeitung aber sofort weg, als ich den Laden betrat.

»Frau Grappa!«, strahlte die Bäckerin. »Wie isses?«

»Muss. Und selbst?«

»Muss. Ihr Artikel heute ist Klasse. Da ham Sie ja wieda was aufgedeckt.«

Ich lachte. »Ich mache nur meinen Job, Frau Schmitz.«

»Boah! Das ist alles nicht wahr!« Sie hatte das *Tageblatt* wieder in der Hand. »Diese Schmierlappen im Rathaus. Und für so was zahl ich Gewerbesteuer. Wer hat denn die arme Frau erwürgt? Die mit den Fliegen?«

»Wenn ich das wüsste, Frau Schmitz.«

»Na, ja, dann kriegen Sie es raus«, gab sie mir den Auftrag. »Und? Was darf es heute sein? Wie imma?«

»Wie imma!«

Sie stellte mir einen Riesenpott Kaffee hin und schnitt ein Brötchen auf.

»Schinken und Gurke?«

»So isses.«

Ich mümmelte meine Mahlzeit. Anneliese Schmitz ließ mich nicht aus den Augen.

»Der Mann von vor zwei Tagen war nicht wieder da«, meinte sie.

»Ich weiß. Er wird auch nicht wiederkommen, schätze ich.«

»Frau Grappa!« Ihr Ton war flehend. »Kann denn nicht mal einer bleiben? Was hat denn an dem wieder nicht gepasst? War doch ein netter Herr.«

»Der ist immer noch nett«, gab ich zur Antwort. »Aber die Netten passen wohl nicht zu mir.«

»Tun sie doch.« Die Bäckerin warf mir einen mütterlichen Blick zu. »Aber irgendwas in Ihrem Charakter schießt immer quer.«

»Liebe Frau Schmitz!« Ich hatte genug. »Ich muss zur Arbeit. Bleiben Sie mir gewogen – jedenfalls als Leserin. Und das mit den Männern lassen Sie mal meine Sorge sein.«

In der Redaktion kümmerte ich mich zuerst um die Dame aus dem *Florian.*

Die Baufirma, für die Abdallah al-Murad als Ingenieur arbeitete, war auch in Kuwait aktiv. Ich fragte ihn am Telefon, ob er einen Schal vermisse. Natürlich vermisste er keinen, denn es gab das Textil ja gar nicht. Ich brachte das Gespräch auf seine Begleiterin.

»Ich kenne sie nicht näher«, entgegnete er in fast akzentfreiem Deutsch. »Sie heißt Lady Cora.«

»Lady Cora?«

»Die Dame wurde von einer Agentur vermittelt. Für einen Abend. Begleitservice.«

Erstaunlich: Abdallah al-Murad hatte keinerlei Scheu zuzugeben, dass er die Dienste einer Edelnutte in Anspruch genommen hatte.

»Dann gehört der Schal bestimmt ihr. Wenn Sie mir die Firma nennen, kann ich das Teil dorthin schicken.«

Der Schuppen hieß *First-Class-Exclusive-Escort-Service* und Lady Cora würde es mir vermutlich nicht so einfach machen wie Abdallah al-Murad.

Der Begleitservice hatte eine bombastische Internetpräsentation. Die buchbaren Damen waren in mehr oder weniger aussagekräftigen Posen abgebildet – meist ohne Kopf oder mit abgewandtem Gesicht. Das, auf was es den Kunden ankam, war in Szene gerückt: Brüste in Spitzen, Backen in Tangas, Beine in Haltlosen und Füße in Stilettos.

Auch der Text war verheißungsvoll:

Bei First-Class-Exclusive-Escort-Service *finden Sie international erfahrene, exklusive Begleitung zu geschäftlichen Terminen, Messen oder Reisen, für einen Abend, einen Urlaub oder sinnliche Momente zu zweit. Es erwarten Sie attraktive Escort Ladys mit Persönlichkeit und Ausstrahlung, die sich auf jedem Parkett sicher bewegen können. Diskretion, Vertrauen und Zuverlässigkeit sind für uns von allerhöchster Bedeutung. Jede unserer Ladys verfügt über ein persönliches Online-Portfolio, mit Fotos, einer detaillierten Beschreibung und Anregungen für die Gestaltung eines unvergesslichen Zusammenseins.*

Es gab sogar eine Preistabelle: Sie reichte von zwei Stunden *Dinner Date* für 250 Euro über zwei Stunden sogenannter *Private Time* für 500 Euro bis achtundvierzig Privatstunden für 2.900 Euro. Für stolze 6.000 Euro konnte man eine Lady auch wochenweise buchen.

Ich suchte Lady Cora im Online-Portal. Sie räkelte sich in exklusiven Dessous auf einem Ohrensessel.

Ich fragte mich, was so eine Frau wohl dazu trieb, Sex gegen Geld zu tauschen. Nach sozialer Not sah sie nicht aus. Aber vielleicht hatte sie ja eine pragmatische Einstellung zur Erotik. Oder wollte einfach keine festen Bindungen eingehen. Oder die paar guten Jahre vor dem weiblichen Verfallsdatum gewinnbringend nutzen.

Unter dem Button *Mitarbeit* suchte die Firma Nachwuchs. Das las sich so:

Für unsere Kunden in Deutschland und ganz Europa suchen wir Models mit Persönlichkeit und Ausstrahlung.
Unsere Anforderungen an eine Escort-Lady:
Alter zwischen 21 und 40 Jahre, ein gepflegtes und attraktives Äußeres ohne auffällige Tattoos und/oder Piercings, selbstbewusst, niveauvoll und kultiviert, absolut diskret, flexibel in der Zeiteinteilung, charmante und sympathische Ausstrahlung, sehr gute Allgemeinbildung und die Fähigkeit zu niveauvoller Kommunikation.
Entsprichst du dem hohen Anspruch der Kunden von First-Class-Exclusive-Escort? Dann fülle gleich online unser Bewerbungsformular aus oder schick uns deine Fotos per E-Mail. Wir sind gespannt auf dich!

Nichts für dich, Grappa, seufzte ich innerlich. Zu alt, nicht diskret genug und meine Zeiteinteilung wurde oft von den Ereignissen bestimmt. Ich war nicht gerade flexibel.

Wie kam ich an Lady Cora heran?

Über ein Kontaktformular konnten die Damen gebucht werden, das Honorar musste im Voraus auf das Konto der Agentur überwiesen werden.

Ich als Frau konnte Lady Cora wohl kaum buchen. Ich brauchte einen Mann für die Aktion. Zwei Stunden Dinner-Date für 250 Euro – das müsste drin sein.

Ich schilderte Jansen die Situation.

»Darf ich deinen Namen auf dem Buchungsformular angeben?«, fragte ich.

»Lieber nicht, Grappa«, wehrte er ab. »Ich habe eine eifersüchtige Frau. Und ich müsste das Geld ja von meinem Konto überweisen. Wenn Gerda das spitzkriegt, kann ich mich warm anziehen.«

»Ich verstehe. Dann muss Harras ran. Kann ich ihm sagen, dass die Kohle über Spesen läuft?«

Es brauchte nicht viel Überredungskunst, meinen Kollegen zu überzeugen. Das Foto von Lady Cora genügte. Er bekam große Augen und war Feuer und Flamme.

»Ich überweise das Geld noch heute«, versicherte er. »Für welchen Tag sollen wir sie bestellen?«

»Übermorgen.«

»Das ist doch Sonntag!«, rief er aus. »Da kann ich nicht. Das Sonntagsspiel der Borussia.«

»Eben. Du kommst ja auch nicht mit. Ich werde allein mit Lady Cora essen.«

»Da opfere ich meinen guten Namen und dann das!« Harras war wirklich enttäuscht. »Du bist ein gemeines Biest, Grappa!«

»Reg dich wieder ab«, beruhigte ich ihn. »Du kennst ja jetzt die Internetseite und kannst sie später buchen. Aber kauf dir vorher andere Klamotten! Diese Damen sind zwar alle käuflich, aber auf hohem Niveau. Wenn die deine T-Shirts und die zersessenen Buxen sehen, werden bei denen allein die Lachmuskeln stimuliert.«

Das Rathaus tritt noch einmal auf

Milva Grandis Interview mit dem Pförtner im Rathaus war weniger spektakulär, als ich befürchtet hatte. Ich hatte den Vogel abgeschossen – das *Bierstädter Tageblatt* war wirklich das einzige Printmedium, das die Fotos von den Sex- und Drogenpartys im Bierstädter Rathaus hatte.

In der Redaktion tobte der Bär – genau, wie es Jansen erwartet hatte. Anwaltsschreiben mit Anträgen auf einstweilige Anordnungen, Klageandrohungen und Gegendarstellungsbegehren.

Jansen ließ das völlig kalt. Er warf einen kurzen Blick auf die Schriftsätze und schickte sie per Hauskurier an die Rechtsabteilung des Verlages.

»Wenn Lady Cora am Sonntag auspackt, haben wir journalistisch erneut die Nase vorn«, teilte ich ihm mit.

»Wir sind heute schon besser als BILD«, stellte er fest. »Und ich hoffe, dass es so bleiben wird.«

»An mir soll es nicht liegen. Ich bin jetzt voll im Thema.«

Ich verzog mich, um Milva Grandis Artikel noch einmal zu lesen.

Der Rathauspförtner hatte erzählt, dass nachts zuerst die Männer kamen und wenig später die Frauen. Junge Frauen in knappen Kleidern. Und dass Musik ertönte und ab und zu das Pizzataxi auftauchte. Eine Sache jedoch war wirklich interessant: Der angebliche Zeuge hatte keinen der Männer erkannt, weil sie Masken trugen.

BILD weiß: Sie verdeckten die obere Hälfte des Gesichtes. Eine Mischung aus Batman und venezianischem Karneval.

Nicht ungeschickt, dachte ich. Da hat wohl jemand die *Traumnovelle* von Arthur Schnitzler gelesen. Oder den Film *Eyes Wide Shut* gesehen. Nur sahen die Typen, die hier feierten, wohl nicht so aus wie Tom Cruise!

Allerdings fand ich es seltsam, dass die Leute bis zum Beginn der Party nicht einfach in ihren Büros blieben. Aber vielleicht war ein maskierter großer Auftritt prickelnder.

Im Großraumbüro herrschte helle Aufregung. Sekretärin Susi war als Kandidatin für die Serie *Bauer sucht Frau* ausgewählt worden. Ich hatte eine dumpfe Ahnung, dass dies unseren Redaktionsalltag grundlegend beeinflussen würde.

»Ich wusste gar nicht, dass du die Natur so magst, Susi«, frotzelte ich. »Dann wirst du bestimmt auch nicht mehr vergessen, den Ficus in der Kaffeeküche ab und zu mal mit einer Tasse Wasser zu besprenkeln.«

»Susi steht eher auf die 250 Euro Tagesgage, die der Sender dafür raushaut«, meinte Sarah schnippisch. »Ich persönlich würde so was ja niemals machen. Guckt euch doch die Gruseltypen in der Serie an.«

»Ein Netter ist aber dabei«, verteidigte sich Susi. »Siegbert, der schnuckelige Schweinebauer.«

»Hast du Schweinekacke mal gerochen?«, mischte sich Stella ein. »Das ist der schlimmste Geruch auf der Welt.«

»Hühnergülle ist schlimmer«, warf ich ein.

»Ihr seid ja nur neidisch«, ließ sich Susi nicht beirren.

Ich ließ das Trio sich weiter fetzen und verschwand wieder in meinem Büro. Auf dem Anrufbeantworter hatte ich eine Nachricht von Kleist. Er wollte mit mir sprechen. Vermutlich ging es um die Fotos in der heutigen Ausgabe des

Tageblattes. Die Versuchung war groß, seiner Bitte um einen Rückruf zu folgen. Aber ich widerstand.

Lange blieb ich nicht allein. Harras stürmte nämlich in mein Zimmer. Der Escort-Service hatte sich per E-Mail gemeldet: Das Honorar war auf dem Konto der Agentur gelandet und Lady Cora hatte am Sonntagabend Zeit für ihn.

»Wunderbar«, freute ich mich. »Und jetzt schickst du noch eine Mail und nennst als Treffpunkt das *Millefiori.*«

»Darf ich nicht doch?« Bettelnde Augen sahen mich an.

»Nein!«

»Ich geh ja schon«, maulte er.

Kaum war er verschwunden, gab es Alarm. Pöppelbaum hatte den Polizeifunk abgehört.

»Amokschütze am Rathaus«, berichtete er. »Ich bin näher dran als du. Ich fahr hin, bevor die alles absperren.«

Innerhalb von fünf Minuten saß ich in meinem Auto. Ein Amokschütze? In Bierstadt?

Leider kam ich nicht weit. Etwa dreihundert Meter vor dem Rathaus flatterte Absperrband. Die Bullen waren schnell gewesen. Ich ließ den Golf stehen und machte mich zu Fuß auf den Weg.

Pöppelbaum meldete sich erneut. Er hatte das Rathaus von der anderen Seite angefahren und war schon auf dem Friedensplatz.

»Es sind Schüsse gefallen«, berichtete er atemlos. »Auf wen, weiß ich nicht. Sie haben eine Sichtwand aufgestellt und lassen niemanden zum Tatort. Moment, der Notarztwagen fährt gerade vom Platz.«

Er drückte mich weg. Ich hörte das Martinshorn des Krankenwagens. Dann fuhr er schon an mir vorbei.

Vor dem Rathaus agierte die Mordkommission in Bestbesetzung. Ich erkannte Friedemann Kleist. Er sprach mit einer Gruppe von Menschen, die alle festlich gekleidet waren. In den Fenstern der Häuser, die sich rund ums Rathaus erhoben, hingen Neugierige.

Aus der Ferne bemerkte ich Pöppelbaum. Er war in voller Aktion. Mit Fotoapparat und Digitalkamera bewaffnet tänzelte er wie ein Rennpferd vor der Rathaustreppe. Um die Fotos zu meinem Artikel musste ich mir also keine Sorgen machen.

Ich pirschte mich näher heran. Die Spurensicherer suchten die Gegend ab, klaubten ab und zu etwas vom Boden auf und verstauten es in Plastikbeuteln. Einer der Männer hielt einen Strauß in den Händen, der zu groß war für die kleinen Plastikbehälter. Weiße Rosen, mit goldenen Bändern geschmückt und zu einem runden, festen Gebilde gesteckt. Ein Brautstrauß.

»Zwei Tote«, berichtete Pöppelbaum, als wir uns gefunden hatten. »Die kamen gerade aus dem Standesamt. Und puff. Zwei Mal.«

»O nein! Ein Brautpaar?«

»Jep. Irgendeiner hat zwei Schüsse abgegeben. Ziemlich gekonnt. Sieht ganz nach Zielfernrohr aus.«

Kamerateams drängten auf den Platz. Die Beamten wollten sie nicht an den Tatort heranlassen. Böse Worte wurden gewechselt.

Zu gern hätte ich Kleist ausgefragt. Aber der war sehr beschäftigt. Es war mir noch nicht einmal gelungen, Blickkontakt zu ihm aufzubauen.

»Ich kann hier nichts mehr erfahren«, meinte ich. »Ich arbeite den Rest telefonisch nach. Aber du kannst noch versuchen, aus den Fenstern da oben Bilder zu machen. Überblicke.«

Eine Stunde später hatte ich den Artikel fertig. Die Pressestelle der Polizei und die Staatsanwaltschaft hatten eine knappe Verlautbarung verschickt. Die beiden Toten hießen Sandra Becker und Thomas Schulz, 28 und 32 Jahre alt. Sie hatten sich im Standesamt das Jawort gegeben und waren anschließend auf der Treppe des Rathauses vor den Augen der Hochzeitsgäste erschossen worden.

Vergebens versuchte ich, mehr über die beiden zu erfahren. Doch die Namen Becker und Schulz waren zu geläufig, um schnell einen Treffer landen zu können.

Ich betrachtete Pöppelbaums Fotoausbeute. Die besten Fotos waren die von oben – sie zeigten den Rathausplatz, die Absperrungen und die Stelle, an der das junge Paar getötet worden war. Man konnte sogar die Blutlache ahnen – das reichte für unsere Abonnenten am morgendlichen Frühstückstisch.

Ein wenig schockiert von der Tat fuhr ich nach Hause. Wie muss ein Mensch beschaffen sein, der seelenruhig auf zwei Menschen zielt, die sich auf ein gemeinsames Leben freuten? Das Motiv konnte eigentlich nur Eifersucht sein.

Ich hatte eine solche Szene schon mal in einem Film gesehen: *Die Braut trug schwarz* von François Truffaut. Eine geniale Rachegeschichte mit einer göttlichen Jeanne Moreau, die die junge Julie spielte. An ihrem Hochzeitstag verlässt sie mit ihrem Mann die Kirche. Gegenüber eine Saufrunde, die in der Gegend herumballert. Tödlich getroffen bricht der Bräutigam zusammen. Jahre später hat die Braut die fünf Männer aufgestöbert und tötet einen nach dem anderen auf raffinierte Weise.

Konnte es bei dem Brautpaar auf der Rathaustreppe ähnlich liegen? Nein. Ausgeschlossen. Pöppelbaum hatte von zwei Schüssen gesprochen. Beide hatten getroffen. Das Motiv musste Eifersucht sein.

Was man auf dem Markt bekommt

Ich schlief unruhig und vertrödelte den Morgen. Gegen Mittag beschloss ich, in die Stadt zu fahren. Der Wochenmarkt am Samstag bot frische Ware zu leicht überhöhten Preisen. An der Kaffeebude genehmigte ich mir einen Milchkaffee und eine heiße Waffel mit Puderzucker. Ich befand mich etwa hundert Meter vom Rathaus entfernt und spielte mit dem Gedanken, mich auf die Suche nach möglichen Zeugen zu machen. Aber ich entschied mich dagegen. Der heutige Tag sollte mord- und totschlagfrei bleiben.

Ich kaufte frische Gewürze, Kräuter, Knoblauch und Tomaten. Noch ein knackiges Roggenbrot und ein paar nette Schweinereien beim Perser: mit Schafskäse gefüllte Paprika, Oliven, in denen Mandeln steckten, und als Dip einen Frischkäse mit Kräutern.

Ein Obststand lockte mit samtigen Aprikosen aus Übersee und fast schwarzen Weintrauben. Die Marktfrau pries laut ihre letzten Erdbeeren zum halben Preis an. Ich stellte mich mit meinem Korb in die Reihe der Wartenden.

Plötzlich wurde ich von hinten angestoßen. Ich konnte mich gerade noch an meinem Vordermann festhalten. Ich entschuldigte mich und drehte mich um. Doch der Rempler war nicht auszumachen.

Ich wählte Aprikosen und Trauben, griff nach meinem Portemonnaie, um zu bezahlen, und stutzte. In meiner Tasche lag etwas, was mir nicht gehörte. Eine flache, durchsichtige Hülle. Ich betrachtete sie. Eine CD oder DVD. Keine Beschriftung.

In meinem Hirn gingen ein paar rote Lampen an. Ich beendete meinen Marktbesuch, fuhr zur menschenleeren

Redaktion und legte die Scheibe in den Player. Ich sah den Film nicht zu Ende. Nach ein paar Sekunden war klar, dass dieser Samstag anders verlaufen würde, als ich es geplant hatte.

Ich informierte Jansen. Zehn Minuten später saß ich bei Friedemann Kleist im Büro.

Das Rathaus in Totale. Im Vordergrund ein dunkler Strich, unscharf. Ein Paar tritt durch das Portal und bleibt vor den wartenden Gästen stehen. Ihr Kleid ist geschickt gewählt. Es schillert rubinrot und sehr figurbetont geschnitten. Vielleicht ein wenig zu sehr. In der Hand hält sie einen kompakten Blumenstrauß – weiß mit etwas Grün und Gold. Der junge Mann steckt in einem schlichten dunklen Anzug. Die Kamera zoomt näher. Das Paar lächelt sich an. Der dunkle Strich bewegt sich. Ein scharfer Knall zerfetzt die Szene und der Strich zuckt. Es ist der Lauf einer Waffe. Die Frau kippt nach unten aus dem Bild. Der Mann dreht sich um. Ein zweiter Schuss. Der Lauf zuckt wieder. Der Bräutigam fällt.
Ende.

»Wie bist du an den Film gekommen?«, fragte Kleist.

»Das sagte ich doch schon.« Mir saß der Schreck noch im Magen.

»Bitte erzähle es noch mal«, forderte mich Kleist auf. »Jedes Detail kann wichtig sein.«

»Okay.«

Ich wiederholte meine Geschichte.

»Und du hast die Person, die dich in der Schlange angerempelt hat, wirklich nicht gesehen?«

»Ich hatte genug damit zu tun, das Gleichgewicht zu halten«, erklärte ich.

»Könnte der Film nicht früher oder später in deine Tasche geraten sein?«

Ich schüttelte den Kopf. »Ich bin den Leuten nicht so nahe gekommen. Kurz zuvor habe ich an der Kaffeebude mein Portemonnaie aus der Korbtasche genommen. Da war sie noch leer.«

»Schade, dass du Spuren auf der DVD hinterlassen hast.« Friedemann Kleist erhob sich und ging im Raum auf und ab. »Wir brauchen deine Fingerabdrücke, damit wir einen Abgleich machen können.«

»Die müsstet ihr haben, ich war schon mal an einem Tatort.«

»Wir löschen Vergleichsabdrücke immer nach Abschluss eines Verfahrens. Datenschutz.«

»Was ist der Hintergrund der beiden Opfer?«, kam ich zur Sache. »Was haben sie getan, dass sie an ihrem Hochzeitstag ermordet worden sind? Rache? Eifersucht? Bandenkriminalität?«

»Das wissen wir noch nicht. Wir ermitteln in alle Richtungen. Auf den ersten Blick waren Becker und Schulz harmlose Menschen. Es gibt übrigens noch mehr Filme. Die Eltern des Bräutigams hatten eine Digicam dabei. Andere Hochzeitsgäste haben mit dem Handy Aufnahmen gemacht. Aber die zeigen nur das Brautpaar. Die Spurensicherung wertet die Filme aus den Überwachungskameras der Banken und Versicherungen aus. Doch die sind meist auf die Eingänge der Häuser gerichtet. Es müsste schon ein glücklicher Zufall sein, wenn wir da was Brauchbares finden. Dein Film jedoch wurde eindeutig von einer zweiten Person gedreht.«

»Es ist kein Einzeltäter?«, staunte ich.

»Das ist eindeutig«, nahm Kleist den Faden wieder auf. »Wenn du genau hinschaust, siehst du, dass die Kamera bewegt wird. Es wird auch gezoomt. Das ist keine automatische Aufnahme von einem Stativ aus. Die beiden Schüsse sind gut zu hören. Aber auch zu sehen.«

»Ja klar, der Schütze kann ja nicht gleichzeitig schießen und filmen. Also sind es zwei Attentäter. Wie passt das zu Eifersucht? Die ist doch eher ein individuelles Gefühl.«

»Ja, das ist alles sehr rätselhaft. Wir haben die Schussbahn ja zuvor schon ungefähr ermittelt. Nun wird uns der Film den genauen Standort des Schützen verraten.«

»Warum legt jemand so was in meine Tasche?«, grübelte ich.

»Vielleicht aus Geltungssucht«, antwortete Kleist. »Der Täter will, dass du ihn und seine gelungene Tat in der Zeitung würdigst.«

»Ich hab genug mit der toten Kokain-Frau zu tun«, maulte ich. »Und jetzt noch das!«

»Dann haben wir ja beide zwei ungelöste Fälle im Gepäck«, sagte er. »Hattest du eigentlich vor, die Nettigkeiten in deinem Korb allein zu essen?«

»Eigentlich schon.«

»Wirklich?«

»Na ja, es würde auch für zwei reichen.«

»Ich muss noch ein bisschen arbeiten.« Er lächelte. »Aber heute Abend könnte ich dir beim Vertilgen der Inhalte deines Korbes helfen. Soll ich?«

Ich erinnerte mich an meinen kürzlich gefassten, unumstößlichen Vorsatz, Privates und Persönliches zu trennen – und sagte zu.

Auf dem Weg nach Hause stoppte ich am Rathausplatz. Nichts wies mehr auf den Mord an den Brautleuten hin. Ich stellte mich genau auf die Stelle, an der Sandra Becker erschossen worden war, und beobachtete die Häuser gegenüber. Viele Fenster, doch nur wenige Einblicke. Gardinen oder Jalousien verhüllten die Scheiben.

Irgendwo da oben muss der Mörder gewartet haben, dachte ich. Privatwohnungen gab es dort kaum, sondern hauptsächlich Geschäfte und Büros, deren Betreiber von der Nähe zum Rathaus profitieren wollten. Mehrere Autoschilder-Firmen, Rechtsanwälte, Versicherungen, Banken und Copyshops – alles Betriebe mit Publikumsverkehr. Keine einfache Aufgabe, alle Leute ausfindig zu machen, die sich zur Tatzeit dort aufgehalten hatten.

Das Schönste am Kochen war das Glas Wein während der Zubereitung des Essens. Ich hatte eine Flasche Chianti geöffnet. Der Rotwein wärmte mich innerlich und ich freute mich auf den Abend.

Ich schnippelte die Tomaten in würfelgroße Stücke, würzte sie kräftig mit Meersalz und Kräutern, die ich mittags auf dem Markt erstanden hatte, und gab ordentlich Knoblauch dazu. Auf frischem Brot angerichtet war das eine unübertroffene Vorspeise.

Danach sollte es Pasta mit Salbei und frischem Parmesan geben. Das war einfach und gut. Dazu Salat und die Leckereien vom Perser. Zum Nachtisch die Aprikosen.

Sollte ich Kleist von Lady Cora erzählen? Das wollte ich später spontan entscheiden. Wie ausgeprägt würde mein Mitteilungsbedürfnis wohl sein?

Noch eine Stunde bis zur verabredeten Zeit. Ich trank ein zweites Glas Chianti und überprüfte mein Aussehen. Für einen Mann, der mich nicht mehr interessierte, war es gut genug.

Mein Handy klingelte. Die Nummer des Anrufers war unterdrückt. Hoffentlich niemand, der mir den Abend mit Kleist vermieste. Zögernd ging ich dran.

»Wie hat Ihnen mein kleiner Film gefallen, Frau Grappa?«, fragte eine Männerstimme.

»Bitte? Wer sind Sie?«

»Schauen Sie nach Ihren E-Mails. Mein Name ist *weddingplanner.*«

Ende des Gesprächs. Ich atmete tief durch. Das ist ja wie in einem schlechten Film, schoss es mir durch den Kopf. Ein Telefongespräch mit dem Doppelmörder!

Oder war das nur ein Witzbold gewesen? Aber außer Jansen, Kleist und mir wusste niemand von der DVD.

Das Handy meldete sich erneut. Wieder keine Nummer auf dem Display. »Ja?«, fragte ich.

»Hier Kleist. Ich muss das Essen leider absagen, Maria. Wir haben den Dealer von Jessica Brühl verhaftet. Er könnte der Täter sein.«

»Das ist aber schade«, entgegnete ich.

»Wir holen das Treffen so bald wie möglich nach.«

Ich schluckte und bemühte mich, meine Enttäuschung nicht hörbar zu machen.

»Arbeit geht vor«, sagte ich. »Ich hab auch eine Neuigkeit für dich. Der Brautpaarmörder hat mich eben angerufen und sich erkundigt, wie ich seinen Film finde.«

»Hat er auf dem Handy angerufen?«

»Ja. Aber es war keine Nummer zu erkennen.«

»Ich finde sie heraus. Wir haben da Möglichkeiten.«

In meiner E-Mail-Box war tatsächlich Post von *weddingplanner* eingegangen.

Die Nachricht bestand aus einem einzigen Satz: *Alle Wege führen nach Rom.*

Ich starrte die Zeile an, aber ich konnte mir keinen Reim darauf machen. Was für ein seltsamer Mörder.

BILD am Sonntag: Dealer gefunden

Eine telemannsche Tafelmusik, die Leckereien vom Markt und der Chianti beflügelten meine Gedanken. Der Brautpaarmörder hatte mich im Visier. Musste ich deshalb Angst haben? Nein. Kleist hatte ihm Geltungssucht attestiert. Und ich konnte dem Mann behilflich sein, sie auszuleben.

Doch wie lange würde das gut gehen? Was würde geschehen, wenn ich ihm wirklich auf die Spur kommen würde?

Weinselig und satt fiel ich ins Bett. Morgen Abend würde ich Lady Cora treffen. Doch das war ja die andere Geschichte.

Am Morgen setzte ich mich ins Auto und fuhr zu einer Bäckerei in der Nähe, die auch sonntags geöffnet hatte. Doch mir ging es nicht nur um frische Brötchen, sondern um die *BILD am Sonntag.*

Ich kaufte zwei Mohnbrötchen und das Blatt. Im Auto sitzend, blätterte ich es schnell durch. Ja, Milva Grandi hatte einen Artikel platziert. Sie wusste, dass die Polizei den Kokaindealer von Jessica Brühl verhaftet hatte.

»ICH VERSORGTE JESSICA B. MIT SCHNEE« – so die Überschrift.

Jetzt packt der Dealer aus: Jens B. (42) hat gestanden, die 48-jährige Jessica B. seit sieben Jahren mit Kokain versorgt zu haben. Der einschlägig vorbestrafte Mann bestreitet jedoch, etwas mit dem Tod der früheren Mitarbeiterin im Oberbürgermeisterbüro zu tun zu haben. »Ich wusste, dass sie das Geld aus der Stadtkasse stahl. Sie hat sich sehr sicher gefühlt und nie Angst gehabt, dass man ihr auf die Schliche kommen könnte.«

BILD fragte dazu den Leiter der Bierstädter Mordkommission, Dr. Friedemann Kleist: »Wurde Jessica B. von ihren Vorgesetzten gedeckt, weil sie den Stoff für die Drogenpartys im Rathaus besorgte?«
Der Hauptkommissar bestätigt immerhin, dass die Ermittlungen auf andere Personen im Umfeld des Oberbürgermeisters ausgedehnt wurden.
Nach Exklusivinformationen von BILD soll die ermordete Frau für ihre Kokainsucht im Monat fünf- bis zehntausend Euro ausgegeben haben – Geld aus der Stadtkasse.
Jessica B. wurde es bei ihren Beutezügen sehr leicht gemacht. Niemand kontrollierte die Frau, ihre Unterschrift genügte und die Mitarbeiter der Stadtkasse legten die Scheine auf den Tisch.
Sogar in der SPD mehren sich die Stimmen, dass Nagel in Amt und Partei nicht mehr tragbar ist. Der Oberbürgermeister schweigt sich aus. BILD fordert: Packen Sie aus, Herr Nagel! Oder treten Sie zurück!

Ich grinste. Grandi hatte sich Nagel als Opfer ausgeguckt, doch sie würde bei ihm auf Granit beißen.

Gegen Mittag meldete sich Kleist. Er wollte Näheres über den abendlichen Anrufer wissen.

»Kanntest du seine Stimme?«

»Nee. Eine Stimme, wie es sie zu Tausenden gibt. Hast du die Nummer herausbekommen?«

»Ja. Aber die gehört zu einer öffentlichen Telefonzelle mit Rufnummernunterdrückung. Wäre ja auch zu schön gewesen, wenn der Typ so einen Fehler gemacht hätte«, bedauerte Kleist.

Das verwirrte mich. »Bitte? Eine Telefonzelle mit Rufnummernunterdrückung?«

»Das ist mal so und mal anders geschaltet. Als Anrufer hat man keinen Einfluss darauf.«

»Und wie finde ich dann heraus, ob eine Zelle unterdrückt oder nicht?«

Er lachte. »Du rufst dein eigenes Handy an und schaust nach.«

»Das ist aber umständlich.«

»Vielleicht war es ihm auch egal. Schließlich war es eine Telefonzelle.«

»Und wo steht die?«

»Leider ganz im Norden. Fast ländlich ist es da schon. Weit und breit keine Überwachungskamera.«

»Du denkst ja wirklich an alles.«

Der Anruf war also ein totes Gleis.

»Sag mal«, wechselte ich das Thema. »Hat der Dealer nicht noch mehr erzählt, als in der *BILD am Sonntag* steht? Kann er Jessica Brühl nicht doch getötet haben?«

»Die Frau war eine sichere Geldquelle für ihn«, antwortete Kleist.

»Aber der Deal war doch aufgeflogen und die Brühl beurlaubt. Ihre Geldquelle war versiegt. Vielleicht hat sie ihn erpresst. Immerhin war sie kokainabhängig.«

»Natürlich ermitteln wir auch in diese Richtung. Aber ich verspreche mir mehr davon, bei den Teilnehmern der Drogenpartys nachzubohren.«

»Ich würde gern wissen, wer mir die Fotos zugeschickt hat«, murmelte ich.

»Sag bloß, du kannst dir das nicht denken?«

Überrascht horchte ich auf. Dann schwante es mir. »Der Absender saß im Polizeipräsidium. Also, du willst mir jetzt aber nicht sagen, dass du …?« Ich stockte.

»Besprechen wir das Thema nicht weiter.«

Erneut war ich versucht, ihm von meinem Treffen mit Lady Cora an diesem Abend zu erzählen. Nein, ich würde mir die Dame allein vorknöpfen.

Eine hinreißende Lady und ein schmuddeliger Kollege

Das *Millefiori* war ein neuer, überkandidelter Schuppen, der sich wohl nicht lange halten würde. Die Bierstädter Gourmets hatten zwar nichts gegen italienisches Essen, aber so übersichtlich und überteuert wie hier sollten die Portionen nun doch nicht sein.

Ich hatte mich ein bisschen aufgerüscht, um nicht ganz gegen die hübsche Lady Cora abzufallen. Aber rund dreißig Jahre Altersunterschied und eine andere Gewichtsklasse waren nicht wegzuretuschieren.

Ich parkte meinen Wagen etwas abseits, aber noch so, dass ich den Eingang des Restaurants im Blick hatte. Ich wollte erst in Erscheinung treten, wenn die Edelhure bereits am Tisch saß und auf ihren Freier wartete – dann konnte sie nicht so schnell weglaufen, wenn sie mich sah.

Lady Cora kam pünktlich. Sie rauschte in einem kleinen, niedrigen Sportwagen an, schwang die langen Beine hinaus und stöckelte ins Restaurant.

Ich wartete noch eine kleine Weile und stiefelte dann hinterher.

Der Kellner fragte nach der Vorbestellung und deutete auf den Tisch. Lady Cora saß ein wenig abgewandt. Ihr Kopf hatte wieder diese kokette Haltung – leicht schräg gestellt und gesenkt.

»Guten Abend, Lady Cora«, sagte ich.

Sie schien verwirrt. »Ja, bitte?«

Ich lächelte sie an und ließ mich ihr gegenüber nieder. Sie blickte aus großen, klaren Augen zurück. Sie war perfekt geschminkt, strahlte Lebenslust und Selbstbewusstsein aus. Ihre Haut schimmerte und es wehte ein sehr dezenter Duft zu mir herüber. Sie erinnerte mich daran, wie ich mich gefühlt hatte, als ich neunzehn gewesen war.

Ich seufzte und zog das Foto aus der Tasche, das sie auf der Koksparty im Rathaus zeigte. »Das sind Sie doch, oder?«

Sie lag vornübergebeugt auf einem Schreibtisch, dahinter ein männlicher Unterkörper. Eindeutiger ging es nicht.

»Sind Sie von der Polizei?« Lady Cora strich nervös das Leder ihres Designertäschchens glatt.

»Nein. Grappa, mein Name. Vom *Tageblatt.*«

»Ich habe Sie schon mal gesehen.« Sie hatte sich wieder im Griff.

»Im *Florian.* Auf dem Fernsehturm«, bestätigte ich. »Sie saßen am Nebentisch und waren in Begleitung von Abdallah al-Murad. Er hat mir verraten, wie ich Sie finden kann.«

»Was wollen Sie von mir?«

Der Kellner war lautlos an unseren Tisch getreten. Ich bestellte ein Wasser und sie einen Martini rosso.

»Ich möchte ein Interview für meine Zeitung. Über die Drogen- und Sexpartys im Rathaus. Einen Insiderbericht.«

»Warum sollte ich das tun?«, fragte sie und ordnete ihr Haar.

»Die Frau, die die Fotos gemacht hat, ist ermordet worden«, entgegnete ich. »Und ich will den Mörder finden.«

Die Farbe des Martinis passte zu ihrem rostroten, knappen Kleid.

»Damit habe ich nichts zu tun.«

»Erinnern Sie sich an die Frau, die die Bilder geschossen hat?«

»Ich habe keine Lust, diese Frage zu beantworten.«

So kam ich nicht weiter. Ich musste ihr etwas bieten.

»Wenn Sie mir ein Interview geben, stehen Sie mit einem Schlag im Mittelpunkt des Interesses«, versprach ich. »Denken Sie, was sich daraus ergeben kann. Sie wären die Kronzeugin gegen die Politprominenz im Rathaus. Das bedeutet Fernsehauftritte mit fettem Honorar. *Brisant, stern TV, RTL Explosiv* und so weiter.«

»Dann bin ich meinen Job beim Escort-Service los.«

»Na und? Ist das denn so ein toller Job?«

Lady Cora überlegte. »Ich mache das ja nicht hauptberuflich. Nur ab und zu, um mir was dazuzuverdienen. Und bald ist die letzte Prüfung. Dann will ich sowieso aufhören bei der Agentur.«

»Sie studieren?«

»Ja. Betriebswirtschaft.«

Jetzt staunte ich. Ich hatte als Studentin Zeitungen ausgetragen, Nachhilfe gegeben und in einer Behindertenwerkstatt gejobbt.

»Ihren richtigen Namen werden wir natürlich nicht nennen«, versicherte ich. »Darauf können Sie sich verlassen.«

»Wenn ich im Fernsehen auftrete, erkennen mich meine Kommilitonen doch sofort«, überlegte Lady Cora weiter. »Aber das ist mir egal. Und mit meinen Eltern habe ich mich schon lange überworfen. Außerdem wohnen sie nicht in Deutschland.«

»Dann passt es ja«, strahlte ich. »Und jetzt essen wir etwas und unterhalten uns dabei.«

Das ging alles viel einfacher, als ich mir hatte träumen lassen. Wir bestellten und plauderten dann ganz entspannt. Das Gespräch von Frau zu Frau gelingt dir immer besser, Grappa, dachte ich und klopfte mir heimlich auf die Schulter.

Lady Cora hieß in Wahrheit Anna Wachowiak und war schon als kleines Mädchen aus Polen nach Deutschland gekommen. Ihr Deutsch war völlig akzentfrei – sie redete geschliffener als mancher Ruhri mit seinem reduzierten Code.

»Wie sind Sie zu dieser Agentur gekommen?«, fragte ich.

Lady Cora nahm einen Schluck Pinot Grigio und steckte die Gabel in den Rucola-Salat. »Eine Kommilitonin hat mir den Tipp gegeben.«

Der Salat verschwand in ihrem Mund, der perfekt geschminkt und gestylt war: Konturenstift, Lippencreme und Lipgloss – alles so raffiniert aufgetragen, dass das Ergebnis sehr natürlich aussah.

»Geht es nur um Begleitung?«

»Das bleibt jedem Mädchen selbst überlassen. Ich habe anfangs nur die *Dinner Dates* gemacht und keine *Private Times.*«

»Bei den ersten geht es nur ums Abendessen und bei den zweiten um mehr«, erinnerte ich mich. »Wer bucht so was? Ich habe die Preisliste gesehen. Das ist doch woanders viel preiswerter zu haben.«

Sie lächelte. »Natürlich ist es das. Aber welcher Mann, der etwas auf sich und seinen Ruf hält, fährt zum Straßenstrich und lässt sich in der Verrichtungsbox bedienen? Klar, da kostet es nur dreißig Euro. Doch ich hatte es bisher nur mit sehr kultivierten Herren zu tun.«

»Was für Herren sind kultiviert für Sie?«, fragte ich. »Kommt es da eher auf den Geldbeutel an oder die interessanten Gesprächsthemen?«

»Am besten beides«, gab sie unverblümt zu. »Gepflegt muss ein Mann schon sein. Dann ein schönes Essen, ein nettes Gespräch, vielleicht noch ein Theaterabend und dann eine Nacht des gegenseitigen Vergnügens. Ich werde behandelt wie eine Dame, der Kunde fühlt sich nicht wie ein Freier und wir gehen auseinander und sehen uns nie wieder, wenn der Kunde es nicht möchte. Eine einmalige, angenehme Sache. Diskretion ist oberstes Gebot – wie natürlich auch *Safer Sex.*«

»Der ganze Aufwand, damit der Mann sich nicht mies fühlen muss?«, staunte ich. »Dafür zahlen die Kerle so viel Kohle?«

»Ich fühle mich dabei ebenfalls nicht mies«, stellte sie fest. »Wenn ich auf dem Drogenstrich anschaffen würde, dann hätte ich Probleme.«

»Dann ist das also ein ganz normaler Job für Sie?«

Lady Cora nickte. »Ich habe keinen Ehemann und keinen Freund. Sex bedeutet mir nicht besonders viel. Es ist eher eine körperliche Notwendigkeit. Ich bekomme eine Menge Geld dafür. Wem also tue ich weh?«

Gute Frage. Ich hatte keine Antwort.

»Hat denn Sex nichts mit Liebe zu tun?«, überlegte ich traurig.

»Ich hoffe es.« Ihr Lächeln war hinreißend und ich konnte mir plötzlich vorstellen, dass sie die Männer nicht nur mit ihren erotischen Fähigkeiten in den Bann zog. Vermutlich war sie normaler als ich mit meinen Bindungsängsten. Sie machte sich nur den Mythos zunutze, der daraus entsteht, dass viele Männer es einfach geil finden, eine Frau im wahrsten Sinne des Wortes zu besitzen – weil sie Scheine auf den Tisch legen.

»Wer hat Sie für die Partys im Rathaus gebucht?«, fragte ich.

Auf dem riesigen Teller vor mir verloren sich vier Ravioli in einem Salbei-Butter-Sugo. Die Teigtaschen waren mit Kräutern und Ricotta gefüllt.

»Die Geschichte ist etwas kompliziert«, sagte Lady Cora und ließ ein Nudeltäschchen in den Mund wandern.

»Das macht nichts, wir haben ja Zeit«, kaute ich. Die Füllung war zu stark gesalzen. Ich spülte mit Mineralwasser nach.

»Sie werden alles schreiben, was ich Ihnen erzähle?« Sie tupfte sich die Lippen mit der Serviette ab.

»Das wissen Sie doch«, erinnerte ich sie. »Journalisten sind keine Beichtväter.«

Hoffentlich springt sie nicht doch noch ab, schoss es mir durch den Kopf.

»Na gut«, seufzte sie. »Vor etwa einem halben Jahr kam ein fetter Auftrag. Ich und drei andere Mädchen für eine Woche in einem Landhaus. Sechstausend Euro für jede Frau. Anreise, Spesen, Unterkunft, Essen und Taschengeld kamen noch dazu. Das Landhaus befand sich im Osten, bei Templin. Einsam gelegen und eingezäunt. Wir waren ziemlich erstaunt, dass wir nur zwei Herren vorfanden. Dem einen gehörte das Haus, der andere war sein Freund. Mobby und Erwin.«

Mobby und Erwin. Rumms. Madig und Debill. Da hatte ich ja in die Mitte getroffen!

»War es eine schöne Reise?«, fragte ich – meine Aufregung verbergend.

»Es ging so. Großzügig waren die beiden schon. Aber drum herum war nichts, keine Stadt, wo man wenigstens mal hätte shoppen gehen können. Und abends haben die meist so viel gesoffen, dass wir Mädchen unsere Ruhe hatten.«

»Keinen Sex?«

»Nichts Aufregendes. Langwierige Handarbeit und ein bisschen oral. Die hatten ihre besten Jahre hinter sich.« Lady Cora lächelte ein wenig maliziös.

»Was war mit Drogen?«

»Alkohol gab's natürlich. Bier und härtere Sachen. Aber kein Koks oder Hasch, falls Sie das gemeint haben.«

Der Hauptgang wurde gebracht. Ein kleines hohes Rinderfilet an feines Gemüse gekuschelt. Die Kartoffelecken und die Sauce in extra Schälchen.

»Die Landpartie ist das eine«, sagte ich. »Doch wie war das jetzt mit den Drogenpartys?«

Lady Cora stippte eine Kartoffelecke in die dunkelbraune Sauce. Sie hatte die Ruhe weg.

»Eines Tages erhielt ich über die Agentur eine Anfrage von einer Frau. Sie wollte wissen, ob ich den Film mit Tom Cruise und Nicole Kidman kennen würde. *Eyes Wide Shut.* Natürlich kannte ich ihn. Ob ich Lust hätte, an einem Abend teilzunehmen, wie der Film ihn zeigt. Nackte Frauen mit Masken und die Herren voll bekleidet und auch maskiert. Sie bot zweitausend Euro für einen Abend. Natürlich sagte ich zu. Sie sagte, dass sie einen Tag vor dem Event noch mal auf mich zukäme und mir Ort und Codewort mitteilen würde.«

»Und?« Ich musste dringend auf die Toilette, traute mich aber nicht, Lady Cora allein zu lassen. Erst musste ich die ganze Wahrheit erfahren.

»Sie rief tatsächlich an. Ich hatte natürlich geglaubt, dass der Abend in einem Schloss oder einem großen Hotel stattfinden würde. Das war aber nicht so. Es war das Rathaus. Ich war vielleicht überrascht!«

»Wer war alles dabei? Kannten Sie die Leute?«

Lady Cora sezierte das Rind. Blutiger Saft floss in die feinen Gemüsestücke. »Am Eingang empfing mich eine Frau. Es war wohl die, die mich angerufen hatte, denn sie fragte, ob ich den Weg ohne Probleme gefunden hätte.« Sie kicherte. »Obwohl das Rathaus ja fett mitten in der Stadt liegt.«

»Wie sah die Frau aus?«

»Weiß ich nicht. Sie trug eine Maske. Ich selbst auch – das war ja eine der Bedingungen.«

»Was war mit dem Pförtner? Das Rathaus ist auch nachts besetzt.«

»Pförtner?« Sie schüttelte den Blondschopf. »Ich habe niemanden gesehen.«

»Und wie hieß das Codewort?«

»Es waren drei Wörter: *Weg mit Nagel.* Ich konnte mir

nichts drunter vorstellen. Warum sollen irgendwelche Nägel weg?«

»Herr Nagel ist der Oberbürgermeister«, erläuterte ich. »Mobby ist der Spitzname des SPD-Parteichefs. Und der SPD-Fraktionsvorsitzende im Rat heißt Erwin.«

»Ach so, Herr Nagel persönlich war gemeint. Und Mobby und Erwin sind auch Politprominenz? Davon haben sie im Landhaus nicht viel gezeigt.«

»Wie kam es zu den Fotos?«

»Das möchte ich auch gern wissen«, sagte sie ärgerlich. »Erst verlangen diese Leute unbedingte Diskretion und dann tauchen solche Bilder auf.«

»Später scheint der Maskenzwang ja gelockert worden zu sein. Auf vielen Fotos sind Gesichter zu erkennen. Das war in dem Film, der nachgespielt werden sollte, aber ganz anders.«

»Diese Veranstaltung hatte wenig mit dem Film zu tun. Die Männer waren ungehobelt, tranken zu viel und kamen gleich zur Sache«, ereiferte sich Lady Cora. »Deshalb hab ich auch nur das eine Mal mitgemacht. Als ich ging, sagte ich der Frau, dass sie das nächste Mal Mädchen von *McFick* mieten soll. Die passen besser zum Niveau dieser Leute.«

»Wissen Sie, wer das Koks mitgebracht hat?«

»Nein«, entgegnete sie. »Das Zeug war irgendwann da. Und dann wurden die Herren noch unangenehmer und lauter.«

»Ich geh mal für kleine Mädchen«, kündigte ich an. »Sie warten auf mich, oder?«

»Der Nachtisch kommt doch noch«, sagte sie ernst.

Ich verzog mich in den Waschraum. Der Spiegel verriet mir, dass meine Gesichtsfarbe gerötet war. Dieser Sonntag hatte es in sich.

Zufällig fiel mein Blick aus dem Fenster. Ich sah den Parkplatz und einen Wagen, der mir bekannt vorkam. Die

Fahrertür öffnete sich und Rudi Gies stieg aus. Er ging schnurstracks und eilig ins Restaurant.

Ich unterdrückte meinen Drang und rannte zurück. Gies war schon an unserem Tisch angelangt und redete auf Lady Cora ein. Es waren keine freundlichen Töne, die er von sich gab.

»Hallo, Herr Kollege. Was treiben Sie denn hier?« Ich baute mich drohend vor ihm auf. Seine rote Nase glühte wie eine Martinslaterne und er hatte einen Gesichtsausdruck wie ein Hund, den man gerade aus dem Fenster geworfen hatte.

»Ich kenne diese Dame«, stammelte er. »Abschaum. Widerlicher Abschaum.«

»Von Abschaum sollte man sich fernhalten«, lächelte ich frostig. »Und jetzt raus hier, Sie Möchtegern-Cowboy!«

Gies sah sich um. Die Kellner waren aufmerksam geworden. Ein Wink von mir und sie würden einschreiten. Mein Kollege kapierte, dass er in der Unterzahl war, und trollte sich murrend.

»Was wollte er?«, fragte ich.

»Er hat gesagt, dass ich schweigen soll. Sonst würde mir etwas Schlimmes geschehen.« Lady Cora war bleich geworden.

»So ein Spinner!«, zischte ich. »Ich möchte mal wissen, was der mit der ganzen Sache zu tun hat.«

»Er war auch bei der Party im Rathaus«, erklärte sie. »Er ist mit der Frau zusammen, die das alles organisiert hat – glaube ich.«

Eine halbe Stunde später hatte ich die Rechnung bezahlt und Anna Wachowiaks Handynummer gespeichert. Sie war damit einverstanden, dass ich ihr Pöppelbaum schickte, um ein paar hübsche Fotos von ihr zu machen.

Lady Cora winkte mir fröhlich zu, setzte sich in ihren zusammengefickten Sportwagen und brauste los.

Rudi Gies ging mir nicht aus dem Kopf. Er hatte Lady

Cora bedroht und steckte in der Sache mit drin. Aber wie? Und wie tief?

Zu Hause gab ich seinen Namen bei *Google* ein und wartete. Die Anzahl der Treffer war erstaunlich. Gies hatte einige Jahre bei einem öffentlich-rechtlichen Fernsehsender gearbeitet, bis der ihn entließ. Der werte Kollege hatte sich von Firmen dafür bezahlen lassen, dass er ihre Namen vor laufender Kamera erwähnte. Kurz darauf stellte eine Zeitung, die gerade dabei war, einen Privatsender aufzubauen, Gies als Berater ein.

Im *Spiegel*-Archiv stieß ich schließlich auf einen Artikel mit der Überschrift:

ALTHERRENSEX UND SOFTPORNOSTREIFEN

Der Kunde im Dessous-Geschäft hatte einen Spezialwunsch. Angeblich, um zu erfahren, was seiner Freundin stehen könnte, bat er die Verkäuferin, ihm Reizwäsche vorzuführen.

Die Frau ging darauf ein. Was sie nicht wusste: Sie wurde mit versteckter Kamera gefilmt – ausgerechnet von einem Fernsehteam der sonst so seriösen *Allgemeinen Frankfurter Zeitung (AFZ),* dem bekanntesten deutschen Meinungsblatt.

Auch andere scharfe Sachen ließ *Tele-AFZ*-Chefredakteur Rudi Gies (53) an sieben Drehtagen ablichten, etwa wie sich bei einem Gesellschaftsspiel drei Frauen und zwei Herren entblößten. Und bei einer Bochumer Filmfirma erstand Gies vier Stunden Filmmaterial, das angehende Sex-Schauspielerinnen (»Jacqueline will zum Pornofilm«) hautnah bei Bewerbungsinterviews zeigt.

Aus den besten Szenen bastelte Gies sieben Episoden für 28 Minuten soften Altherrensex, von ihm als Pilotfilm für eine Serie auf RTL geplant.

Der peinliche *AFZ*-Streifen ist inzwischen unter Verschluss. Eine Cutterin hatte die Geschäftsleitung, die von Gies' Treiben nichts wusste, über den »Schweinkram« am Schneidetisch informiert.

Gies soll der *AFZ* 10.000 Euro Schadensersatz zahlen. Doch erst als ruchbar wurde, Gies (Monatsgehalt: 7.300 Euro) habe von Produktionsfirmen Bestechungsprovisionen für Aufträge kassiert, feuerte die *AFZ* ihren TV-Chefredakteur.

Warum hatte der Verlag uns diesen Vogel in die Redaktion gesetzt? Morgen würde ich Rudi Gies zur Rede stellen und Peter Jansen informieren.

Neue Fotos braucht das Land

Wayne Pöppelbaum war hellauf begeistert über den Auftrag, Lady Cora zu fotografieren. Die beiden verabredeten sich für eine Fotosession am Nachmittag.

»Muss ich vorher noch zum Friseur?«, fragte er.

»Wer schöner ist als du, der ist geschminkt«, beruhigte ich ihn. »Ich hätte gerne Close-ups von allen Seiten. So ein bisschen verrätselt. Verstehst du, was ich meine?«

»Femme fatale?«

»Nein, dazu ist sie ein bisschen zu jung«, meinte ich. »Eher so Ich-will-Spaß-mäßig.«

»Also eine junge Frau, die ein unkompliziertes und tabuloses Verhältnis zur eigenen Sexualität hat, weil sie sich zu ihrem Körper bekennt?«

»Wayne! Du bringst dich ja richtig ein! Du denkst doch sonst nicht nach«, griente ich.

»Verdammtes Biest, Grappa!«

Jansen hatte uns reden gehört und kam neugierig näher. »Und? Wie war es? Hat sich das Geld gelohnt?«

»Sie hat voll ausgepackt«, jubelte ich. »Ich erzähle dir gleich alles in deinem Büro. Aber ich brauch erst einen Kaffee. Für dich auch?«

Selbstverständlich. Ich nahm den Weg zur Kaffeeküche und traf auf Susi, die ihren Salat in den Kühlschrank bugsierte. Sie fastete, um attraktiv zu sein – für *Georg, den gutherzigen Gurkenbauern* oder *Raimund, den rüstigen Rübenwirt* bei *Bauer sucht Frau.*

»Na, Susi, wie viel hast du denn schon runter?«, fragte ich.

»In meinem Alter klappt das nicht mehr so ohne Weiteres«, jammerte sie. »Ich faste und faste und es ist noch nicht mal ein Kilo.«

»Genau! Deshalb versuche ich es erst gar nicht«, grinste ich zufrieden. »Außerdem: Glaubst du, dass deine Bauern umgekehrt auf irgendwas verzichten, nur weil du sie in der Pampa besuchen kommst?«

Susi zuckte die Schultern und verschwand. Ich nahm die beiden Becher Kaffee. Jansen wartete auf mich.

Nach einer halben Stunde hatte ich alles berichtet, was sich gestern abgespielt hatte. Der Auftritt von Rudi Gies, dessen dubiose Vergangenheit als Pornofilmer und die Bedrohung der Zeugin machten ihn wütend.

»Ich werde dafür sorgen, dass der Kerl wieder verschwindet!«, rief mein Chef.

»Sei vorsichtig, Gies ist ein skrupelloser Schmierlapp«, warnte ich. »Du weißt nicht, welche gemeinsamen Leichen er und unser Verleger im Keller haben. Außerdem bist du zu anständig, um eine exquisite Intrige zu landen. Lass mich das lieber machen. Ich würde zu gerne wissen, wer die Frau ist, die die Partys organisiert hat und mit Gies zusammen ist.«

»Jessica Brühl, wer sonst? Die Bilder waren doch auf ihrem Handy«, meinte Jansen.

»Dann könnte Gies der Mörder der Brühl sein.«

»Welches Motiv hätte er?«

Ich dachte nach, kam aber zu keinem Schluss. »Ich frage

ihn einfach, ob er die Brühl gekannt hat. Mal gucken, was er von sich gibt.«

»Dann frag ihn doch auch, ob er ihr den Hals zugedrückt hat«, schlug Jansen vor. »Wenn er ja sagt, kannst du dir die Arbeit mit der Intrige sparen.«

»So einfach ist das Leben nicht«, seufzte ich. »Ich habe noch eine Bitte.«

»Was kann ich für dich tun?«

»Ich habe eine E-Mail von dem Hochzeitsmörder bekommen. Eine rätselhafte Zeile. *Alle Wege führen nach Rom*, schreibt er. Kannst du deine Kontakte noch mal bitten, herauszufinden, wo der Rechner steht, von dem die Nachricht abgesendet wurde?«

Jansen nickte, notierte sich die Einzelheiten der E-Mail und ging hinaus.

Nach einer halben Stunde kam er zurück. »Die Mail ist von einem öffentlich zugänglichen Rechner gesendet worden. Der PC steht in der Universitätsbibliothek.«

Wenig später erfuhr ich, dass Rudi Gies nicht zur Arbeit erschienen war. Doch es lag weder eine Krankmeldung noch eine andere Nachricht vor.

Aufgeschoben ist nicht aufgehoben, dachte ich und machte mich an die Arbeit. Die Geständnisse der Lady Cora würden Bierstadt und seine Politiker erschüttern.

Am Nachmittag war ich fertig.

LADY CORA PACKT AUS: 6.000 EURO FÜR LUSTREISE NACH BRANDENBURG

Eigentlich ein ganz normales Geschäft: Zwei Herren mittleren Alters planen eine Woche Urlaub und wollen nicht allein sein. Sie mieten sich vier junge Damen und zahlen ihnen jeweils 6.000 Euro pro Woche für erotische Dienstleistungen. Nur prüde Zeitgenossen regen sich heutzutage noch über solche Geschäfte auf.

Wenn die Herren freilich Mobby und Erwin heißen und außerdem an Sex- und Drogenpartys im Rathaus teilgenommen haben, werden Polizei und Staatsanwalt aufmerksam.
Dem *Tageblatt* ist es gelungen, in Kontakt zu Lady Cora zu treten. Die 27-Jährige hat sowohl an der Lustreise nach Ostdeutschland als auch an einer Drogenparty im Rathaus teilgenommen. Für einen freizügigen Abend im Büro des Oberbürgermeisters erhielt sie wie die anderen Frauen 2.000 Euro.
Lady Cora: »Die Herren trugen Masken, die sie im Laufe der Nacht ablegten. Erst da merkte ich, dass auch Mobby und Erwin zu der Gesellschaft gehörten. Es wurde Kokain konsumiert und es kam zu sexuellen Kontakten.«
Trotz der hohen Gage hat sich Lady Cora nicht zu einer zweiten Orgie überreden lassen. Die junge Frau wörtlich: »Die Männer waren ungehobelt, tranken zu viel und kamen gleich zur Sache. Als ich ging, sagte ich der Frau, die mich engagiert hatte, dass sie das nächste Mal Mädchen von *McFick* (ein großes Bordell mit Discounterpreisen) mieten soll. Die passen besser zum Niveau dieser Leute.«
Viele Fragen bleiben offen: Wer hat die Drogenpartys im Rathaus organisiert? Woher stammt das Geld, das dieser Spaß gekostet hat? Wie ist es möglich, dass die Orgien nicht bemerkt wurden?
Die Schlüsselfigur zu all diesen Fragen ist Jessica B., die im Büro des Oberbürgermeisters uneingeschränkten Zugang zur Stadtkasse hatte. Doch sie wurde ermordet. Wollte sie aussteigen oder auspacken?

Pöppelbaum hatte seine Sache gut gemacht. Er hatte Anna Wachowiak in mehreren Posen fotografiert – immer so, dass sie nicht eindeutig identifiziert werden konnte. Mal ein Auge nah, dann der Blondschopf in starkem Halbprofil, das Dekolleté, die perfekt manikürten Hände mit dezentem Ring und ihre Lippen – mal lächelnd, mal schmollend.

»Boah! Da wird jedem Kerl heiß und kalt«, meinte ich zu den Lippenfotos.

»Die Maus ist aber auch ein Hammer«, schwärmte Pöppelbaum. »So eine sexuelle Ausstrahlung hat kaum eine.«

»Ausstrahlung? Meinst du nicht eher, dass deine Fantasie stimuliert wurde? Du weißt ja, dass sie käuflich ist, und dann stellst du dir vor, was sie mit dir anstellt.«

»Stimmt«, gab er zu. »Ihre Wohnung ist übrigens ganz bescheiden. Zwei Zimmer, Küche und Bad. Balkon zum Innenhof. Sieht nicht aus wie eine Lasterhöhle.«

»Wayne! Lady Cora arbeitet für einen Escort-Service. Die geht mit Männern mit, aber lädt sie nicht zu sich ein.«

»Wie auch immer. Ich soll ihr die Fotos übrigens zumailen.«

»Du hast ihre Mail-Addy?« Mir fiel plötzlich etwas ein.

»Klar.«

»Her damit.« Pöppelbaum reichte mir die Karte. Ich schrieb die Adresse ab.

Anschließend suchte ich die Fotos aus, die meinen Artikel begleiten sollten. Und da große Bilder schnell geschrieben sind, nahm ich sie dreispaltig.

Jansen war zufrieden. Er ließ sogar eine Händlerschürze drucken, auf welcher der Exklusivbericht am nächsten Morgen angekündigt wurde. *Rathaus Bierstadt: Laster, Lust und Lügen – Lady Cora packt aus.*

»Hat sich Gies inzwischen gemeldet?«, fragte ich.

»Nein. Aber das ist mir auch egal.«

»Wenn der Gies da so tief drinsteckt, wie ich vermute, kriegt er Ärger mit der Polizei«, sagte ich. »Ich will unbedingt rauskriegen, wer die Frau ist, die die Partys organisiert hat. Und deshalb ruf ich den Kerl jetzt an.«

Jansen blieb, um das Gespräch bezeugen zu können. Doch Gies hatte nur den Anrufbeantworter geschaltet.

Ich suchte das Jugendbildnis der Jessica Brühl heraus, das

in der BILD veröffentlicht worden war, scannte es ein und mailte es Lady Cora mit der Frage: *Könnte das die Frau gewesen sein, die Sie engagiert hat?* Schließlich wählte ich ihre Handynummer, doch auch bei Lady Cora meldete sich nur die Box. Ich sprach die Bitte darauf, mal in die Mails zu schauen.

»Lass uns Feierabend machen«, sagte Jansen. »Morgen wird es hoch hergehen.«

Auf dem Weg nach Hause sah ich die Händlerschürzen an den Scheiben der Kioske und der Bushaltestellen. Ich liebe meinen Job, dachte ich. Mittendrin zu sein im Geschehen – das hatte was!

Miese Drohungen

Am nächsten Morgen fand ich Lady Coras Antwort vor: Nein, die Frau auf dem Foto, das ich ihr geschickt hatte, war nicht die Organisatorin der Rathauspartys. Dann hatte Rudi Gies Jessica Brühl nicht gekannt? Schade, ich hätte mir den Pornofilmer außer Diensten so gut als Mörder vorstellen können.

Es war noch so früh am Morgen, dass ich mir Zeit lassen konnte. Vor elf Uhr brauchte ich in der Redaktion nicht zu erscheinen. Da ich den Rechner schon einmal hochgefahren hatte, las ich die Online-Ausgaben der Tageszeitungen. Nicht viel Neues. Der Hochzeitskiller hatte den Mord an Jessica Brühl auf die hinteren Lokalseiten verbannt.

Milva Grandi von BILD überraschte mich allerdings. Ihr war es gelungen, ein Interview mit dem Mann zu machen, der für die Aufklärung beider Mordfälle zuständig war: Dr. Friedemann Kleist. Auch ein Foto fehlte nicht – natürlich zusammen mit der BILD-Reporterin.

Wütend schaltete ich den Computer aus. Wie konnte er mir das antun?

Nach der zweiten Tasse Kaffee war meine Wut immer noch nicht verraucht. Grandi bezeichnete ihn als *hochklassigen Ermittler* mit akademischem Hintergrund, als *attraktiven Kriminalisten* und *erfolgsgewohnten Chef der Mordkommission.*

Nur dass seine Erfolge in Bierstadt noch auf sich warten lassen, grummelte ich eifersüchtig.

Das Handy meldete sich. Am anderen Ende schnarrte mich der hochklassige Ermittler an: »Warum hast du mir diese Zeugin unterschlagen?«

»Wen meinst du?«, fragte ich mit unschuldiger Stimme zurück.

»Nun tu nicht so, Maria! Ich meine Lady Cora.« Er wirkte ausgesprochen ungehalten.

»Weißt du, ich habe mir das gut überlegt«, entgegnete ich. »Aber ich wollte verhindern, dass meine Exklusivstory in der BILD steht.«

»Was soll das denn heißen?«

»Deine Beziehung zu Milva Grandi scheint enger zu sein, als ich bisher dachte«, dehnte ich. »Da ist wohl Vorsicht angebracht. Ich recherchiere mir den Kopf blutig und du gibst der Dame ein Interview. Zeit, die du besser genutzt hättest, deine unaufgeklärten Fälle zu lösen.«

»Es reicht, Maria. Wie heißt diese Lady Cora mit richtigem Namen und wo kann ich sie finden?«

So nicht, dachte ich grimmig. »Zeugnisverweigerungsrecht und Informantenschutz«, antwortete ich. »Fest verankert in Artikel 5 Grundgesetz. Aber das weißt du ja.«

»Allerdings. Ich weiß allerdings auch, dass diese beiden wunderbaren Schlupflöcher für Journalisten außer Kraft gesetzt werden können, wenn Gefahr im Verzuge ist.«

»Dann beweis das mal. Außerdem brauchst du eine richterliche Erlaubnis.«

»Die bekomme ich. Und dann kann ich dich in Beugehaft nehmen lassen, Maria«, schnaubte Kleist. »Musst du denn immer so ein Theater machen?«

»Okay. Kein Richter wird mich in den Knast schicken. Aber ich werde die Frau anrufen und sie fragen, ob sie aussagt. Niemand soll mir den Vorwurf machen, ich sei der Polizei nicht behilflich.«

»Ich erwarte deine Nachricht bis zum Mittag«, sagte er hart.

Ich rief Anna Wachowiak an. Sie hatte nichts dagegen, mit der Polizei zu sprechen.

»Bevor ich noch mal bedroht werde, ist es besser, alles zu sagen.«

»Dann darf ich Ihre Handynummer an die Polizei weitergeben?«

Ich durfte.

»Sie heißt Anna Wachowiak«, teilte ich Kleist durchs Telefon mit. »Du kennst sie übrigens.«

»Ich kenne sie?« Er war verdattert.

»Erinnerst du dich an unser Essen im *Florian?* Sie saß neben uns – mit einem Kunden. Du hast mich noch drauf aufmerksam gemacht und sie als Dame des eskortierenden Gewerbes enttarnt. Und als ich mir die Handyfotos von der Rathaus-Orgie anguckte, hab ich das Gesicht wiedererkannt. Den Rest erzähle ich dir später.«

Er lachte. »Kompliment, Maria. Mir ist das Gesicht dieser Frau völlig entfallen. Wir zwei wären wirklich ein gutes Team, wenn du nicht immer so zickig wärst.«

»Wir beide ein Team? Das ist ja völlig neu! Bisher hast du mich immer an die Pressestelle abgeschoben.«

»Immer?«

»Okay – nicht immer. Aber oft.«

»Das wird auch in Zukunft passieren, wenn du Fragen stellst, die ich nicht beantworten will«, prophezeite er.

»Und dir kann passieren, dass ich weiter zickig bin.«

»Das habe ich befürchtet«, seufzte Kleist. »Ich habe Hunger. Wie wäre es mit einem kleinen italienischen Imbiss?«

Irgendwie wurde ich nicht schlau aus ihm. Aber Hunger hatte ich auch. Und sobald wir uns gegenübersaßen, entspannten sich alle Bürstigkeiten. Also ja.

Als ich Luigis Restaurant betrat, war Kleist schon da. Er winkte mir zu und stand wohlerzogen auf, als ich zum Tisch trat. Dann saßen wir uns gegenüber. Sein Blick war offen und meiner wohl auch. Die Missstimmungen des morgendlichen Telefonats waren verflogen. Wir bestellten Antipasti und Wasser.

»Schön, dich zu sehen«, begann er.

Ich musste grinsen. »Was willst du?«

»Wir haben Laborergebnisse. Aber sie sprechen noch nicht zu mir. Darum möchte ich ein wenig darüber plaudern.«

»Wäre der richtige Ort dafür nicht die Mordkommission?«

»Nein, die ist zu professionell.«

Das kam mir seltsam vor. »Ich als die Wand, zu der du sprichst? Na, ob das ein Kompliment ist?«

Er lächelte mich an und nickte erwartungsvoll. Was wollte er nur? Die Situation war befremdlich. Sein Blick wurde aber immer freundlicher. Dann klingelte ein kleiner, leiser Gedanke. Eine Erinnerung.

»Ah, du erinnerst dich«, sagte er.

»Etwas meldet sich«, gab ich zu. Es fiel mir ein. »Die allmähliche …«, ich stockte, »… Verfertigung …«

»… der Gedanken beim Reden«, ergänzte er.

»Ja ... eine wunderbare Schrift«, nickte ich, »von Heinrich von ... Ist das deine Familie?«

Ein breites, offenes Lachen überzog sein Gesicht. »Ja ... Er selbst hatte ja keine Kinder, aber Familie ist es schon. Ein Zweig hat sich der Polizeiarbeit verschrieben. Einer meiner Vorfahren, Justus von Kleist, gehörte in Berlin zu den kriminologischen Experten, als Kriminologie noch Polizeiwissenschaft hieß.«

»Und dann hat man das *von* aus dem Namen gestrichen?«

»Das war mein Großvater. Nach dem Ersten Weltkrieg, als junger Mann.«

»Eine alte und verdiente Familie«, sagte ich, »und nun hast du das Wappen derer von Kleist nach Bierstadt getragen.«

»Kein Wappen. Ohne ›von‹ wäre es albern.«

»Du möchtest herausfinden, welche Gedanken deine Ermittlungsergebnisse dir geben?«

»Ja genau, wir sollten uns nicht verplaudern.«

»Ich bin gespannt.«

»Du wirst aber bitte das, was wir jetzt bereden, sorgfältig daraufhin prüfen, ob es in die Zeitung gehört, ja?«

Ich beruhigte ihn und meinte es tatsächlich ernst. »Ganz sorgfältig, verlass dich drauf.«

»Na gut. Wir wissen inzwischen, von wo aus geschossen wurde und mit welcher Waffe.«

»Ihr habt die Waffe gefunden?«

»Das nicht, aber den Typ kennen wir. Eine *Heckler & Koch SL7*. Das ist ein sehr präzises und ganz weit verbreitetes Gewehr. Die Jäger schätzen es nicht sehr, aber die Sportschützen. Wenn man ein Zielfernrohr montiert und es korrekt einstellt, kann man auch auf mehrere hundert Meter problemlos treffen. Und man kann mehrmals schnell hintereinander Schüsse abgeben.« Er machte eine Pause. »Geschossen wurde von dem Flachdach gegenüber dem Rathaus.«

Mich schauderte. »Das ist eine grausige Vorstellung. Wer macht so was? Und wieso zu zweit?«

»Wer die beiden sind, ist die letzte Frage. Auf die zielt ja alles hin. Jedenfalls hatte einer von ihnen einen Anfall von schwacher Blase. Es sind Urinspuren auf dem Dach. Das ist DNA-fähiges Material.«

»Aber mit wem kann man das abgleichen? Es gibt ja keinen Hinweis in irgendeine Richtung.«

Seine Stirn bekam Falten. »Noch nicht, aber darum sitzen wir ja hier zusammen. Wir haben noch etwas gefunden. Ein Stück bedruckte Pappe.«

»Einen Karton? Vielleicht für 'ne leckere Pizza?«

»Es ist nur ein winziges Stück.« Er legte einen Block Papier vor sich hin und einen Kugelschreiber. »Und jetzt möchte ich dir den Ablauf erzählen, aus der Perspektive der Mörder. Vielleicht schießen dabei die Dinge so zusammen, dass am Ende etwas Neues entsteht.«

Das klang spannend. »Ich bin ganz Ohr.«

»Es ist Nacht. Ich hole das Gewehr und prüfe es. Ich lade das Magazin und setze es in das Gewehr ein. Ich lade durch, damit ich es nicht auf dem Dach tun muss. Das knallt ganz ordentlich bei dieser Waffe. Die erste Patrone ist im Lager. Die Waffe ist schussbereit. Ich lege den Sicherungshebel auf sicher.«

Kleist vollführte mit seinen Händen entsprechende Bewegungen. »Jetzt verpacke ich das Gewehr.«

Im Packen besaß ich Übung. Also warf ich ein: »Am besten wäre eine Art Koffer. Nach den Schüssen willst du schnell verschwinden. Du musst es so einpacken, dass du mit wenigen Handgriffen fertig bist.«

»Guter Gesichtspunkt.«

Er fuhr fort: »Jetzt treffe ich mich mit meinem Komplizen und wir gehen zum Rathausplatz.«

»Ich denke, die Schussposition hast du schon vorher erkundet und festgelegt.«

»Ja, ich weiß, wohin ich möchte, und ich habe die Schlösser schon vorher einmal geöffnet. Wir ziehen Handschuhe an und öffnen die Seitentür. Wir gehen hinein und schließen von innen wieder ab.«

»Geht das denn mit einem Dietrich?«

»Maria, du bist wirklich gut. Auf so eine Frage kommt in der Kommission niemand. Wenn die Täter hinter sich abgeschlossen haben, müssen sie einen richtigen Schlüssel gehabt haben.«

Ich war zwar stolz auf mich, aber ich wollte die Fortsetzung hören. »Gut, ihr seid jetzt im Gebäude. Wie kommt ihr aufs Dach?«

»Es ist Nacht. Der Fahrstuhl wird aber nicht ausgeschaltet. Also zu Fuß oder Fahrstuhl.«

»Und oben?«

Die Falten auf seiner Stirn vertieften sich. »Der Fahrstuhl geht bis in den fünften Stock. Dann folgt eine Eisenleiter. Eine Eisentür versperrt den Zugang zum Dach. Auch die wird mit einem Schlüssel oder einem Trick geöffnet.«

»Schließt ihr auch diese Tür hinter euch ab?«

»Nein. Wir wollen nicht überrascht werden. Mein Kollege überwacht die Eisentreppe. Dazu muss er durch die Tür gehen können.« Er schwieg und entspannte sich ein wenig.

Ich wollte, dass er weitersprach. »Jetzt habt ihr Zeit.«

»Ja. Wir warten. Und wir achten darauf, dass wir nicht auffallen. Als es dämmert, hocken wir uns in den Schatten der Schornsteins.«

»Einer von euch muss pinkeln irgendwann.«

»Ja. Das wird auf Männerweise erledigt. Beim Schornstein.«

»Mit Handschuhen?«

Er lächelte schief. »Fingerspuren sind keine da. Aber wir brauchen auch keine. Wenn wir einen Menschen finden, der zu der DNA passt, ist bewiesen, dass er dort war.«

»Ein Stochern im Nebel«, seufzte ich.

Er fuhr fort auf seinem Weg. »Es ist hell geworden. Nicht mehr lange und es ist so weit. Ich gehe an den Rand des Daches und beobachte den Platz.«

»Was hast du gegen dieses Brautpaar?«

»Ich weiß es nicht. Ich weiß nicht einmal, ob ich ein Mann bin oder eine Frau.«

Ich holte Luft. Bevor ich etwas sagen konnte, brachte er mich mit einer Geste zum Schweigen.

»Da ist etwas. Aber zugleich ist da nichts. Alles ist leer. Ich warte auf das Brautpaar. Warum will ich diese Menschen töten?«

»Liebe, Geld, Rache?«

»Es gibt im Hintergrund der beiden Toten nichts, was auf ein mögliches Eifersuchtsdrama hinweist. Sie waren als Kinder schon Spielkameraden, besuchten dieselbe Schule und liebten sich, seit sie dreizehn waren. Nie war jemand dazwischen. Das ganze Umfeld der Toten erzählt diese Geschichte.«

»Es kann aber nicht sein, dass du keinen Grund hast, sie zu töten. Du tust es ja.«

Kleists Blick verriet, dass er meine Worte nicht aufnahm. Seltsam abwesend zahlte er. Dann verabschiedete er sich ohne weitere Verabredung.

Männer!

Am Nachmittag machte ich mich auf die Suche nach Rudi Gies. Er hing bis zum Hals in dem Schlamm um die Kokspartys drin.

Sein Handy war ausgeschaltet. Über den Verlag besorgte ich mir die Adresse seiner Wohnung und war überrascht, dass er in einer Pension logierte. Sie befand sich nicht weit vom Verlagshaus entfernt in einer schmalen Straße mit Häusern aus der Gründerzeit.

Die Besitzer hatten sich Mühe gegeben, dem kleinen Hotel eine gewisse Niedlichkeit zu verpassen. Ich sah Spitzengardinen, vor den Fenstern Blumenkästen mit Geranien und eine gelb-weiß gestreifte Markise, die über die Tische und Stühle vor dem Gebäude ausgefahren worden war.

Und ich sah auch ihn: Rudi Gies – offensichtlich quietschvergnügt saß er bei einem Bier und rauchte eine Pfeife.

»Hallo, Herr Kollege«, sagte ich und setzte mich zu ihm. »Heute keine Lust zu arbeiten?«

»Warum?«, entgegnete er. »Ich bin ab morgen beurlaubt. Warum sollte ich heute noch kommen? Damit mich alle schräg anschauen?«

»Sie hätten mit Ihrer Vergangenheit offener umgehen sollen«, sagte ich. »So ein Expornofilmer macht sich nicht besonders gut in der Redaktion einer bürgerlichen Tageszeitung.«

»Was wollen Sie hier, Sie intrigantes Stück?«

Ich schluckte. Sollte ich ihm das Bier über den Kopf gießen oder die Dame spielen? Lieber Dame!

»Sie stecken so was von tief in dem Drogensumpf im Rathaus: Bedrohen eine Zeugin! Akquirieren die Edelnutten für die Partys!«, hielt ich ihm vor. »Warum machen Sie das? Sie hatten doch die Chance, als Journalist wieder festen Boden unter die Füße zu bekommen. Warum haben Sie sie nicht genutzt?«

Rudi Gies sah mich an. Seine rote Nase glänzte krank. »Glauben Sie wirklich, dass ich Spaß daran habe, kleine brave Artikelchen für ein dummes Abonnentenpack zu schreiben?«

»Sie waren immerhin mal politischer Redakteur.«

»Na und?« Er lachte spöttisch. »Mein Auftrag war ein ganz anderer.«

Ich stutzte. »Auftrag?«

»Ja, Auftrag. Achten Sie darauf, was in den nächsten Tagen passiert. Dann verstehen Sie, was ich meine.«

Große Fresse, dachte ich. »Wer war die Frau, die die Partys im Rathaus geplant hat? Jessica Brühl?«, versuchte ich es noch einmal.

»Für wie dämlich halten Sie mich, Frau Grappa?«

»Ich halte Sie keineswegs für dämlich, sondern für gefährlich, korrupt und ekelhaft«, wütete ich. »Und ich kriege Sie dran, darauf können Sie sich verlassen!«

Ich stand auf und ging.

»Passen Sie auf sich auf!«, rief Gies mir nach. »Es gibt so viel Gewalt gegen Frauen in dieser Stadt.«

Missmutig fuhr ich nach Hause. Viel schlauer war ich nicht geworden. Neu war nur, dass Gies einen Auftrag hatte. Aber mit welchem Ziel und von wem?

Ich informierte Jansen über das Gespräch. Er hatte schon erfahren, dass er mit dem unliebsamen Redakteur nicht mehr zu rechnen brauchte.

Später am Abend meldete sich Kleist und teilte mir mit, dass Anna Wachowiak kooperativ gewesen sei.

»Sie hat mir von einem Mann im Restaurant erzählt, der sie bedroht hat. Und sie sagte, dass du ihn kanntest. Wer ist das?«

»Ein ehemaliger Kollege von mir«, antwortete ich. »Es kann nicht schaden, wenn ihr ihn euch mal vornehmt.«

Ich nannte ihm die Rahmendaten von Gies.

»Was macht der Hochzeitsmörder?«, fragte ich dann.

»Wir haben die Vernehmungen der Menschen, die sich in den umliegenden Häusern aufhielten, abgeschlossen. Leider gab es keine weiterführenden Hinweise. – Ich wollte mich noch bei dir bedanken. Die Verfertigung der Gedanken beim Reden hat mir geholfen. Jedenfalls meinen Ideen.«

»Dann ist die Aufklärung ja nur noch eine Sache von ein paar Stunden«, frotzelte ich. »Wie hat dich Milva Grandi in dem Artikel genannt? Erfolgreicher Ermittler?«

»Die Presse übertreibt immer. Du kennst das doch.«

Der Bürgermeister wehrt sich

Gleich am nächsten Morgen erklärten sich die mysteriösen Andeutungen von Rudi Gies.

Die BILD-Zeitung lag auf meinem Schreibtisch in der Redaktion. Innen prangte ein Foto von Oberbürgermeister Jakob Nagel mit verrutschtem Anzug – eingerahmt von zwei drallen, leicht bekleideten Mädchen und mit weißem Pulver an den Nasenflügeln.

PLÜNDERTE AUCH DER KOKSER-OB DIE STADT-KASSE FÜR SEXPARTYS?
Von BILD-Reporterin Milva Grandi

Jetzt haben sie ihn, dachte ich. Das überlebt er politisch nicht. Ich sah mir das Foto genauer an, entdeckte aber keine Unstimmigkeiten, die auf eine Fotomontage schließen ließen.

OB Nagel: Ich kenne die beiden Damen nicht und habe nie Kokain konsumiert. Auch von Sexorgien in meinem Büro weiß ich nichts. BILD fragt: Will der Bierstädter OB die Bürger seiner Stadt für dumm verkaufen? BILD fordert: Treten Sie zurück, Herr Nagel, bevor die Sache noch peinlicher wird!

Es klopfte. Jansen erschien und sein Gesicht sagte mir, dass er die Zeitung mit den großen Buchstaben schon gelesen hatte.

»Es gibt eine Ehrenerklärung der Partei für Jakob Nagel«, sagte mein Chef und reichte mir ein Fax. »Madig ist ein verschlagener Intrigant.«

Wir – die SPD-Fraktion und die Landespartei – stehen voll hinter unserem Oberbürgermeister Jakob Nagel. Wir werden jeder üblen Nachrede und jeder Verdächtigung entgegenzutreten wissen. OB Nagel hat eine beeindruckende Leistungsbilanz vorzuweisen. Er ist ein hoch kompetenter Oberbürgermeister, dem Bierstadt viel zu verdanken hat. Zukunft, Zusammenhalt, Zuhause – Bierstadt gewinnt – *so der Leitsatz des Oberbürgermeisters. Stabile Einwohnerzahlen, zufriedene Menschen, eine rege Investitionstätigkeit und eine verantwortliche sozialdemokratische Sozialpolitik prägen die Stadt. Ein neues Bierstadt ist entstanden. Deshalb werden wir – Fraktion und Partei – allen Versuchen entschieden entgegentreten, unseren Oberbürgermeister politisch und persönlich zu beschädigen. Wir verlangen von Polizei und Staatsanwaltschaft, die Vorwürfe gegen OB Nagel sorgfältig zu überprüfen. Wir sind sicher, dass sich alle Beschuldigungen in Luft auflösen werden.*

Das Fax war von Mobby Madig und Erwin Debill unterschrieben.

»Verlogenes Pack«, sagte ich. »Die wollen Nagel lieber heute als morgen in die Wüste schicken.«

»Ach ja. Nagel hat zu einer Pressekonferenz eingeladen. In einer Stunde.«

Auf der Treppe, die zum Rathaus führte, lief mir Milva Grandi über den Weg. Natürlich hatte sie das passende Gesicht aufgesetzt – ihr Artikel und das Foto waren die Sensation des Tages.

»Hallo, Frau Grappa«, begrüßte sie mich gnädig. Sie schien erneut einem Farbkasten entsprungen zu sein. Im schwarzen Haar glitzerten winzige Sternchen, das voluminöse Halstuch hatte lange, rote Fransen und die Schuhspitzen der hohen Pumps waren mit Metall verkleidet.

»Hallo, Frau Kollegin. Gute Story, ja wirklich.« Ich zeigte ein Lächeln, das so süß war, dass ein Diabetiker direkt ins Koma gefallen wäre. Leider war sie nicht zuckerkrank.

»Ja, finde ich auch. Bierstadt wird in einigen Stunden eine andere Stadt sein.«

»Dann rechnen Sie also mit Nagels Rücktritt?«

»Selbstverständlich!«, entgegnete Grandi triumphierend. Einige Sternchen fielen aus der Frisur.

Pöppelbaum neben mir drängelte. »Komm, wir müssen los. Sonst sind die besten Plätze weg.«

»Hoffentlich haben Sie nicht den Falschen erwischt«, sagte ich und drückte mich an ihr vorbei. »Auch Fotos können lügen. Komm, Wayne!«

Vor dem verschlossenen Sitzungszimmer war die Hölle los. Sensationsgier waberte wie ein Nebel durch die Etage. Kamerateams traten sich gegenseitig auf die Füße, Fotografen überprüften die Einstellungen ihrer Apparate. Zeitungsschreiber besprachen sich mit ihren Knipsern. Auch Rudi Gies war gekommen. Er unterhielt sich mit Milva Grandi.

Endlich öffneten sich die Türen des Saals. Alle stürzten in den Raum. Pöppelbaum lief voran, um sich eine gute Position zu sichern. Als alle Platz genommen hatten, erschien Nagel – flankiert von seiner Referentin und dem Leiter des städtischen Presseamtes.

Ich schaute mich um, wo Milva Grandi saß. Sie hatte ihr Opfer gut im Blick.

»Meine Damen und Herren! Der Oberbürgermeister wird eine Erklärung abgeben. Ich bitte um Ihre Aufmerksamkeit«, eröffnete der Pressechef die Konferenz.

Nagel war bleich und hob den Blick nicht vom Tisch. Er las die Rede ab: »Meine Damen und Herren, liebe Genossen! In den letzten Stunden habe ich in aller Ruhe und mit etwas Abstand über die aktuelle Lage in Bierstadt nachgedacht. Ausführlich habe ich mit meiner Familie gesprochen, mich mit Freunden beraten und eine Entscheidung getroffen: Ich trete mit sofortiger Wirkung als Oberbürgermeister zurück.«

Raunen, Geknipse, Kamerasurren. Nagel schaute zum ersten Mal auf. Er hatte feuchte Augen.

Mit zitternder Stimme fuhr er fort: »Mit dem Motto *Bierstadt gewinnt* bin ich vor neun Jahren angetreten. Und Bierstadt hat gewonnen: Die politischen und sozialen Projekte kommen gut voran. Die Erfolgsbilanz kann sich bundesweit sehen lassen. Diese Erfolge sind eine Gemeinschaftsleistung vieler Menschen dieser Stadt. Das Zusammenwirken von Rat, Verwaltung und OB, von SPD und den Grünen, von Partei und Fraktion hat Brennpunkte ausgehebelt, die Wirtschaft gestützt und soziale Projekte angestoßen. Wir können stolz sein auf das Geleistete. Als Oberbürgermeister stehe ich zu meiner Gesamtverantwortung. In der Konsequenz heißt das: Ich kann mir die Erfolge zurechnen, muss aber auch hinnehmen, dass ich ohne persönliche Schuld Verantwortung tragen muss für das Fehlverhalten anderer.«

Er machte eine Pause. Bisher war sein Vortrag ein wenig zittrig gewesen.

»Ich werde bezichtigt, an sogenannten Kokain- und Sexpartys, die in meinem Büro stattgefunden haben sollen, teilgenommen zu haben. Die Staatsanwaltschaft ermittelt gegen mich wegen Drogenmissbrauchs und der Beihilfe zur Veruntreuung öffentlicher Gelder. Ein Foto, dessen Quelle genauso dubios ist wie das Presseorgan, das es veröffentlicht hat, soll mich als Teilnehmer dieser Treffen zeigen. Ich sage Ihnen hier und jetzt: Dieses Foto ist ein üble Montage. Ich habe weder von den unterschlagenen Geldern durch eine inzwischen verstorbene Mitarbeiterin gewusst noch selbst an Veranstaltungen teilgenommen, auf denen Drogen konsumiert wurden.«

Pöppelbaum hatte sich neben mich gestellt. »Aus der Nummer kommt er nicht mehr raus«, flüsterte er. »Selbst wenn er unschuldig ist. Dreck bleibt immer hängen.«

»Erfolgreich wehren kann man sich gegen solche Lügen nur mit einer geschlossen auftretenden Partei. Daran mangelt es leider zurzeit«, fuhr Nagel fort. »Es wurden zwar entsprechende Pressemitteilungen herausgegeben, doch die sind an Heuchelei nicht mehr zu überbieten. Einzelne Verantwortliche haben sich so verhalten, dass ich es nicht länger hinnehmen kann. Ich danke all denjenigen, die mich immer ermutigt haben und solidarisch zu mir gestanden haben.«

Nagel legte seine Blätter zur Seite. Fotoblitzgewitter.

»Herr Nagel bittet darum, auf Fragen zu verzichten«, übernahm der städtische Pressechef. »Die Amtsgeschäfte wird kommissarisch Herr Stadtdirektor Grubermeier übernehmen. Die Pressekonferenz ist beendet. Danke, dass Sie Zeit für uns hatten, meine Damen und Herren.«

Nagel rauschte aus dem Raum, gefolgt von seinen Mitarbeitern.

»Grubermeier!«, rief ich aus. »Damit machen die den Bock zum Gärtner! Der war doch auch auf den Partys.«

»Die BILD-Tussi naht«, raunte Pöppelbaum.

»Sehen Sie, Frau Grappa!« Ihr Busen wogte. »Investigativer Journalismus kann die Welt verändern. Bestes Beispiel ist die Watergate-Affäre!«

»Wann rechnen Sie mit dem Pulitzerpreis?«, griente ich.

»Mit dem vielleicht noch nicht«, strahlte sie. »Aber der *Wächterpreis der Tagespresse* – der wäre schon drin.«

»Wird der nicht für sauberen Journalismus vergeben?«, fragte ich.

Milva Grandi zog einen kleinen Flunsch und lachte ihr kratziges Lachen. »Jedenfalls ist es ein schönes Spiel – in das Weltgeschehen einzugreifen. Einen angenehmen Tag noch.«

Pöppelbaum und ich sahen ihr nach.

»Gibt es die Abwrackprämie eigentlich nur für Autos?«, fragte ich.

Wayne grinste.

»Wie hart ermittelt ihr eigentlich gegen Grubermeier?«, wollte ich von Kleist wissen. Ich hatte ihn sofort nach der Pressekonferenz angerufen. »Er war bei den Orgien im OB-Büro dabei und ist jetzt neuer Oberbürgermeister von Bierstadt. Das ist ja wohl die Höhe!«

»Grubermeier konnte bisher kein Drogenkonsum bewiesen werden«, antwortete Kleist. »Soweit ich mich erinnere, ist er zwar auf den Handyfotos zu erkennen – aber nur bei der zweifelhaften Aktion am Kopierer, bei der der Hintern einer Frau fotokopiert wurde. Das ist höchst geschmacklos, aber nicht strafbar.«

»Verstehe. Und damit gebt ihr euch zufrieden?«

»Nein, Maria. Aber wir brauchen Beweise. Deshalb habe ich alle Personen, die mit dem Fall in irgendeiner Weise zu tun haben, gebeten, einer Haaranalyse zuzustimmen.«

»War bestimmt ein voller Erfolg, oder?«

»Leider nicht. Aber das sagt ja auch einiges aus. Lediglich Nagel hat sich bereit erklärt.«

»Der ist jetzt weg vom Fenster«, seufzte ich. »Und was macht der Hochzeitsmörder?«

»Der wartet wohl ab, dass sich die politischen Wogen glätten. Der will bestimmt nicht auf den hinteren Seiten deiner Zeitung landen.«

Ich schrieb den Artikel über Nagels Rücktritt und konnte es mir nicht verkneifen, eine Bemerkung über Grubermeier loszulassen.

> Ob Max Grubermeier allerdings der richtige Mann ist, um die Geschicke unserer skandalgerüttelten Stadt zu führen, darf bezweifelt werden. Die Polizei ermittelt gegen ihn, weil auch er nachweislich an den Sexpartys im Rathaus teilgenommen hat. Dem *Tageblatt* liegt ein Foto vor, auf dem der neue Oberbürgermeister Grubermeier eindeutig in Aktion zu erkennen ist. Weitere Beschreibungen bleiben den Lesern des *Tageblattes* erspart, da sie der Tendenz einer Familienzeitung entschieden widersprechen.

Jansen lachte sich schlapp. »Du bist ja hart drauf, Grappa. Frau Grubermeier und die lieben Kleinen werden sich freuen. Der macht doch immer so auf glückliche Familie.«

»Tja. Das hätte er sich überlegen sollen, bevor er den nackten Hintern einer Edelnutte fotokopiert.«

»Jungs wollen halt immer spielen«, kicherte mein Chef.

»Ich spiele auch gern«, lächelte ich maliziös.

Witwe gerührt, nicht geschüttelt

Am nächsten Tag trat ich später in die Redaktion ein als sonst. Die Tageskonferenz war schon gelaufen. Das Großraumbüro wurde nur durch die Anwesenheit der beiden Sekretärinnen Stella und Susi belebt. Die anderen Kollegen hatten wohl Termine. Susi tippte emsig, Stella sah ihr dabei zu.

»Hallo, Mädels«, grüßte ich und warf einen Blick auf den Monitor, vor dem die beiden saßen. Susi befand sich gerade in einem anregenden Chat mit ihrem *gemütlichen Getreidebauern.* Oder war's der *zugeknöpfte Ziegenwirt?*

»Hi, Grappa.« Die beiden hoben noch nicht mal den Kopf.

Ich verzog mich in meine Einzelzelle. Dort erwischte mich Jansen. »Ich hatte einen Anruf, um den du dich mal kümmern solltest.«

»Erzähl!«

»Von einer Frau namens Waltraud Becker. Klingelt was bei dir?«

Ich überlegte und dann hatte ich es. »Hat sie was mit Sandra Becker zu tun?«

»Genau. Die Mutter der toten Braut. Sie hat sich beschwert, dass die Polizei den Mörder ihrer Tochter und ihres Schwiegersohnes noch nicht gefunden hat.«

»Na ja, die haben halt den Rathaus-Skandal in Arbeit. Da muss so ein kleiner Doppelmord eben ein bisschen warten.«

»Ich habe mit der Mutter ein wenig geplaudert. Und etwas sehr Spannendes dabei erfahren«, sagte mein Chef.

»So?«

»Sandra Becker hatte einen interessanten Job. Sie war persönliche Referentin von Mobby Madig, unserem verehrten Parteichef. Und – sie hat vier Wochen vor ihrer Hochzeit bei der SPD gekündigt. Leider habe ich den Grund nicht erfahren.«

»Das ist ja wirklich interessant!«, rief ich aus. »Dann schau ich doch mal bei der Brautmutter vorbei und versuche, ganz nett zu sein.«

»Viel Erfolg«, wünschte Jansen und verschwand.

War ich eigentlich nett? Es gibt den Spruch, dass ›nett‹ die kleine Schwester von ›Scheiße‹ sei. Stimmt vielleicht, denn Nettigkeit kann zwar die grundsätzliche Freundlichkeit eines Menschen bedeuten. Aber sie kann auch eine eher oberflächliche Höflichkeit sein, die das Ziel hat, dem Gesprächspartner ein Gefühl der Geborgenheit zu geben, damit er macht, was man will. Reine Taktik also. Für eine Journalistin sollte Nettsein jedenfalls zur professionellen Ausrüstung gehören.

Ich rief Waltraud Becker an.

»Wissen Sie«, sagte ich, »die Kripo sieht nur das Verbrechen. Ich versuche, in meinen Artikeln den Menschen nahezukommen. Den Lesern zu zeigen, wer hinter dem Opfer eines Verbrechens steckt. Und Ihre Tochter war doch noch so jung. Und es sollte der schönste Tag ihres Lebens werden. Eine ganz tragische Geschichte.«

Waltraud Becker brach in Tränen aus, willigte aber ein, sich mit mir zu unterhalten. Sie wohnte im Osten der Stadt – dort, wo Bierstadt an das Sauerland grenzt.

Während der Fahrt übte ich Nettsein. Ich überließ einem Sportwagenfahrer meine Vorfahrt, verschonte eine Katze, die bei Rot über die Straße lief, und lächelte den Jugendlichen mit Migrationshintergrund an, der mir aus unerfindlichem Grund den Stinkefinger zeigte.

Derart bestens vorbereitet, klingelte ich an der Wohnungstür der Mutter.

Waltraud Becker war eine kleine, verhärmte Frau, die augenscheinlich unter Osteoporose litt. Oder der Mord an ihrer Tochter hatte sie plötzlich gramgebeugt.

Sie begrüßte mich und hielt meine Hand länger, als ich es gewohnt war. Ihr Blick war voller Schmerz. Da wusste ich, dass ich mehr als nur *nett* zu ihr sein würde.

»Mein herzliches Beileid«, murmelte ich.

»Danke. Kommen Sie doch ins Wohnzimmer.« Sie hatte Kaffee gekocht. Auf dem Couchtisch stand eine silberne Schale mit Keksen, daneben türmten sich Fotoalben.

»Leben Sie allein?«, fragte ich.

»Ja. Mein Mann hat uns schon lange verlassen.«

»War Sandra Ihr einziges Kind?«

Frau Becker nickte. Ich schätzte sie auf Mitte sechzig, aber vielleicht war sie auch jünger.

»Erzählen Sie mir etwas über Sandra«, bat ich. »Wie war sie?«

Frau Becker griff nach einem der Alben. Dann erzählte sie – Geburt, Kindheit, Jugendjahre. Ich ließ die Worte an mir vorbeirauschen, nickte freundlich und sah mir die Fotos an. Erstes Fahrrad, Schultüte, Urlaub in Bayern. Da war die Familie noch komplett.

Waltraud Becker strahlte Kraft und Stolz aus. Heute hatte sie kaum noch Ähnlichkeit mit der Frau von früher. Sandras Vater schaute seine kleine Tochter verliebt an. Ein halbes Jahr nach der Aufnahme hatte er sich »aus dem Staub gemacht«. Weitere Fotos von ihm gab es im Album nicht.

Der erste Job als Azubi bei der Bierstädter Stadtverwaltung. »Sie hat die Prüfung mit sehr guten Noten abgeschlossen«, erzählte die Mutter.

»Und später hat sie in der Parteizentrale gearbeitet – so hörte ich«, kam ich zur Sache.

»Bei der SPD. Sie war die persönliche Referentin von Mobby Madig. Quasi seine rechte Hand.«

»Sind die beiden gut miteinander ausgekommen?«, fragte ich.

»Ja. Sandra war sogar ein bisschen mit ihm und seiner Frau befreundet. Hier – ich zeige es Ihnen.«

Waltraud Becker zog das nächste Album hervor und klappte es auf. »Da ist es. Sandra und Madig und ein paar andere während des letzten Bundestagswahlkampfs.«

Sandra Becker stand mit einem Stapel Flugblätter mit SPD-Logo hinter einem niedrigen langen Tisch. Rechts und links Plakatständer der örtlichen SPD-Kandidaten. Die waren schon alle so viele Jahre im Bundestag, dass sie fürs Leben ausgesorgt hatten. Mobby Madig befand sich vor dem Tisch. Er trug eine rote Schirmmütze mit den weißen Parteibuchstaben und war in ein Gespräch mit einem mündigen Bürger vertieft. Letzterer hielt ein SPD-Fähnchen in der einen und eine SPD-Tasse in der anderen Hand.

»Ein sehr hübsches Mädchen, Ihre Sandra. Und Ihr Schwiegersohn? War er auch in der Partei aktiv?«

»Er war – glaub ich – zwar drin, aber ohne Amt. Wohl aus beruflichen Gründen. Tommi war Sachbearbeiter bei der Stadtverwaltung. Bei der Rechnungsprüfung.«

»Ja, da kann das SPD-Parteibuch nicht schaden«, stimmte ich zu. »War Mobby Madig bei der Heiratszeremonie dabei?«

»Nein. Er hatte Termine. Aber er hat bestimmt eine Glückwunschkarte geschickt. Moment, ich habe sie ja alle gesammelt.«

Frau Becker öffnete die Glastür einer Schrankwand und holte einen Karton heraus. Sie wühlte darin, klappte Karten auf und zu. Doch das, was sie suchte, fand sie nicht.

»Also doch kein Glückwunsch vom Parteichef?«, fragte ich.

»Die muss ich dann verlegt haben«, entschuldigte sie sich. »Geschrieben hat er bestimmt, der Madig. Er war ja jahrelang ihr Chef und sie seine rechte …«

»… Hand, ja«, meinte ich. »Warum hat Sandra denn gekündigt?«

»Sie hat nichts erzählt.«

»Hatte es Streit gegeben?«

Frau Becker blieb dabei: Sie wusste von nichts. Ich blätterte weiter in dem Album. Sandra Becker war eine emsige sozialdemokratische Wahlkämpferin gewesen. Wenn Madig das Bad in der Menge suchte, trug sie seine Tasche. Wenn er in Kleingärten Würstchen briet, reichte sie ihm das Grillgut. Was hat sie wohl noch für ihn tun müssen?, fragte ich mich.

An einem Foto blieben meine Augen hängen. Die üblichen Personen: Madig, Becker, ein paar mündige Bürger. Und noch einer, den ich nur allzu gut kannte: Rudi Gies. Er klebte im Hintergrund an einem Bierstand und schaute den Wahlkampfbemühungen grinsend zu. Ich schaute die nächsten Fotos an – Rudi Gies war erneut dabei.

»Wer ist dieser Mann?«, fragte ich Frau Becker.

»Ein Kollege von Sandra, glaube ich. Den Namen kenne ich nicht.«

»Er arbeitet auch bei der Partei?«, fragte ich.

»Ich glaube, er schreibt Reden.«

»Gab es an dem bewussten Morgen irgendetwas Ungewöhnliches?«, änderte ich das Thema. »Außer, dass es der Hochzeitstag war?«

»Nein«, schluchzte Waltraud Becker – von der Erinnerung übermannt. »Auf dem Standesamt war noch alles so wunderschön. Und dann bringt jemand die Sandra und den Tommi einfach so um! Warum? Wer hat das getan?«

»Der Mörder wird seine gerechte Strafe bekommen«, versprach ich.

»Aber die Polizei tut doch nichts!«

»Ich habe Kontakt zu dem Mörder. Er hat mich angerufen.«

Waltraud Becker sah mich entsetzt an. »Sie sind das?«

»Ja. Ich habe doch darüber geschrieben.«

»Ich hab's nur von Bekannten gehört. Zeitungen lesen kann ich im Moment nicht.«

»Rufen Sie mich an, wenn Ihnen noch etwas einfällt«, bat ich und gab der Mutter meine Karte. »Auch, wenn etwas passiert. Oder wenn Sie reden wollen. Ich bin immer für Sie da.«

Mit einem flauen Gefühl im Magen fuhr ich zur Redaktion zurück. Aus Hinterbliebenen von Mordopfern Informationen herauszuholen, nannte man in der Branche ›Witwenschütteln‹. Ich hasste das, doch was blieb mir übrig? Das Gespräch mit der trauernden Mutter war mir richtig unter die Haut gegangen.

Erst mal in die Kaffeeküche und die doppelte Dröhnung kochen. Wen kannte Rudi Gies eigentlich nicht? Welche Verbindung gab es zwischen ihm, der toten Braut und Parteichef Madig?

Mein ehemaliger Kollege hatte in den Mordfällen eine Allgegenwart, die mir unangenehm war. Ich würde mich leider weiter mit ihm beschäftigen müssen.

Die Sollbruchstellen der Eier

Ich liebe die ausführlichen Frühstücke daheim. Meistens fehlt leider die Zeit dazu. Dann kehre ich bei Frau Schmitz ein und genehmige mir mindestens zwei Tassen von ihrem köstlichen Milchkaffee und ein Brötchen oder zwei. Wenn auch das nicht klappt, gibt es halt nur den Kaffee und das belegte Brötchen in der Verlagskantine.

Heute gab es keinen Zeitdruck. Am Abend zuvor hatte ich üppig eingekauft, die Vorräte an Nudeln aufgestockt, den Kasten mit Mineralwasser gefüllt und Wein besorgt. Sogar an Eier hatte ich gedacht.

Ich warf eins in kochendes Wasser und stellte die Uhr. Sieben Minuten. Genug Zeit zu duschen. Das heiße Wasser lief über mich und mobilisierte meine Denkfähigkeit. Mit geschlossenen Augen versuchte ich, die beiden Mordfälle miteinander zu verknüpfen. Eine nachweisbare Verbindung ergab sich durch Rudi Gies. Und Madig zog im Hintergrund

Strippen. Er kannte sowohl Sandra Becker als auch Jessica Brühl.

Ich trocknete mich ab, cremte mich ein und föhnte die Haare. Madig als Mörder? Nein, dachte ich, der schießt nur aus dem Hinterhalt und nicht aus einer Waffe. Madigs Kombination von Feigheit und Verschlagenheit war wirklich übel. Außerdem hätte er es nie gewagt, mir eine Mail zu schicken oder mir auf dem Markt die DVD in die Tasche zu stecken. Dazu war er viel zu bekannt. Andererseits konnte man solche Dinge auch delegieren.

In der Küche kochte noch immer das Ei – leider ohne Wasser. Die Hitze hatte die Schale des Hühnerproduktes leicht bräunlich gefärbt. Es roch nicht besonders gut.

Ich riss die Tür zum Garten auf und atmete durch. Dann entsorgte ich das steinhart gewordene Ei in den Biomüll und setzte frisches Wasser auf. Diesmal würde ich die Küche nicht verlassen.

Doch prompt klingelte im Flur das Handy. Ich rannte hin und ging ran. Am anderen Ende der Verbindung war Waltraud Becker.

»Sie haben doch gesagt, dass ich Sie anrufen kann, oder?«

»Natürlich. Was ist passiert?«

»Die Polizei war heute bei mir. Sie wollten wissen, woher Sandra dreißigtausend Euro hat.«

»Dreißigtausend Euro?« Ich war verblüfft. »Wo kommen die denn plötzlich her?«

»Die waren in Sandras Wohnung versteckt. Hinter den Fliesen im Bad.«

»Was ist das für Geld?«

»Ich weiß es doch nicht!«, rief Waltraud Becker verzweifelt. »Sie hat ja nicht besonders gut verdient und in den letzten Wochen gar nichts mehr.«

»Seltsam.« Ich konnte mir keinen Reim drauf machen.

»Da ist noch was«, druckste Frau Becker.

»Was denn?«

»Der Herr Madig war vor zwei Tagen bei mir. Er hat behauptet, Sandra habe der Partei dreißigtausend Euro gestohlen. Aus der Kasse. Er wollte das Geld zurückholen. Aber ich wusste ja gar nicht Bescheid.«

»Das ist ja ein Hammer«, meinte ich. »Warum haben Sie mir das nicht gleich erzählt?«

»Ich wollte nicht, dass Sie denken, dass Sandra eine Diebin ist.«

»Weiß die Polizei von Madigs Besuch?«

»Nein. Madig hat gesagt, dass ich nichts sagen soll. Sonst würde er mich wegen Unterschlagung des Geldes verklagen.«

Das Schwein, dachte ich. »Machen Sie sich keine Sorgen«, beruhigte ich Waltraud Becker. »Der Kerl kann Ihnen gar nichts. Haben Sie was dagegen, wenn ich mit dem Hauptkommissar darüber spreche?«

»Über Sandra?«

»Und über Madig. Ich glaube nicht, dass Sandra eine Diebin ist.«

Von Letzterem war ich nicht so fest überzeugt.

Das Sieben-Minuten-Ei hatte inzwischen doppelt so viel auf dem runden Buckel. Aber es war wenigstens nicht trockengelegt wie das erste und würde noch genießbar sein. Ich stopfte es in einen Eierbecher und holte meinen Eierschalensollbruchstellenverursacher. Ein Geschenk von Kleist aus besseren Tagen. Er hatte meine Art, das Frühstücksei mit einem einzigen beherzten Schlag glatt zu köpfen, als zu brutal und einer Frau nicht angemessen kritisiert.

Der Eierschalensollbruchstellenverursacher war aus Edelstahl und sah selbst aus wie ein halbiertes Ei. Auf der Spitze des Deckels war ein langer Stab angebracht und eine schwere bewegliche Kugel. Diese ließ man von oben herabfallen, sodass sie auf das stählerne Hütchen krachte, dessen Rand scharf geschliffen war. Durch den Aufprall grub sich ein feiner Riss rund um den Kopf des Eis. So konnte man – wenn alles gut ging – den oberen Teil der Schale mühelos abheben und mit dem Verzehr beginnen.

Ich hatte es mehrfach versucht, war aber jedes Mal gescheitert. Entweder war die Kugel nicht schwer genug oder die Schalen meiner Bio-Eier zu dick, vielleicht hatten die Misserfolge ihre Ursache auch darin, dass ich das Ei falsch herum in den Becher steckte.

Aber mein Ehrgeiz hatte nicht nachgelassen. Ich nahm das harte Ei und startete die ›Operation Eierköpfen‹. Die Kugel knallte herab. Das Geräusch hörte sich vielversprechend an. Ich hob das Gerät an. Das Ei kam mit dem stählernen Ding aus dem Eierbecher. Wie hineingeklebt. Vorsichtig zog ich unten an dem Hühnerprodukt. Nichts. Es hatte sich in dem metallenen Eierhütchen festgesaugt und ließ sich nicht bewegen.

»Danke, Kleist«, zischte ich wütend. »Andere Frauen bekommen von ihren Lovern Schmuck, Parfum oder wenigstens Blumen. Was bekomme ich?«

Entschlossen griff ich zum Messer, holte aus und guillotinierte das Teil. Brutale Gewalt ist ausgeklügelter Technik eben doch überlegen.

Kann man Mobby mobben?

»Herr Madig hat Termine«, ließ eine junge männliche Stimme im SPD-Parteibüro verlauten.

»Dann schieben Sie mich dazwischen«, forderte ich. »Es ist wichtig.«

»Für Sie oder Herrn Madig?«

»Für Ihren Chef«, behauptete ich. »Wer sind Sie überhaupt?«

»Ich bin die studentische Hilfskraft.«

»Aha. Kannten Sie die verstorbene Frau Becker?«

»Nur flüchtig. Um was geht es denn?«

Immer diese Vorzimmergestalten! Entweder saßen dort eifersüchtige Tippsen oder karrieregeile Praktikanten. Beide Sorten Mensch hatten mich in meinem Leben mehr Nerven gekostet als jeder Massenmörder.

»Ich würde Ihnen ja gern helfen«, lenkte der junge Mann ein. »Aber Herr Madig nimmt gerade an einer außerordentlichen Parteiklausur teil. Ich kann ihn nicht erreichen.«

Parteiklausur! Die fand immer im Goldsaal der Westfalenhallen statt.

Das Frühstücksei grummelte in meinem Magen. Oder hatte ich zu viel Kaffee getrunken? Der Weg zu den Westfalenhallen war zu Fuß einfach zu bewältigen. Etwas Bewegung würde mir guttun.

Leider begann es, heftig zu regnen. Ich suchte Schutz an den überdachten Bushaltestellen. Dennoch fiel meine Frisur – falls mein kurz geschnittenes Haar diese Bezeichnung verdiente – in sich zusammen. Ein nasser Kopf und verrutschtes Augen-Make-up würden sich gut machen, wenn ich mir Madig kaufen wollte. Der bekommt einen Schock und gesteht von allein, grinste ich in mich hinein. Aber was konnte er zu gestehen haben?

Ich nahm mir vor, es wie immer zu machen: so zu tun, als wüsste ich alles, einige harte, konfrontative Sätze an mein Gegenüber und ein Lächeln, das Mut, Frechheit und Ich-bin-klein-mein-Herz-ist-rein zum Ausdruck brachte.

Der Regen verzog sich. Vor dem Goldsaal peilte ich die

Lage. Ich wollte nicht zu früh bemerkt werden. Madig sollte keine Zeit haben, sich auf meine Attacke vorzubereiten.

Ich lief zu den Waschräumen, um mich salonfähig zu machen. Der Teppichboden schluckte jeden Schritt. Ich hatte die Klinke schon in der Hand, als jemand aus der Tür des gegenüberliegenden Männerklos trat: Rudi Gies.

»Frau Grappa?« Er grinste.

»Nein. Ich bin's nicht. Sie müssen sich irren«, murrte ich.

»Dachte ich mir schon. Sie sehen ganz anders aus.«

»Was machen Sie denn hier?«, fragte ich.

»Ich berate die SPD und ihren Vorsitzenden. Medienpolitisch.«

»Die brauchen auch Beratung«, stimmte ich zu. »Dringend. Ob durch Sie, wird sich noch herausstellen.«

Gies zuckte nicht mit der Wimper. »Und was machen Sie hier?«

»Man hat mir gesteckt, dass ich hier den Mörder von Sandra Becker finden werde.«

»Auf diesem Klo?«

»Genau. Und schon stehen Sie im Flur. Komisch, nicht?«

Gies bekam plötzlich unruhige Augen. »Was habe ich mit dieser Sache zu tun?«

»Sie kannten sie doch. Es gibt Fotos vom letzten Wahlkampf«, half ich ihm. »Sie, Madig und Frau Becker – traulich vereint im solidarischen Kampf um die Wählerstimmen des mündigen Bürgers.«

»Ich merke mir doch nicht den Namen jeder Wahlkampfhelferin. Und jetzt entschuldigen Sie mich. Oder kann ich noch etwas für Sie tun?«

»Aber ja. Zehn Minuten mit Herrn Madig. Die hätte ich gerne. Könnten Sie das organisieren, Herr Kollege? Als Pressefuzzi der Partei ist das doch eine leichte Aufgabe für Sie.«

»Um was geht es denn?«

»Sandra Becker.«

»Ich werde sehen, was ich tun kann. Warten Sie bitte im Foyer.«

Die Sessel vis-à-vis der Rezeptionen waren tief und weich. Es lagen genug Zeitschriften herum, mit denen ich mir die Wartezeit verkürzen konnte. Edelblätter, die überteuerte Designerklamotten präsentierten, Autozeitschriften, in denen Fortbewegungsmittel im Wert einer Eigentumswohnung abgebildet waren, und jene Adels- und Promiblätter, in denen Steuerhinterziehung und Immobilienbetrug als geistige Leistungen gefeiert wurden. Ich griff mir die BILD-Zeitung. Milva Grandi nahm sich in der heutigen Ausgabe eine Auszeit, doch ich entdeckte unsere suchende Sekretärin Susi. Die BILD hatte sie bei ihrem Ausflug ins Land der lüsternen Landwirte begleitet.

KUSCHELN AUF DEM TRAKTOR: WIE SUSI SICH IN DAS HERZ DES GEMÜTLICHEN GETREIDEBAUERN GEORG BRUTZELT

Ich schaute mir Georg genauer an. Er hatte eng zusammenstehende Augen und dicke Lippen. Die Rolle als Amokläufer in amerikanischen Psychothrillern war ihm geradezu auf den plumpen Leib geschneidert. Arme Susi!

Damenbesuch in Finnentrop: Endlich kann der gemütliche Getreidebauer Georg (42) seine Susi (47) auf dem Hof begrüßen! Um ihr ein wenig zu imponieren, holt der gutmütige Sauerländer die romantische Redaktionsassistentin mit dem Mähdrescher vom Bahnhof ab. Ob er damit Eindruck bei Susi schinden kann? Auf dem Hof angekommen, bereitet der gemütliche Georg seiner Susi erst mal ein kräftiges Frühstück zu. Georgs Mutter Anneliese (68) hat das Schweinemett deftig gewürzt. Und schon macht sich Susi nützlich. Sie krempelt die Ärmel hoch und formt die Frikadellen.

Das Foto zeigte die ganze Herrlichkeit des Landlebens: Susi, Georg und Mutti am Küchentisch – in der Mitte eine Palette mit zwanzig Buletten.

Jetzt wollte ich natürlich wissen, wie das Fressgelage in Finnentrop geendet hatte, doch ich erfuhr es nicht mehr. Madig und Gies kamen über den Flur auf mich zu. Der Madig passt auch in die Serie, dachte ich, sogar noch, nachdem ich ihn abgeschossen habe. Ich legte das Blatt beiseite.

Madig drückte meine Hand und ließ sich auf den Sessel fallen. Gies blieb in Hörweite.

»Was kann ich für Sie tun, Frau Grappa?«

»Ich habe nur ein paar Fragen zu Sandra Becker. Sie hat ja jahrelang für Sie gearbeitet.«

»In den letzten Wochen nicht mehr«, sagte Madig. »Aber das haben Sie sicherlich schon recherchiert.«

»Warum hat sie gekündigt?«

»Sie wollte heiraten. Das war wohl der Grund.«

»Hatten Sie mit Frau Becker auch außerhalb des Parteibüros zu tun?«, fragte ich.

Madig schaute zu Gies. »Sollte ich?«

Der nickte leicht.

»Ja. Wahlkampf. Diskussionsrunden. Feste. Aber – wie gesagt – sie arbeitete zuletzt nicht mehr für die Partei.«

»Was für Feste?« Jetzt wurde es spannend.

»Feste eben. Kleingartenverein, Jahresempfänge, Jubiläen. Sie kennen so was doch. Ihre Zeitung schreibt ja auch drüber.«

»Die Drogenpartys im Rathaus?«

»Dazu werde ich nichts sagen«, antwortete Madig. »In der Sache wird gegen mich ermittelt. Schwebendes Verfahren.«

Das klang sehr auswendig gelernt.

»Na ja, Sie sind auf den Bildern, die der Polizei vorliegen, gut zu erkennen.«

»Ich habe nie Kokain genommen – so viel kann ich Ihnen verraten. Da müssen Sie sich an andere wenden!«

»Haben Sie noch weitere Fragen?«, mischte sich Gies ein. Die rote Nase glühte.

»Ja, habe ich. Sandra Becker war im Besitz von dreißigtausend Euro. Wussten Sie das?«

Die beiden Männer verständigten sich mit einem schnellen Blick.

»Ja und? Was geht uns das an?«, fragte Gies.

»Die Mutter hat keine Ahnung, vorher das Geld kommt. Haben Sie eine?«

»Nein«, sagte Gies.

»Und warum waren Sie dann bei der Mutter? Sie wollten doch das Geld holen, Herr Madig.«

Er stieß einen unwilligen Laut aus. »Was erzählt die Alte denn bloß? Ich wollte von der kein Geld. Ich war da, um ihr mein Beileid auszudrücken. Und das war es jetzt, Frau Grappa. Sie entschuldigen uns.«

Madig sprang auf und Gies folgte ihm mit hochrotem Kopf.

Ich grinste. Alles hatte Madig seinem neuen Medienberater wohl nicht erzählt.

Jetzt hätte ich noch nachlesen können, wie das Date der romantischen Redaktionssekretärin mit dem gemütlichen Getreidebauern ausgegangen war. Doch inzwischen hatte jemand die BILD-Zeitung vom Tisch genommen.

Jansen macht sich Sorgen

Ich orderte ein Taxi und machte mich auf den Weg. In der Redaktion erwartete mich Peter Jansen. Madig hatte ihn angerufen und sich über mich beschwert.

»Das netteste Wort, das er benutzt hat, war ›Wildwestmethoden‹«, berichtete mein Chef. »Dich nennt er eine aufdringliche Zicke ohne Kinderstube.«

»Aus Madigs Mund klingt das wie ein Adelstitel«, griente ich. »Jedenfalls weiß er jetzt, dass die dreißigtausend Euro aufgetaucht sind. Ich rede mal mit dem Hauptkommissar. Vielleicht kennt der inzwischen die Herkunft der Kohle.«

»Verplauder dich nicht mit deinem Friedemann«, meinte Jansen. »Du hast noch vierzig Zeilen für die Eins abzuliefern. Und, Grappa-Baby, nimm dir den Madig richtig vor! Zeig seinem neuen Medienberater, wie richtige Reporter arbeiten.«

»Ja, Chef«, lächelte ich. »Es wird mir eine Ehre sein.«

Ich putschte mich mit zwei Tassen Kaffee auf und schaltete den PC ein. Richtig vornehmen, hatte Jansen gesagt. Kein Problem.

SPD-PARTEICHEF FORDERT 30.000 EURO VON MUTTER DER TOTEN BRAUT –
HAT SANDRA B. GELD AUS DER PARTEIKASSE GESTOHLEN?

Waltraud B. versteht die Welt nicht mehr: Erst verlor sie auf brutale Weise ihre Tochter und ihren Schwiegersohn und nun das: Der frühere Arbeitgeber der ermordeten Frau, SPD-Parteichef Mobby Madig (56), fordert von der trauernden Mutter 30.000 Euro – Geld, das Sandra B. aus der Parteikasse gestohlen haben soll.

Dem *Tageblatt* gegenüber bestreitet der SPD-Politiker allerdings, dass er Geld gefordert habe. Er habe die Mutter lediglich aufgesucht, um ihr sein tief empfundenes Beileid auszusprechen. Waltraud B. hat den Besuch des Politikers anders in Erinnerung.

Madig bestätigte in einem Interview mit unserer Zeitung, dass gegen ihn polizeilich ermittelt wird. Der Sozialdemokrat gehört zu den Teilnehmern der Sex- und Drogenpartys im Rathaus. Er widerspricht der Behauptung, dass er Kokain konsumiert habe, verweigert jedoch gleichzeitig die Haarprobe, die es klären könnte.

Dem *Tageblatt* liegen Fotografien vor, die Madig fröhlich feiernd im Kreise Gleichgesinnter zeigen. Die Fotos hat die Polizei auf dem Handy der ermordeten Rathaus-Mitarbeiterin Jessica B. sichergestellt. Die Frau hat jahrelang Geld aus der Stadtkasse unterschlagen, um die eigene Drogensucht zu befriedigen.

Schließlich erwähnte ich noch die von mir entdeckten Verbindungen zwischen den beiden Mordfällen und Madigs hinterhältige Verwicklungen in das Rücktrittsgesuch des Oberbürgermeisters.

Ich war ziemlich zufrieden mit mir, als ich Jansen den Artikel sendete.

»Ihr werdet wohl keine guten Freunde mehr werden«, prophezeite Jansen und segnete den Text ab.

»Ich habe genug Freunde«, entgegnete ich. »Und ich erweitere meine Liste zurzeit nicht.«

»Apropos. Hast du schon mit deinem Hauptkommissar gesprochen?«

»Nein. Das mache ich erst morgen. Dann hat er meinen Artikel gelesen und wir haben ein Gesprächsthema.«

»Das hört sich nicht gut an, Grappa-Baby. Möchtest du darüber reden?«

Wie sollte ich das nun wieder verstehen?

Endlich zu Hause: Schlabberklamotten, Brot, Wein, Oliven und Käse. Im Fernsehen lief der Trailer zu BILD-TV: *Edelhure packt aus: Nach Dienstschluss ging die Party los!*

Die Kamera verfolgt Lady Cora. Sie geht über den Friedensplatz zur Rathaustreppe. Ranfahrt auf die Fensterfront in der ersten Etage.

Kommentarton: *Das ist Lady Cora. Ihren richtigen Namen möchte sie aus verständlichen Gründen nicht nennen. Die 27-jährige Blondine kennt die Politiker von Bierstadt besser als jeder Wähler, denn sie ist eine der Damen, die engagiert wurden, um den Herren nach aufopferungsvoller Tätigkeit für die Bürger der Stadt Entspannung zu bereiten. Heute Abend, BILD-TV, wir zählen auf Sie!*

Das Schlussbild der Ankündigung zeigte, wie Lady Cora in der Rathaustür verschwand.

Es geht doch nichts über einen gemütlichen Abend vor der Glotze, dachte ich und kuschelte mich aufs Sofa.

Am Ende des Tages war ich mir sicher, dass Anna Wachowiak es schaffen würde, einigermaßen heil aus der Szene herauszukommen. Der Moderator der Sendung versuchte, sie mit pesudo-moralischen Vorhaltungen aus der Ruhe zu bringen, wollte aber dann jedes schmutzige Detail wissen. Solche Sendungen kotzten mich an. Sie waren eine üble Mischung aus scheinheiliger Enthüllungswut und plattem Voyeurismus.

Frühstück mit Ingenieur Superschlau

Am nächsten Morgen weckte mich Kleists Anruf.

»Gute Arbeit, Maria«, meinte er. »Dass Madig hinter den dreißigtausend Euro her ist, war mir neu.«

»Du lobst mich?«, fragte ich erstaunt. »Ich dachte, ich kriege eins drüber, weil ich damit nicht sofort zu dir gerannt bin.«

Er lachte. »Nun gönne es mir doch, dass ich aus dem *Tageblatt* etwas Neues erfahre. Kann ich später zu dir zum Frühstück kommen? Ich bringe auch die knusprigsten Brötchen der Welt mit.«

»Warum hast du so eine schrecklich gute Laune?«, muffelte ich – mir den Schlaf aus den Augen reibend.

»Das erzähle ich dir später. So gegen elf Uhr?«

»Wo bist du denn gerade?« Ich hörte Straßengeräusche im Hintergrund.

»Nur kurz dienstlich unterwegs. Bis später dann?«

»Okay. Es ist ja erst sieben. Ich kriech noch mal ins Bett.«

Gesagt, getan. Ich stellte den Wecker auf zehn und zog die Decke über den Kopf.

Gerade wollte Morpheus seine Arme um mich legen, als mein Handy schrillte. Oh, nein! Pöppelbaum meldete sich – hörbar aufgeregt.

»Razzia in der SPD-Zentrale. Die Bullen transportieren Aktenberge raus. Madigs Haus ist auch schon durchsucht worden. Da war ich aber zu spät. Den Einsatz leitet dein Freund – zusammen mit dem Staatsanwalt.«

Mit einem Schlag war ich wach. Kleist war ein verdammter Hundesohn! Ich schäumte vor Wut. »Knips alles, was sich bewegt. Und fahr zu Madigs Hütte. Vielleicht ist ja doch noch was zu sehen. Muss das ausgerechnet heute, am Samstag passieren?«

»Die Sache ist Montag auch noch frisch«, tröstete mich Wayne. »Aber du könntest deinem Typen ruhig mal sagen, dass er seine Polizeiaktionen mit uns abstimmen soll.«

»Er ist nicht mein Typ!«, blaffte ich. »Sag das nie wieder!«

An Schlaf war nicht mehr zu denken. Ich hatte aber auch keine Lust, zum SPD-Büro zu düsen und dort auf Kleist zu stoßen, der mich sowieso wieder nur abwimmeln würde.

Als es schließlich an meiner Haustür klingelte, war meine Wut einigermaßen verraucht. Ich kam auch ohne ihn klar und er ohne mich. Und damit basta.

»Du hast ja schon einiges erlebt heute«, begrüßte ich ihn.

Er umarmte mich brüderlich. »Ich weiß, dass du weißt. Pöppelbaum.«

»Genau.«

Ich nahm ihm die Tüte mit den Brötchen ab. Er folgte mir in die Küche.

»Ich mag es, wie du den Tisch deckst«, sagte er.

Huch. Ich sah ihn überrascht an. Auf dem Tisch sah es aus wie immer. Alles aufgefahren, was der Kühlschrank hergab. Verschiedene Käsesorten, eine leckere Feigen-Senf-Sauce und die italienische Wildschweinsalami. Marmelade mochte ich nicht.

»Ein Frühstücksei?«, fragte ich.

»Aber ja.«

Ich stach zwei braune Eier von garantiert frei laufenden und deshalb glücklichen Hühnern an und setzte das Wasser auf.

»Was war bei Madig?«, fragte ich. »Habt ihr was gefunden? Oder kommt jetzt der Satz mit der Pressestelle im Polizeipräsidium?«

»Heute nicht.« Kleist setzte sich an den Küchentisch.

»Kaffee?«

»Ja.«

Ich wusste, dass er für ihn rabenschwarz sein musste.

»Ich habe einen Haftbefehl gegen Mobby Madig erwirkt«, teilte Kleist mit. »Wegen Mordes an Sandra Becker und Thomas Schulz.«

»Wie bitte?« Meine Hand mit der Kaffeetasse zitterte.

»Müssen die Eier nicht ins Wasser?«

Hektisch schmiss ich die Eier ins kochende Wasser und stellte die Eieruhr. Sieben Minuten für mich, zehn Minuten für Kleist.

»Du hast Madig schon eingelocht?«, fragte ich, ins sprudelnde Wasser starrend.

»Madig sitzt in Untersuchungshaft, ja. Möchtest du Details wissen?«

»Dumme Frage!«

Kleist schnitt einen Apfel in mundgerechte Stücke. »Wir haben die Kontoauszüge der Parteizentrale überprüft und eine Abbuchung über dreißigtausend Euro gefunden. Genau die Summe, die wir in Sandra Beckers Bad gefunden haben.«

»Und? Hat Madig immer noch behauptet, dass Sandra das Geld gestohlen hat?«

Kleist war zum Herd gegangen, um die Eier zu beobachten. Prompt klingelte die Uhr. Er nahm einen Löffel, fischte mein Ei aus dem Wasser und hielt es unter fließendes kaltes Wasser.

»Er hat behauptet, dass dieses Geld eine Abfindung für Sandra Becker war. Aber ich glaube das natürlich nicht. Reine Schutzbehauptung. Sie hat ihn wohl erpresst.«

»Womit?«

»Mit dem Wissen um die Sexpartys im Rathaus – glaube ich. Aber er gibt es noch nicht zu. Sie wollte die Sache vielleicht an die Öffentlichkeit bringen«, fuhr Kleist fort. »Also hat Madig ihr das Geld gegeben. So sehe ich die Sache.«

»Reicht das, um ihn lange in Untersuchungshaft zu nehmen?«, fragte ich.

»Wir haben auch eine Waffe gefunden. Ein Gewehr *Heckler & Koch SL7* mit Zielfernrohr! Die Marke, die zu dem Mord passt.«

»Und wo?«

»Im Büro der unsere Stadt regierenden Partei.«

Ich schüttelte ungläubig den Kopf. »Kann man das Gewehr mit Madig in Verbindung bringen?«

»Bisher nicht«, erklärte er. »Ich glaube, jetzt ist mein Ei auch fertig.«

Er nahm den Topf von der Flamme, goss das Wasser aus und ließ kaltes Wasser über das Hühnerprodukt laufen.

»Er besitzt ein Landhaus in Templin. Aber ich nehme an, das wisst ihr.«

»Das Landhaus im Osten. Lady Coras Ausflug. Du hast darüber geschrieben. Darum hat sich noch niemand gekümmert. Warte, ich telefoniere einmal kurz.«

Er ging in den Flur. Ich hörte ihn in kurzen und klaren Worten Anweisungen geben. Ich riss die Brötchentüte auf. Jetzt erkannte ich das Design. Richtig. Kleist war bei der Bäckerei Schmitz eingekehrt. Das würde mir ein hochnotpeinliches Verhör durch die Bäckerin einbringen.

»Ich soll dich übrigens von Frau Schmitz grüßen«, sagte Kleist, der zurückgekehrt war. »Kennst du diese Frau eigentlich schon länger? Die kann ja sehr direkte Fragen stellen. Dagegen ist meine Verhörtechnik ein harmloser Kaffeeklatsch.«

»Tatsächlich?«, grinste ich. »Mir gegenüber ist sie immer ausgesprochen dezent und zurückhaltend – also eher schüchtern. Dann musst du wohl ihr Interesse erregt haben. – Nehmt ihr euch Madigs Hütte im Osten jetzt auch vor?«

»Ja, sicher. Die Kollegen vor Ort kümmern sich drum.«

»Dann läuft ja alles bestens. Viel zu einfach, oder?«

Kleist lächelte. »Das Einfache muss nicht zwangsläufig das Falsche sein. Aber wir werden sehen, was die Untersuchung der Waffe ergibt und die Vernehmungen der Mitarbeiter. Und jetzt habe ich Hunger.«

Versonnen sah ich ihm zu, wie er einige Messer auf Schärfe prüfte, eins wählte und dann ein Brötchen aufschnitt. Es entstand eine absolut gerade Fläche. Mein Hirn wollte nicht an die schnelle Lösung glauben.

»So blöd ist doch selbst Madig nicht, dass er eine Mordwaffe im Parteibüro versteckt«, überlegte ich. »Was sagt er zu dem Waffenfund?«

»Er behauptet, was alle in einer solchen Situation sagen: dass er das Gewehr noch nie gesehen hat. Dass er nicht weiß, wie es dahingekommen ist«, antwortete Kleist. »Kannst du mir bitte mal die Butter reichen?«

»Wenn er der Mörder ist, dann muss er mir den Film in die Tasche gesteckt haben. Er wäre doch auf dem Markt gesehen worden! Dann der Anruf auf meinem Handy. Es war definitiv nicht seine Stimme.«

»Denk an den Komplizen. Die waren zu zweit auf dem Dach. Auch der andere kann dir die DVD zugesteckt haben.«

»Es passt trotzdem nicht.« Ich nahm das Messer in die Hand, um das Ei zu köpfen. »Du hast selbst gesagt, dass der Täter Kontakt zu mir gesucht hat, um in der Öffentlichkeit groß rauszukommen. Das passt nicht zu Madig. Der ist eine hinterhältige Type. Einen Mord trau ich ihm schon zu, ja. Aber nicht diese Art, damit umzugehen.«

Ich holte zum Schlag aus, doch Kleist fasste meine Hand und hinderte mich, ihn auszuführen.

»Ist das ein Polizeigriff? Verhinderung des Köpfens eines unbescholtenen Eis?«

»Maria? Könntest du dieses Ding benutzen, das ich dir geschenkt habe?«, sagte er.

»Das Ding funktioniert nicht«, fauchte ich. »Die Kugel, die von oben runtersaust, ist nicht schwer genug, um das Metallhütchen dazu zu bringen, dass die Schale mehr als einen halben Millimeter angekratzt wird. Und wenn ich die Kugel mehrmals fallen lasse, wird die Schale im unteren Bereich völlig zerstört. Und wenn die Schale des Eis etwas dünner ist, dann saugt sich das ganze Ei in dem Metallhütchen fest und geht nicht mehr raus. Glaub mir, ich habe sämtliche achtunddreißig Variationen durchgespielt. Das Ganze hat mir einen Eiweißschock und mehrere Wutanfälle beschert. Von der verlorenen Zeit will ich gar nicht reden. Und weißt du was: Ich hasse diesen sinnlosen Eierschalensollbruchstellenverursacher, der in Wirklichkeit ein Eierschalensollbruchstellenvorgaukler ist. Also – aus dem Weg!«

Er seufzte und gab meine Hand frei. Mit einem Schlag enthauptete ich das Ei – ein sauberer, gerader Schnitt, der jedem Henker zur Ehre gereicht hätte.

»So macht man das!«

Kleist blickte mich amüsiert an. »Das ist keine Wohlfühlmethode. Soll ich dir zeigen, wie es auch anders geht?«

»Bitte schön!« Ich nahm das Geschenk aus dem Schrank und stellte es auf den Tisch. Dann begann ich, einen Trommelwirbel auf die Tischplatte zu schlagen.

Elegant ergriff Kleist das schlanke Horrording, setzte es auf sein Ei und ließ die Kugel fallen. Klack. Er nahm das Hütchen ab. Der obere Teil der Eierschale blieb sauber darin stecken. Das Ei glänzte mich weiß und höhnisch an.

»Wie hast du das denn hingekriegt?«, fragte ich entgeistert.

»Ich Ingenieur Superschlau«, griente er.

»Zufallstreffer! Oder es liegt daran, dass dein Ei fünfzehn Minuten gekocht hat.«

»Du könntest meine Leistung ruhig anerkennen«, maulte er. »Auch Männer brauchen mal Bestätigung.«

Wir vertilgten alles, was ich aufgefahren hatte. Zwischendurch sahen wir uns verstohlen an, doch keiner von uns beiden hatte den Mut, persönliche Themen anzusprechen.

Besser so, dachte ich, Emotionen machen alles immer so kompliziert.

Kleists Kollegen meldeten sich auf dem Handy und das Frühstück endete. Der Hauptkommissar hatte sich wieder seinen ungelösten Mordfällen zuzuwenden.

Den Rest des Tages streunte ich wie eine nervöse Katze durch Haus und Garten. Madig hatte Sandra Becker und Thomas Schulz nicht umgebracht – da war ich mir sicher.

Verhaftungen sind fotogen

Natürlich war die Festnahme des Parteichefs der Sozialdemokraten großes Thema in den abendlichen Fernsehsendungen. Die Kombination von politischer Macht, Sex, Drogen und Verbrechen zog die Menschen von jeher an. Friedemann Kleist machte sich gut als Interviewpartner im TV und stellte den umständlichen Staatsanwalt in den Schatten.

Jansen wartete in der Redaktion auf mich – es war Sonntagmittag und ich hatte einiges zur Montagsausgabe beizutragen. Gut gelaunt setzte ich mich in mein Auto – auch das Wetter war glänzend. Ich machte einen Umweg und stoppte bei einer Pizzeria. Zwei mal die kleine Ausgabe der *Diavolo.* Ich musste zwanzig Minuten warten und beschäftigte mich mit den ausliegenden Zeitschriften. Lady Cora brillierte als *Titel-Girl* in der *Praline.*

Das Girl, vor dem Politiker zittern: Ich mag es heiß und schmutzig! So wurde sie zitiert. Die Fotoserie war eindeutig.

Das ist nicht gut, Lady, dachte ich. Vermutlich bist du doch nicht so klug, wie ich dachte.

Ich packte die Schachteln mit den Pizzen und fuhr zur Redaktion. Sonntagsbesetzung mit Jansen, Pöppelbaum und Kulturredakteurin Margarete Wurbel-Simonis. Letztere hatte am Abend zuvor den Opernball im Konzerthaus besucht, das jährliche Event der oberen Tausend von Bierstadt. Diesmal hatten sie Helmut Lotti engagiert und ein halbwegs bekanntes Salonorchester. Der Ball holte eigentlich niemanden mehr hinter dem Ofen hervor und der Veranstalter verschenkte viele der Karten. Auch das *Tageblatt* hatte fünfzig unter den Lesern verlost. Die Preisfrage war: *Wie heißt der Sänger des diesjährigen Opernballs? a) Lotto oder b) Lotti?*

Margarete Wurbel-Simonis jedoch war voller Begeisterung und gab Jansen gerade einen blumigen Bericht. Er teilte ihr sechzig Zeilen zu.

»Leider hab ich nur zwei Pizzen mitgebracht«, entschuldigte ich mich.

»Kein Problem, Frau Grappa«, meinte die Kulturfrau. »Ich muss auf meine Linie achten.«

Ich sah ihr nach. Sie war etwa einen Zentimenter größer als ich und zwanzig Pfund leichter.

Jansen grinste und öffnete die Schachtel. »Mach den Mund wieder zu, Grappa, alles ist gut. Boah, ich hab vielleicht Hunger.«

»Ich auch«, sagte ich beherzt und teilte die Pizza in dreieckige Stücke. Pöppelbaum stieß zu uns.

»Hey, Wayne. Wie sind die Fotos geworden?«

»Gar nicht mal so übel«, antwortete er. »Oh, es gibt Pizza?«

»Du kannst die Hälfte abhaben. Ich muss auf meine Figur achten.«

»Du doch nicht, Grappa«, widersprach er. »Du brauchst deine Reserven. Stell dir mal vor, ab sofort würde eine Hungersnot ausbrechen. Du würdest uns alle überleben.«

Ich nahm ihm die Frechheit nicht übel. »Lieber nicht! Das Leben wäre so öde ohne euch.«

Wir lachten.

»Zeig mal die Bilder«, bat ich.

Zu dritt gingen wir zum Rechner. Wayne blätterte die Aufnahmen durch. Sie zeigten Polizei und Staatsanwaltschaft vor der SPD-Zentrale in voller Aktion. *Vorwärts mit Ehrlichkeit und Solidarität* – so prangte es passend auf einem Wahlplakat. Davor Parteichef Mobby Madig in Handschellen, flankiert von zwei uniformierten Beamten sowie Kleist und dem Staatsanwalt.

Nächstes Bild: Madig wird von einem Polizisten auf die Rückbank eines Fahrzeugs gedrückt. Der Beamte hat seine Hand auf Madigs Schädel gelegt, um eine Verletzung am Autoholm zu verhindern.

Bei dem geht nicht viel kaputt, dachte ich, ein Schlag auf den Kopf kann dessen Denkvermögen nur stimulieren.

Schicke Bilder waren das.

»Ich geh schreiben«, trillerte ich fröhlich und schnappte mir die Pizzareste.

»Das Fax der Staatsanwaltschaft liegt auf deinem Schreibtisch, Grappa-Baby!«

Am Nachmittag schrieb ich den fälligen Artikel.

SPD-MADIG VERHAFTET – IST ER DER HOCHZEITSMÖRDER?

Überraschende Entwicklung im Brautpaar-Fall: Mobby Madig (56) wurde gestern in Handschellen (Foto) abgeführt: Mordverdacht! Madig war Arbeitgeber der ermordeten Sandra B. (28), die zusammen mit ihrem Bräutigam Thomas S. (32) auf den Treppen des Bierstädter Rathauses erschossen worden ist. Bei einer Hausdurchsuchung im Parteibüro der Sozialdemokraten stellte die Polizei ein Gewehr mit Zielfernrohr sicher, Typ *Heckler & Koch.* Mit einem solchen Gewehr wurde der Doppelmord begangen.

Im Nachlass der Braut wurden außerdem 30.000 Euro gefunden – Geld aus der Parteikasse, wie die von der Polizei beschlagnahm-

ten Unterlagen (Foto) beweisen. In ersten Vernehmungen behauptete der Verdächtige, bei der Summe handle es sich um eine Abfindung für seine ehemalige Mitarbeiterin.
Wie das *Tageblatt* exklusiv erfuhr, stattete Madig wenige Tage nach dem Mord der Mutter der Sandra B. einen Besuch ab, um das Geld zurückzufordern. Er behauptete, die ermordete junge Frau habe es gestohlen. Die Mordkommission unter Leitung von Hauptkommissar Dr. Friedemann Kleist (Foto) hat jedoch einen anderen Verdacht: Die 30.000 Euro waren Erpressergeld. Aber wofür? Mobby Madig hüllt sich in Schweigen. Dem *Tageblatt* und den Ermittlungsbehörden ist allerdings bekannt, dass der Politiker regelmäßiger Besucher der Sex- und Drogenorgien im Rathaus war. Gegen Madig wird wegen Verstoßes gegen das Betäubungsmittelgesetz ermittelt.

Ich wählte noch ein Foto aus, das Madig in besseren Tagen zeigte: Zusammen mit Sandra Becker und Ex-OB Nagel bei einer Diskussionsveranstaltung der Arbeiterwohlfahrt. Im Hintergrund war der Titel der Veranstaltung zu lesen: *Entschieden sozial – Entschieden solidarisch – Entschieden sozialdemokratisch.*

Eine Tote und zwei Auslaufmodelle, dachte ich, so schnell kann es gehen. Ich konnte es mir nicht verkneifen, eine süffisante Bildunterzeile zu formulieren: *Als sie sich noch lieb hatten: Madig, Nagel und Sandra B. vereint im Kampf für soziale Gerechtigkeit.*

»Zu flapsig«, meinte Peter Jansen nach der Lektüre. »*Als sie sich noch lieb hatten* … ts ts ts. Wie wäre es denn mit: *Diese Tage sind vorbei: Madig, Nagel und Sandra B. vereint im Kampf für soziale Gerechtigkeit?*«

»Ist mir auch recht«, willigte ich ein. »Krieg ich den Rest des Sonntags frei?«

Natürlich hatten die elektronischen Medien bereits das ganze Wochenende über die Vorkommnisse in Bierstadt berichtet. Seit Samstagmorgen war die Stadt im Ausnahmezustand. Madig war zum Abschuss freigegeben. Aber das hatte er sich selbst zuzuschreiben.

Vor dem SPD-Büro hatten Übertragungswagen Position bezogen. Lady Cora legte einen Marathon durch die abendlichen Magazinsendungen hin und präsentierte sich in der *BILD am Sonntag* als Kronzeugin.

Im TV waren auch Bilder aus Ostdeutschland zu sehen: Mobby Madigs Lustschloss. Es handelte sich um die Datscha eines ehemaligen hohen Stasioffiziers. SPD-Madig hatte sie ihm kurz nach der Wende für ein paar Mark abgeschwatzt. Inzwischen war sie hundertmal so viel wert.

Das *Tageblatt* würde am späten Abend erhältlich sein. Zum gleichen Zeitpunkt wurden die neuesten Artikel auf der Internetseite online gestellt. Das war gegen elf Uhr abends. Ich wusste nicht warum, aber ich rechnete mit einem Anruf des wirklichen Mörders.

Doch nichts geschah. Weder ging eine E-Mail ein noch schellte das Telefon. Auch an der Haustür klingelte niemand. Gegen Mitternacht verzog ich mich ins Bett.

Ein Bild taucht auf

Die Woche in der Redaktion begann mit zwei neuen Fakten. Die Kriminaltechniker im Polizeipräsidium hatten herausgefunden, dass es sich bei dem Gewehr aus dem Parteibüro um die Waffe handelte, mit der Sandra Becker und Thomas Schulz erschossen worden waren. Das war ein Erfolg für Friedemann Kleist.

Die andere Mitteilung stammte von Jakob Nagel, dem zurückgetretenen Oberbürgermeister. Er verschickte ein ärztliches Gutachten. Ein unabhängiges Labor hatte festgestellt, dass es keinerlei Spuren von Kokain oder anderen Drogen in Nagels Haaren gab.

»Das interessiert eigentlich keinen mehr«, meinte Jansen, nachdem er den Inhalt des Faxes studiert hatte. »Er hat das Handtuch geworfen und fertig.«

»Immerhin beweist es, dass das Foto, das Nagel auf der Party mit Schnee an der Nase zeigt, eine Fälschung ist«, widersprach ich. »Folgerichtig hat er inzwischen Anzeige gegen unbekannt erstattet.«

»Gut. Chronistenpflicht. Schreib eine kleine Meldung.«

»Warte mal«, bat ich. »Mir geht da gerade was durch den Kopf. Aber ich muss es erst einfangen.«

»Sag mir, wenn du es hast, ja? Ich habe einen Termin beim Verleger und muss los.«

»Oh! Was Wichtiges?«

»Gies verklagt den Verlag vor dem Arbeitsgericht.«

»Der hat ja Nerven.«

»Und kaum Chancen. Er hat uns über seine Vergangenheit belogen und nicht angegeben, dass er mal Schmuddelfilmchen gedreht hat.«

»Ach ja«, erinnerte ich mich grinsend. »Die Dessous-Bilder aus der Umkleidekabine.«

Nachdenklich ging ich in meine Einzelzelle. Nagel war unschuldig. Das Foto eine Fälschung.

Ich holte mir die alte BILD-Ausgabe, in der das Nagel-Foto veröffentlicht worden war, schaltete den Rechner ein und rief das Bildarchiv des Redaktionsrechners auf. Eines nach dem anderen verglich ich die Bilder mit dem Nagel-Foto und suchte nach Übereinstimmungen, doch ich fand nichts. Milva Grandi musste einen Fotoausschnitt vergrößert haben, damit Nagels Gesicht besser zu sehen war. Plötzlich fiel mir im Hintergrund des Bildes etwas auf. Ich nahm eine Lupe zur Hand und betrachtete die Stelle genau. Die Rasterung sorgte dafür, dass auf dem vergrößerten Ausschnitt noch weniger zu erkennen war. Was war das da im Hintergrund?

Dann wusste ich es plötzlich. Die Kopfhaltung einer blonden Frau im Hintergrund erinnerte mich an Lady Cora. Sie saß dort in genau der Haltung, in der ich sie am Tisch des *Millefiori* gesehen hatte, bei unserem ersten Treffen. Mir war diese Kopfhaltung schon aufgefallen, als sie noch als völlig Unbekannte am Nebentisch im *Florian* gesessen hatte.

Wenn das wirklich Lady Cora war, dann musste das Bild zu der Serie gehören, die mir Kleist zugespielt hatte, denn Lady Cora hatte nur an einer der Rathaus-Partys teilgenommen.

Wer war eigentlich alles im Besitz der Handyfotos? Die Polizei und das *Tageblatt.* Wir hatten einige davon veröffentlicht, die Gesichter aber unkenntlich gemacht.

Die Polizei hatte keinerlei Interesse daran, Jakob Nagel zu belasten. Milva Grandi schon: Sie war so stolz gewesen, den Rücktritt eines Politikers verursacht zu haben. Kleist hatte die Fotos nur mir geschickt – so hoffte ich wenigstens. Wie also war die Grandi an einen Schnappschuss vom Handy der toten Jessica Brühl gekommen?

Rudi Gies? Er hatte eben im Gespräch mit Jansen in meinem Kopf herumgespukt und wollte sich nicht fangen lassen. Als ich den Artikel damals schrieb, arbeitete Gies noch in der Redaktion und konnte sich ohne Weiteres Zugang zu den Bildern verschaffen.

Aber welches Bild war genommen worden, um den Oberbürgermeister hineinzukopieren? Es musste ja ein Original geben. Aber ich fand es nicht. Schließlich schaute ich mir die Dateinamen an. Sie hatten vorn einen Buchstabenteil, dann eine Zahl und am Ende die Kennzeichnung des Dateiformats. Die Zahlen waren fortlaufend – und eine fehlte!

Ich rief den EDV-Spezialisten an und schilderte die Lage. Er konnte nicht helfen. »Die Fotos sind an deine E-Mail angehängt. Die E-Mail ist nicht auf dem Rechner gespeichert, sondern auf einem Server des Mailsystems im Netz. Das wird von unserer nächtlichen Sicherung nicht erfasst, weil die Daten nicht im Hause sind.«

Ich war verwirrt. »Aber ich habe doch keins der Bilder gelöscht!«

»Dann hat jemand deinen Mailaccount geknackt. Oder er hat das Bild gelöscht, während du die Mail offen hattest und nicht im Büro warst. Ändere auf jeden Fall dein Passwort für die Mails.«

Ich war noch verwirrter. »Aber ich bin gar nicht in meiner E-Mail, ich bin im Bildarchiv auf dem Redaktionsrechner!«

Er lachte. »Dann schau doch in deiner E-Mail nach. Oder hast du alles gelöscht?«

»Nein.«

Ich rief meine alten E-Mails auf und Bingo! Dort war die Bilddatei, die auf dem Redaktionsrechner fehlte.

Meine Vermutung was richtig gewesen. Das Foto enthielt genau die Dinge, die auf dem Nagel-Bild zu sehen waren. Nur der Oberbürgermeister fehlte. Dafür war jemand anders da.

Es klopfte. Es war Harras. »Kommst du heute Abend mit zum Pressestammtisch?«, fragte er. »Wir haben eine neue Kneipe aufgetan.«

»Du weißt doch, dass ich Kollegen nicht im Rudel ertragen kann«, wehrte ich ab. »Die können nur über eins reden: ihren tollen Job. Und schöntrinken kann ich mir auch niemanden, weil ich noch fahren muss.«

»Grappa, du wirst eine komische Alte, wenn du so weitermachst!«

»Das war immer mein Ziel, Süßer«, lächelte ich. »Und ich arbeite jeden Tag daran. Davon kann mich auch kein noch so toller Stammtisch abbringen.«

»Die letzten Male ist sogar Milva Grandi gekommen. Sie ist weit weniger übel als das Blatt, für das sie schreibt. Und verdammt trinkfest.«

»Wahrscheinlich kann sie mit geschlossenen Augen zehn Biersorten voneinander unterscheiden«, mutmaßte ich.

»Sie hat letztes Mal nach dir gefragt.«

»Ach ja?«

»Ja. Also – kommst du? Acht Uhr in der *Stechuhr.* Neben dem Landgericht.«

»Die Grandi kommt auch dahin?« Plötzlich hatte ich einen Plan im Kopf.

»Bestimmt.«

»Gut. Dann sehen wir uns heute Abend.«

Die Nachricht über das Ergebnis von Nagels Haaranalyse war schnell geschrieben.

EX-OB NAGEL SIEHT SICH ALS OPFER EINER POLITISCHEN VERSCHWÖRUNG. HAARANALYSE BEWEIST: ICH HABE NIEMALS DROGEN GENOMMEN!

Ich zitierte aus dem Gutachten und erwähnte die Anzeige gegen unbekannt. Das sollte reichen.

Zufrieden ging ich ins Großraumbüro, um ein paar gegnerische Zeitungen zu lesen. Es war beruhigend zu sehen, dass Sekretärin Susi ihren Ausflug ins Landleben gut überstanden hatte. Sie saß mit Stella und Sarah zusammen und erzählte mit hochrotem Kopf von ihren Erlebnissen mit dem gemütlichen Getreidebauern Georg. Ich stellte meine Ohren scharf.

»Wieso haben die dich eigentlich romantische Redaktionsassistentin genannt?«, fragte Sarah.

»Wieso nicht? Ich bin doch romantisch«, wehrte sich Susi.

»Aber keine Redaktionsassistentin«, stellte Sarah klar. »Du bist Sekretärin. Wie wir. Nicht mehr und nicht weniger.«

»Die Leute beim Fernsehen übertreiben immer«, mischte ich mich ein.

»Der Getreidebauer war ja auch alles andere als gemütlich.« Susi lächelte mich dankbar an. »Die machen das wegen der beiden selben Buchstaben am Anfang.«

»Das nennt man Alliteration«, spielte ich die Oberlehrerin. »Oder auch Stabreim. Mich würden die dann wohl als ›zickige Zeitungsredakteurin‹ oder ›peppige Polizeireporterin‹ bezeichnen.«

»Wie war der Typ denn so?«, fragte Stella. »Bisschen viel auf den Rippen, oder?«

»Da sagst du was!« Susi seufzte. »Bei dem wurde aufgetischt, als wäre es der letzte aller Tage.«

»Ich dachte, du hast dich in sein Herz gebrutzelt«, grinste ich. »So stand es jedenfalls in der BILD-Zeitung.«

»Alles gelogen«, stellte Susi klar. »Die Buletten hat seine Mutter gemacht und er hat sich gleich zehn Stück von den Dingern zum Frühstück reingepfiffen. Und zum zweiten Frühstück noch mal welche. Ekelhaft, sag ich euch. Das Fett triefte an seinen dicken Backen runter. Und dann wollte er, dass ich mich auf seinen Dicken setze.«

»Auf seinen Dicken?«, fragte Stella mit großen Augen. »Nennt man das auf dem Land so?«

»Manno, nicht, was du denkst!« Susi war eingeschnappt. »Der Dicke ist sein Schwein. So ein grunzendes Riesenteil. Da bin ich zu der Moderatorin gegangen und hab gesagt: Ich bin kein Star, aber holt mich trotzdem hier raus!«

»Ich dachte, der Georg wäre ein gemütlicher Getreidebauer«, lachte ich. »Wie kommt denn ein Schwein auf den Hof?«

»Grappa, ich hab keinen blassen Schimmer. Und abends wollte er mir an den Arsch fassen, der Widerling! Als ich ihm eine scheuerte, ist er auf seinem versifften Sofa heulend zusammengesunken. Und dann kam die Alte und ging mit dem Schürhaken auf mich los«, empörte sich Susi. »Ich bin so froh, dass ich aus der Nummer raus bin.«

»Haben die wenigstens die zweihundertfünfzig Euro gezahlt?«, fragte ich.

»Das bisschen Schmerzensgeld!«

»Eigentlich sollte ich einen Artikel darüber schreiben«, überlegte ich.

»Geht nicht. Ich musste Stillschweigen versprechen. Steht so im Vertrag. Bei Verstoß muss ich Strafe zahlen.«

»Verstehe. Deshalb hast du uns die Geschichte ja auch ganz im Vertrauen erzählt.«

»Ihr sagt das doch nicht weiter, oder? Und du schreibst doch nicht etwa drüber, Grappa, oder?«

Und wer siegt im Zickenkrieg?

Die *Stechuhr* schien zwar renoviert, doch aus den Wänden dunstete trotzdem das Nikotin der Millionen Zigaretten, die hier in den zwanzig Jahren vor der Einführung des Rauchverbots konsumiert worden waren. Harras hatte mich entdeckt und winkte mir zu. Er saß allein an einem großen Tisch.

»Hallo, Grappa. Was willst du trinken? Das erste Glas geht auf mich.«

»Wasser. Wo sind die denn alle?«

»Die kommen schon noch. Du willst wirklich nur Wasser? Man kann auch Alkohol trinken, ohne fröhlich zu sein.«

»Ich weiß«, sagte ich. »Aber ich muss noch fahren.«

Nach und nach trudelten die lieben Kollegen ein. Die meisten von ihnen kannte ich von Pressekonferenzen und ähnlichen Terminen.

»Guck mal, wer da kommt«, raunte Harras.

Ich drehte mich zur Tür. Rudi Gies und Milva Grandi.

»Das Traumpaar. Porno-Rudi und Blödi-Tussi«, lästerte ich.

»Meinst du, die haben was miteinander?«, flüsterte er.

Ich zuckte die Schultern, antwortete aber nicht, denn die beiden standen schon am Tisch.

»Frau Grappa«, flötete die Grandi. »Schön, Sie zu sehen. Jemand erzählte mir, dass Sie eigentlich nicht gern unter Menschen gehen.«

»Unter Menschen schon. Hier sind aber vor allem Journalisten.«

»Ich hab Grappa überredet«, protzte Harras und glotzte der Grandi auf die Brüste.

»Weiß der ehrenwerte Herr Jansen, dass seine bissigste Schreiberline trinkend mit dem Feind fraternisiert?«, grinste Gies.

»Sie mich auch!«, lächelte ich. »Was machen Sie eigentlich hier? Spionage für Mobby Madig?«

»Ich bin Zeitungsjournalist – auch wenn mich das Provinzblatt, für das Sie schreiben, rausgeworfen hat«, antwortete mein ehemaliger Kollege. »Und was Herrn Madig betrifft – den kann ich im Moment schwer erreichen.«

»Wollen wir uns den ganzen Abend herumzanken?«, fragte Milva Grandi und krächzte ihr merkwürdiges Lachen. »Ich trink jetzt jedenfalls erst mal was.« Sie setzte sich neben Simon Harras und strahlte ihn an. »Einen Grappa für alle?«

Ich winkte ab. Gies platzierte seine Gestalt neben Grandi. Wir gaben vermutlich ein komisches Bild ab – ähnlich Hühnern auf einer Leiter.

Nach und nach wurde es voller am Tisch und die Atmosphäre lockerer. Grandi schüttete den Alkohol zügig in sich hinein und erzählte – laut plappernd – von ihren Heldentaten im Dienste der BILD-Zeitung. Ihr Busen wogte auf und ab und sie drückte ihren Oberschenkel an Simons schlabberige Cordhose. Das schien ihm zu gefallen, denn seine Hand berührte ganz zufällig ihr Fleisch.

»Kannst du mal aufs Klo verschwinden?«, flüsterte ich ihm zu.

»Warum? Ich muss nicht pinkeln!«, wehrte er ab.

»Bitte! Ich will was mit Blöd-Tussi bequatschen. Wenn ich noch länger warte, ist die stramm wie eine Haubitze. Dauert nicht lange – kannst bald wieder grapschen.«

Er zog ab. Ich rutschte auf seinen Stuhl. »Frau Grandi? Oder darf ich Milva sagen?«

Der Alkohol hatte sie offenbar noch nicht unvorsichtig gemacht, denn sie schaute mich mit leichtem Misstrauen an.

»Ich möchte Ihnen ein Kompliment spendieren«, sülzte ich. »Sie haben mir das Leben ganz schön schwer gemacht mit Ihren Artikeln. Und die Sache mit Nagel – die war einsame Spitze. Ein Foto des Oberbürgermeisters mit Schnee an der Nase! Ein Traum für jeden Journalisten. Veröffentlichen Sie denn auch das Ergebnis der Haaranalyse?«

»Klar. Machen wir. Aber es ist ja klar, dass derjenige, der das Gutachten bezahlt, das Ergebnis bekommt, das er sich wünscht.«

»So sagt man. Ist inzwischen sowieso egal, ob es sich um eine Fotomontage handelt. Nagel ist weg. Komisch ist nur, dass ich ebenfalls im Besitz der Handyfotos von Jessica Brühl bin. Aber auf keinem ist Nagel zu sehen.«

Rudi Gies – immer noch an der anderen Seite von Milva Grandi – spitzte die Ohren, um unseren Dialog zu verfolgen.

»Es ist doch ziemlich einfach, ein Foto zu manipulieren, nicht wahr, Herr Gies?«, sagte ich laut.

»Was meinen Sie?« Sein Blick wurde unruhig.

»Ich hatte die Fotos von den Rathaus-Partys auf dem Redaktionsrechner gespeichert. Jeder Kollege hat da Zugang. Auch Sie, Herr Gies. Ich habe alle Fotos überprüft und kontrolliert, wer sie sich alle angeschaut hat. Es gibt eine bestimmte Software für so was. Ein Experte aus unserer Technikabteilung hat mir geholfen. Und raten Sie mal, was ich entdeckt habe?«

Hoffentlich hat Gies genauso wenig Ahnung von Computern wie ich, betete ich innerlich.

»Keine Ahnung. Aber Sie scheinen Ihre Entdeckung ja für spannend zu halten.« Er winkte der Kellnerin zu. Seine Hände flatterten.

»Es war sogar ausgesprochen spannend«, machte ich weiter. »Sie haben alle Fotos angeschaut und kopiert, Herr Gies. Und dann haben Sie eins davon manipuliert und Herrn Nagel hineingezaubert. Und das Original haben Sie gelöscht. Und dann …«, ich wandte mich an Milva Grandi, »… dann hat der Kollege Gies das Foto Ihnen zugespielt. Hat er eigentlich Geld verlangt?«

Milva Grandi schaute erst mich und dann Gies an. »Also, mal langsam«, sagte sie.

»Das alles natürlich im Auftrag von Mobby Madig«, erklärte ich. »Bei dem hat Porno-Rudi mit Sicherheit auch abkassiert.«

»Porno-Rudi?« Grandi schaute verdattert. »Was geht denn hier gerade ab?«

»Erklären Sie es ihr, Herr Gies. Ich kann Ihnen auch den Artikel aus dem *Spiegel* faxen, Milva. Rudi Gies filmt heimlich Frauen in den Umkleidekabinen der Unterwäscheabteilungen. Und er fälscht Fotos.«

»Beweise? Oder nur dummes Geschwätz?« Gies hatte sich wieder gefangen.

»Alle Beweise sind bei der Polizei«, log ich. »Milva, es wird einiges auf Sie und Ihre Zeitung zukommen. Nagel plant eine Schadensersatzklage vom Allerfeinsten.«

»Du hast mich da reingeritten, du Wichser! Das kommt dich teuer zu stehen!« Grandi schlug mit der Faust nach Gies, aber er wich aus. Sein Bierglas kippte um.

»Was willst du denn?«, schrie Gies zurück. »Du warst doch geil auf das Bild! Einmal einen Politiker stürzen – dein Lieblingstraum, Mädchen!«

Die Kellnerin kam mit einem Lappen und feudelte das kühle Blonde vom Tisch.

Die Kollegen am Tisch schenkten uns dreien ihre volle Aufmerksamkeit. Harras saß inzwischen woanders.

»Gies! Weißt du, was man mit solchen Kartoffeln wie dir macht?« Grandi hyperventilierte. »Man lässt sie fallen oder verfüttert sie an die Schweine! Such es dir aus!«

»Hatten wir nicht alle einen gemütlichen Abend im Kollegenkreis geplant?«, flötete ich.

»Sie intrigante Kuh!«, schrie mich Gies an. »Freuen Sie sich nicht zu früh. Ich habe meine Möglichkeiten.«

»Oh, das war ja eine Drohung«, lächelte ich. »Ich schlottere vor Angst.«

»Es reicht!« Harras stand auf und steuerte seinen ursprünglichen Platz an. »Sie verschwinden, Gies! Grappa und Milva – bitte beruhigt euch.«

Der Rest des Abends wurde dann wirklich nett. Milva beruhigte sich etwas und blieb bei Bier. Ihre Wut auf Gies behielt sie jedoch. Klar, sie hatte Angst, dass das gefälschte Bild auf sie zurückfallen würde. Diese Befürchtungen waren berechtigt. Ich musste Nagel nur noch davon überzeugen, tatsächlich auf Schadensersatz zu klagen und Gies wegen übler Nachrede oder Beleidigung anzuzeigen. Vielleicht auch wegen falscher Anschuldigung.

Der Staatsanwalt wird das richtige Delikt schon finden, dachte ich.

Rudi Gies, Porno-Filmer und Medienberater des SPD-Parteichefs Mobby Madig, hatte keine schönen Monate vor sich.

Milva und ich tranken Schwesterschaft. Miese Kerle bringen die unterschiedlichsten Frauen dazu, Freundinnen zu werden.

Gegen Mitternacht hatte ich genug. Milva Grandi war vor mir aufgestanden. Sie war noch erstaunlich artikulationsfähig und hatte einen Freund angerufen, der sie nach Hause bringen sollte.

Ich traf sie draußen vor der *Stechuhr.*

»Dann gute Nacht«, sagte ich.

»Dir auch, Grappa. Ich darf doch Grappa sagen?«, nuschelte sie.

»Klar. Tun doch alle. Fast alle. Nur einer nennt mich Maria.«

»Da ist er ja!« Sie deutete auf einen Wagen, der nicht ganz bis zu uns fahren konnte, weil die Straße eine Fußgängerzone war. »Ich bin dann weg. Bis bald.«

Sie marschierte ziemlich gerade auf das Auto zu. Ich konnte den Schatten eines Mannes am Steuer erkennen. Milva stieg ein und winkte mir kurz zu. Das Fahrzeug fuhr los. Mein Herz stockte. Grandi war in ein Auto eingestiegen, das ich nur zu gut kannte: Es war der Dienstwagen von Friedemann Kleist!

Zärtlich fallende Taschentücher

Ganz ruhig bleiben. Nein, lieber toben. Was hatte Kleist mit Milva Grandi zu tun? Oder hatte nicht er, sondern jemand anders in dem Wagen gesessen?

Ich hatte eine schreckliche Nacht. Nagende Eifersucht verhinderte ein entspanntes Schlafen. Die Bilder, die mir durch den Kopf gingen, waren nicht dazu angetan, mich zu beruhigen.

Endlich Morgen. Mein Anblick im Spiegel grauste mich. Ich duschte lange – zuerst heiß, dann kalt –, hielt es zu Hause nicht mehr aus und fuhr zur Bäckerei Schmitz, um mir ein gutes Frühstück zu gönnen.

Der Geruch der frischen Backwaren versöhnte mich mit dem Leben. Solange ich noch Brötchen mümmeln und die Fragen der Bäckerin parieren konnte, gab es keinen Grund zu meckern.

»Die Frau Grappa«, rief Anneliese Schmitz. »Auch mal wieder da! Wie isses?«

»Muss. Und selbst?«

»Muss.«

»Wunderbar«, strahlte ich. »Ich hätte gern Ihr bestes Frühstück mit allem Zipp und Zapp.«

»Gut. Alles außer Marmelade und Fisch. Wie wollen Sie die Eier?«

»Gespiegelt. Und oben und unten gebraten«, entgegnete ich.

»Der Herr war neulich wieder da. Der, mit dem Sie nichts haben.« Sie lächelte verstohlen. »Hat vier Brötchen gekauft.«

Ich sagte nichts.

»Na, dann gehen Sie schomma rein.« Sie deutete Richtung Bistro. »Da sitzt übrigens einer, den Sie kennen.«

Hoffentlich nicht Kleist, dachte ich.

»Nee, der isses nu nicht«, meinte die Bäckerin.

Jetzt liest die auch schon meine Gedanken, dachte ich, das kann ja heiter werden.

Im Bistro saß nur ein einziger Mann, der sich hinter dem *Bierstädter Tageblatt* verkrochen hatte. Ich sah Beine in Feincordhosen, grobe Schuhe und kräftige Hände.

»Guten Morgen«, sagte ich.

Der Mann ließ die Zeitung sinken und ich blickte in das Gesicht von Anton Brinkhoff.

»Herr Brinkhoff! Schön, Sie zu sehen!« Ich ging auf ihn zu, er erhob sich und wir umarmten uns.

»Wie bekommt Ihnen der Ruhestand? Haben Sie Ihre Traumschiffreise hinter sich? Wie geht es Ihnen sonst?«

»Sie nun wieder, Frau Grappa! Drei Fragen in drei Sekunden«, lachte er. »Haben Sie Mitleid mit mir. Ich bin ein alter Mann.«

»So sehen Sie aus!«

Ich musterte ihn. Exhauptkommissar Anton Brinkhoff, jahrelang Leiter der Bierstädter Mordkommission, war braun gebrannt, trug das Haar länger als früher und schien bestens drauf zu sein.

»Sie wirken total entspannt und gesund«, lächelte ich. »Erzählen Sie. Was haben Sie die letzten Monate angestellt – außer zu leben.«

Frau Schmitz kam mit frischem Kaffee.

»Ist ja wie früher«, meinte sie. »Sieht er nicht klasse aus, der Mann?«

»Allerdings. Frischer als ich heute Morgen«, räumte ich ein.

»Tja, Frau Grappa, was soll ich dazu sagen?«, dehnte sie.

»Alles – nur nicht die Wahrheit, Frau Schmitz«, flehte ich.

»Zu wenig Schlaf, zu viel Wein – aber das wissen Sie ja selbst.«

»Falsch, Frau Schmitz«, korrigierte ich. »Zu wenig Wein, zu viel Schlaf und keinen Sex.«

»Der angenehme Herr neulich ...«

»Frau Schmitz! Hören Sie endlich auf, mich zu verheiraten!«

Brinkhoff grinste breit. »Ich fühl mich gleich wie zu Hause. Manche Sachen ändern sich nie.«

Frau Schmitz trollte sich – den Kopf trotzig in den Nacken geworfen.

»Wer war denn der Herr neulich?«, wollte Brinkhoff wissen.

»Ein Bekannter. Alles rein dienstlich. Aber Sie wissen ja, wie die liebe Frau Schmitz tickt. Für sie ist die Welt voller Heiratskandidaten. Und alle sind sie für mich.«

»So was kenne ich. Meine Schiffsreise war eine Totalpleite. Sie sollte sechs Wochen dauern – einmal Karibik hin und zurück«, erzählte Brinkhoff. »Nach drei Wochen hab ich in Kuba einen Flug zurück gebucht. Auf dem Schiff wimmelte es nur so von alten, vertrockneten Weibern, die sich um jeden allein reisenden Mann prügelten. Dabei wollte ich nur meine Ruhe haben, gut essen und trinken und Sonne, See und Sicht genießen. War aber nicht möglich. Hinter jeder Ecke lauerte eine alte Schachtel und ließ ein Taschentüchlein fallen.«

»Und dann sind Sie einfach abgehauen?«, lachte ich.

»Ja. Hat mich leider eine Menge Geld gekostet, aber ich konnte die Attacken der älteren Damen auf meinen Astralkörper nicht länger ertragen. Außerdem war es langweilig. Nach einer Woche hatte ich alle Restaurants und Bars auf dem Dampfer durch. Alles schmeckte gleich. Die Bands spielten immer wieder dieselben Oldies. Lieder, die ich schon nicht leiden konnte, als sie neu waren. Und dann dieses betreute Amüsieren! Bingo am Pool, Karaoke auf dem fünften Sonnendeck von rechts oder Minigolf vor der Kinderbetreuungs-Lounge.«

»Hört sich nicht nach einem Wohlfühlurlaub an«, meinte ich. »Die hätten ja wenigstens mal eine Leiche für Sie besorgen und auf Deck auslegen können.«

»Na ja, die Leichen habt ihr ja jetzt hier.« Brinkhoff deutete aufs *Tageblatt.*

Die Bäckerin brachte das restliche Frühstück. Wortlos.

»Danke, Frau Schmitz.«

Wortlos verschwand sie.

»Sie ist eingeschnappt«, stellte Brinkhoff fest.

»Das gibt sich wieder«, sagte ich und machte mich über das Spiegelei her. »Ihre Erziehungsmaßnahmen mir gegenüber gehen oft ein bisschen zu weit.«

»Und? Wie läuft es so mit meinem Nachfolger? Macht er seine Sache gut?«

»Ja, das schon«, antwortete ich. »Er hat allerdings immer noch ein gestörtes Verhältnis zur gesellschaftlich wichtigen Aufgabe der Presse als Kontrollorgan der Exekutive in einem demokratischen Staat.«

»Toll, dass Sie diesen Satz auf die Reihe gekriegt haben, Frau Grappa. Und was heißt das übersetzt, sodass es ein Pensionär auch versteht?«

»Er will nicht so, wie ich wohl will.«

»Schon besser!«, lachte er. »Aber als Hauptkommissar ist er doch ganz erfolgreich. Mobby Madig sitzt in U-Haft, die Ermittlungen gegen die Stadt- und Verwaltungsspitze laufen. Was kann man nach gut zwei Wochen mehr erwarten?«

»Mobby Madig ist zwar ein elender Bursche, aber er ist nicht der Hochzeitsmörder«, stellte ich meine Sicht der Dinge dar. »Auch, wenn das Gewehr an seinem Arbeitsplatz gefunden wurde. Der bringt doch nicht seine Mitarbeiterin und ihren Mann um und lässt die Mordwaffe im Parteibüro rumliegen. Und schon gar nicht, wenn er der Frau vorher dreißigtausend Euro bezahlt hat und es darüber einen Kontoauszug gibt. Der ist zwar blöd, aber so blöd nun auch wieder nicht. Außerdem hat mich der Mörder angerufen.«

»Wissen Sie, was ich tun würde, wenn ich einen Mord begehen wollte?«, fragte der Hauptkommissar außer Diensten. »Ich würde entweder dafür sorgen, dass es nicht eine einzige Spur gibt, die auf mich hindeutet. Und wenn das nicht möglich ist – wie in diesem Fall, denn die Tote und Madig kannten sich ja –, dann würde ich die Indizien so anordnen, dass sie auf mich hinweisen. Und zwar in dem Maße, dass jeder über mich sagt: So blöd kann der doch nicht sein!«

»Okay. Dummheit als große Kunst der Täuschung. Eine brillante Inszenierung also.«

Ich überlegte. Was Brinkhoff sagte, klang logisch. Aber ich schüttelte den Kopf. »Ich kann einfach nicht glauben, dass Madig seine Sinne so beisammen hat. Eine solche Nummer überfordert ihn.«

»Abwarten«, meinte Brinkhoff. »Kleist ist ein erfahrener Polizist. Der schaut auch hinter die Indizien. Der lässt sich von einem Mobby Madig nicht täuschen.«

Ich blickte auf meine Uhr. »Ich muss jetzt in die Redaktion«, stellte ich fest. »Bleiben Sie die nächsten Wochen in Bierstadt? Oder wollen Sie den Himalaja besteigen oder über die Alpen paragliden?«

»Da wäre ich wenigstens vor alten Schachteln sicher«, parierte er. »Aber ich plane erst mal nichts. Warum?«

»Dann darf ich Sie anrufen?«

»Sicher dürfen Sie das. Und das Frühstück geht auf mich.«

»Danke, Herr Brinkhoff«, lächelte ich. »Und ich lasse auch nicht mein Taschentüchlein fallen – versprochen!«

Was ist eigentlich ein Dienstwagen?

Einigermaßen guter Stimmung kam ich in die Redaktion. Brinkhoff hatte mich auf andere Gedanken gebracht. Ich erzählte Jansen von der Auseinandersetzung mit Gies und dem gefälschten Foto.

»Ich zeige den Kerl an!«, ereiferte er sich.

»Das macht Milva Grandi schon. Und Nagel werde ich eine E-Mail mit den Informationen schicken. Aber zuerst informiere ich Kleist.«

Er war im Präsidium erreichbar.

»Nur eine kurze Info«, sagte ich sachlich. »Das Foto, das zu Nagels Rücktritt führte, ist von Rudi Gies gefälscht worden.«

»Danke, Maria. Aber das weiß ich schon. Frau Grandi hat mich informiert«, entgegnete Kleist.

»Ach! Wann denn?«

»Heute früh. Ich habe bereits die Staatsanwaltschaft verständigt.«

»Das hört sich gut an. Darf ich dich mal was fragen?«

Er lachte. »Seit wann fragst du denn, ob du mich was fragen darfst?«

»Okay. Benutzt du deinen Dienstwagen auch privat?«

»Sehr selten. Obwohl ich das dürfte – gegen eine entsprechende Kostenbeteiligung. Mir ist es aber zu kompliziert, ein Fahrtenbuch zu führen. Warum interessiert dich das?«

Ich fühlte mich plötzlich unwohl. »Vergiss es. Ich dachte, ich hätte den Wagen gestern Nacht gesehen. Aber ich habe mich wohl getäuscht. Gib es etwas Neues von Mobby Madig?«

»Er sieht sich als Opfer böser Intrigen.«

»Mit Intrigen kennt sich keiner besser aus als er«, sagte ich. »Was liegt sonst noch an, Herr Hauptkommissar?«

»Viele Spuren, viel Arbeit und kaum Erfolge. Die Bierstädter Politprominenz mauert, wo es nur geht. Diese Leute behindern die Ermittlungen auf eine Art und Weise, die schon beeindruckend ist. Entschuldigst du mich jetzt bitte, Maria? Herr Gies ist gerade eingetroffen. Ich habe ihn zur Vernehmung vorgeladen.«

Ich hätte gern als Mäuschen in Kleists Büro gesessen und gelauscht. Der schmierige Schreiberling und der intellektuelle Ermittler im Clinch. Mein Gefühl sagte mir, dass Gies jeden verraten würde, um die eigene Haut zu retten.

Ich sollte recht behalten.

»Gies hat Mobby Madig voll in die Pfanne gehauen!« Zwei Stunden nach meinem Gespräch mit Kleist stand Jansen in meinem Zimmer – ein Fax in der Hand. »Hier, lies mal!«

Die Polizeipressestelle teilte in knappen Worten mit, dass Rudi G. den Untersuchungshäftling Mobby M. beschuldige, ihn zur Fälschung eines Fotos angestiftet zu haben. Weiter stand da zu lesen:

Rudi G. wusste auch von der Zahlung von 30.000 Euro aus der Parteikasse an die ehemalige Mitarbeiterin Sandra B., wegen deren Tötung Mobby M. zurzeit inhaftiert ist. Sandra B. soll das Geld für ihr Schweigen über die Teilnahme des Beschuldigten an den Zusammenkünften im Bierstädter Rathaus erpresst haben, bei denen es in erheblichem Maße zu Drogenmissbrauch kam.

»Stecken wir die alle in einen Sack und hauen drauf. Wir treffen immer den Richtigen«, meinte ich. »Aber trotzdem bin ich nach wie vor davon überzeugt, dass Madig kein Mörder ist. Warum – zum Teufel – meldet sich der anonyme Anrufer nicht mehr bei mir?«

»Provozier ihn doch!«, schlug Jansen vor. »Dann meldet er sich bestimmt.«

»Und wie?«

»Was kannst du denn am besten, Grappa? Schreiben! Also denk dir was aus.«

Das war eine klare Ansage. Ich überlegte, wie ich es am geschicktesten anstellen könnte. Friedemann Kleist hatte dem Anrufer ein ausgeprägtes Geltungsbewusstsein attestiert.

Ich schloss die Tür hinter mir, um mich besser konzentrieren zu können. Auf was würde der Unbekannte abfahren? Vielleicht, wenn sein ›Werk‹, auf das er ja stolz zu sein schien, einem anderen zugeschrieben wurde?

Ich fuhr den Rechner hoch und begann zu formulieren.

HATTE MOBBY MADIG EINEN KOMPLIZEN? NOCH SCHWEIGT SPD-PARTEICHEF ZU MORDVORWURF

Wer ist der Mann, der den Mord an Sandra B. und Thomas S. filmte und die Bilder dem *Tageblatt* zugespielt hat? Wer ist der Mann, der beim *Tageblatt* anrief und für diesen schrecklichen Film gelobt werden wollte?

Die Auswertung der Bilder hat eindeutig ergeben, dass der Täter nicht gleichzeitig filmen und schießen konnte. Mobby Madig muss demnach einen Mitwisser haben – falls tatsächlich der SPD-Chef seine ehemalige Mitarbeiterin und deren Mann getötet hat.

Doch nach *Tageblatt*-Recherchen gibt es inzwischen erhebliche Zweifel an der Täterschaft des Inhaftierten. Der Mord muss von einem ausgezeichneten Schützen ausgeführt worden sein, denn Sandra B. und Thomas S. wurden jeweils durch einen einzigen Schuss ins Herz getötet. Mobby Madig jedoch hat nach Recherchen des *Tageblattes* niemals ein Gewehr bedient.

Das Letzte war frei erfunden – aber wer wollte mir das nachweisen?

> Rätselhaft ist auch: Die E-Mail des Täters an das *Tageblatt* wurde von einem Computer abgeschickt, der in der Universität Bierstadt steht. Warum sollte Mobby Madig zur Universität fahren, um Spuren zu verwischen, und bei der Mordwaffe so sorglos sein, sie im SPD-Büro zu deponieren?

Ich zeigte Jansen den Artikel.

»Da fehlt was«, meinte er.

»Und was?«

»Die Aufforderung, sich bei uns zu melden und sich feiern zu lassen.«

»Okay.«

Ich ging wieder in Kurzklausur, doch mir fiel nichts ein. Schließlich kam Jansen mit folgendem Satz um die Ecke:

> Wir fordern den wahren Mörder des Brautpaares auf, erneut Kontakt mit dem *Tageblatt* aufzunehmen. Kommen Sie aus Ihrer Deckung, statt sich feige hinter einem Politiker zu verbergen, der weder die Nerven noch die Intelligenz hat, eine so perfide Tat zu planen und auszuführen!

»Ist das nicht ein bisschen dick aufgetragen?«, fragte ich. »Wenn der Typ sich meldet, gerät er doch in Gefahr, dass seine Deckung auffliegt. Das wäre doch unlogisch.«

»Ein Doppelmord ist auch nicht gerade logisch«, entgegnete Jansen.

Kein Schwein ruft mich an

Abends setzte ich mich hin und hielt alles, was ich wusste, auf einem Blatt Papier fest. Ich blieb bei meiner These, dass der Anrufer tatsächlich der Mörder war. Ich musste nur noch das Motiv finden. Und den Kerl ausfindig machen. Und seinen Komplizen.

Einer von beiden hatte die Tatwaffe ins Parteibüro geschmuggelt. Damit hatte er Madig geschadet. Kamen die Doppelmörder aus der Ecke der Madig-Feinde?

Was wusste ich noch? Mindestens einer der Täter hatte die Möglichkeit, von der Universität aus zu agieren. Die Mail an mich war von dort gekommen. Der Absender konnte sich also unter die Studenten mischen, ohne Verdacht zu erregen. Ich stutzte. Hatte sich die Stimme am Telefon eher jung oder alt angehört? Instinktiv ordnete ich sie einem eher jüngeren Mann zu. Doch Stimmen konnten täuschen. Ich kannte Menschen mit jungen Stimmen, die trotzdem alt waren, und umgekehrt.

Ich schaute auf die Uhr. Kurz vor 23 Uhr. Gleich würden die Internetseiten des *Bierstädter Tageblattes* aktualisiert werden – mit meinem Artikel als Aufmacher.

Ein Becher starker Kaffee hielt mich wach. Vielleicht meldete sich der Mörder schon in dieser Nacht. Ich legte mein Handy in Reichweite und öffnete meinen E-Mail-Account. Nur Spams von Fluglinien, Reisebüros und Viagrahändlern.

Eine Minute nach elf erschien der Aufruf an der Mörder auf dem Monitor. Eine halbe Stunde später klingelte mein Handy. Nummer unbekannt – erzählte mir das Display. Ich ging dran.

»Hier Grappa.«

»Bist du verrückt geworden?«, fuhr mich Friedemann Kleist an. »Du lockst den Mörder auf deine Fährte, Maria!«

»Ach, du bist es«, sagte ich enttäuscht. »Kannst du aus der Leitung gehen, damit mich der Kerl anrufen kann?«

»Was hast du dir nur dabei gedacht? Willst du mir in meine Arbeit pfuschen?«

»Wieso? Du hältst doch Mobby Madig für den Täter«, entgegnete ich.

»Ich ermittle in viele Richtungen. Glaubst du, ich habe vergessen, dass der Film die Anwesenheit eines zweiten Manns beweist?«

»Wunderbar. Ich sage dir auf jeden Fall Bescheid, falls sich der Täter bei mir meldet, oder liefere ihn direkt bei dir im Präsidium ab. Soll ich ihn verpacken?«

Eine E-Mail kann ein Wegweiser sein

In der restlichen Nacht blieben die Telefone stumm. Kleists Befürchtungen ließen mich nicht gut schlafen. Gegen acht Uhr wachte ich auf und stellte fest, dass ich noch lebte – aber auch, dass mein Aufruf unbeantwortet geblieben war.

Ach, der Tag ist ja noch jung, dachte ich und machte mich ausgehfertig. Gegen zehn war ich in der Redaktion und stürzte sofort in mein Büro. Ja, endlich! Die Mail, auf die ich gewartet hatte, war da. Absender: *weddingplanner.*

Die Nachricht enthielt nur zwei Worte: *Marta Russo.*

War das ein Name? Vielleicht ein Cocktail? Oder ein Schiff? Googeln hilft. Also gab ich die Begriffe in die Suchmaschine ein.

Marta Russo war eine italienische Jurastudentin. Ihre Ermordung im Jahre 1997 und die darauf folgenden Er-

mittlungen erregten internationales Aufsehen. Die Tat konnte bis heute nicht restlos aufgeklärt werden. Als die 22-jährige Russo am Freitag, dem 9. Mai 1997 gemeinsam mit einer Freundin den Hof der juristischen Fakultät der Universität Rom überquerte, brach sie plötzlich zusammen. Eine Kugel vom Kaliber .22 hatte sie in die Schläfe getroffen. Russo fiel zunächst ins Koma und erlag vier Tage später ihren Verletzungen. Die Polizei forschte vor allem im Umfeld der Fakultät. Nach Wochen vergeblicher Ermittlungen gaben zwei Studenten der Fakultät einen Hinweis. Die als ehrgeizig geltenden Dozenten der Rechtsphilosophie Giovanni Scattone (30) und Salvatore Ferraro (31) hatten während eines Seminars einige Wochen vor der Tat die These vertreten, dass ein perfekter Mord möglich sei. Scattone soll das Seminar mit folgenden Worten eröffnet haben: »Es ist unmöglich, einen Mord aufzuklären, wenn der Täter kein Motiv hat und die Tatwaffe nicht gefunden wird.« Kein Mordfall beschäftigte die Öffentlichkeit so nachhaltig wie dieser ›Universitäts-Mord‹. Ist es denkbar, dass zwei unauffällige, wenngleich hochintelligente Männer wahllos eine junge Frau erschießen, nur um zu beweisen, dass ihre Theorie stimmt?

Diese Parallelen! Mir lief es heiß und kalt den Rücken hinunter. Ich stürzte in Jansens Büro: »Der perfekte Mord. Das ist es!«

»Kannst du bitte in möglichst klaren und deutlichen Sätzen reden?«

Ich atmete mehrmals tief durch und berichtete.

Als ich fertig war, schien mein Chef beeindruckt. »Die Studenten wollten den perfekten Mord beweisen! Nicht zu fassen. Sind die Italiener denn verurteilt worden?«

»Erst sechs Jahre später. Die beiden bekamen sieben und

fünf Jahre Haft. Doch nur wegen fahrlässiger Tötung und nicht wegen Mordes, obwohl alles perfekt geplant war. Dieser Strolch Ministerpräsident Silvio Berlusconi wollte die zwei sogar noch begnadigen, aber da spielte dann selbst das italienische Parlament nicht mit.«

»Wie auch immer – es ist ihnen jedenfalls nicht gelungen, den perfekten Mord zu verüben. Unser Täter und sein Komplize machen einen neuen Versuch«, grübelte Jansen. »Kennst du den Hitchcock-Film *Cocktail für eine Leiche*? Da töten zwei Studenten einen Kommilitonen – inspiriert durch eine Betrachtung ihres Lehrers über Mord als Kunst.«

Mir fiel etwas ein. »Jetzt verstehe ich auch den Sinn der ersten Mail. Alle Wege führen nach Rom. Marta Russo wurde in Rom ermordet.«

Perfektion hat kein Motiv

Hauptkommissar Kleist war nicht zu erreichen. Ich hinterließ eine Nachricht, dass er mich dringend anrufen sollte. Wenig später ermittelte Jansens netzkundiger Kontakt den Standort des Rechners, von dem aus die Mail gesandt worden war – es war wieder ein Rechner in der Universitätsbibliothek.

»Was soll ich schreiben?«, fragte ich Jansen.

»Gar nichts«, erklärte er. »Wir sollten erst reagieren, wenn die Polizei unsere These für denkbar hält. Langsam mache ich mir allerdings Sorgen.«

»Wieso das denn?« Ich verstand nicht.

»Grappa! Mörder ohne Motiv sind viel unberechenbarer als Mörder, die aus einem bestimmten Grund töten. Schau mal durch dieses Fenster nach draußen! Da steht vielleicht schon jemand und zielt.«

Ich schaute nach draußen. Die Fenster der gegenüberliegenden Gebäude verwandelten sich plötzlich in Schießscharten und die wenigen Menschen, die gerade aus dem Fenster schauten, in potenzielle Schützen. Schnell ließ ich die Jalousetten herab.

»Ich habe keine Angst«, behauptete ich trotzig. »Und jetzt rufe ich Brinkhoff an.«

»Brinkhoff?«

»Er ist wieder im Lande. Und da ich Kleist nicht erwische, will ich ihn um Rat fragen.«

Eine Stunde später saß ich mit Brinkhoff in einem Café in der Nähe des Verlagshauses. Hier waren die Mandelhörnchen nicht so knackig wie bei Anneliese Schmitz. Auch fehlte ihnen die Schokolade an den Enden.

Ich erzählte ihm von der Idee, hinter dem Doppelmord könne der Wahn der perfekten Tat stecken.

Aber Brinkhoff korrigierte mich: »Ein perfekter Mord ist das hier überhaupt nicht. Perfekt ist ein Mord nur dann, wenn das Opfer ganz normal beerdigt wird. Mit einem echten Totenschein. Keine Ermittlungen. Das ist der perfekte Mord. Woran Sie denken, das ist der Mord ohne Motiv.«

»Hm.« Mehr fiel mir nicht ein.

»Ich kenne den Fall Marta Russo«, sagte Anton Brinkhoff. »Er hat die Diskussion über den Mord ohne Motiv damals enorm angeheizt. Und über die Zwei-Klassen-Justiz. Die Angeklagten konnten sich die besten Anwälte leisten, haben hinter den Kulissen weiter die Fäden gezogen und Zeugen unter Druck gesetzt, bis die ihre Aussagen wieder zurückgenommen haben. Die Univerwaltung hat außerdem die Ermittlungen boykottiert und die wenigen Indizien, die auf die Täterschaft der beiden Männer wiesen, vernichtet.«

»Unser Mörder und sein Komplize, die wollen jetzt zeigen,

dass es doch möglich ist, ungestraft jemanden zu töten«, beharrte ich auf meiner Theorie. »Was für ein widerliches Spiel.«

Brinkhoff sah aus dem Fenster. »Wissen Sie, was diesen Mördern einen Strich durch ihre Rechnung machen wird?«

Ich nickte. »Ihre Eitelkeit. Die beiden wollen für ihr göttliches Werk bewundert werden. Und deshalb werden wir sie kriegen.«

»Wen meinen Sie denn mit ›wir‹?«, lächelte der Hauptkommissar im Ruhestand. »Sie, mich oder Herrn Dr. Kleist?«

»Ist doch egal. Hauptsache, die Typen kommen nicht davon. Helfen Sie dabei?«

Nun lachte Brinkhoff. »Ich kann ja mal schauen, ob ich noch zu gebrauchen bin auf meine alten Tage. Aber Sie sind der Boss, Frau Grappa! Wie sieht Ihr Plan aus?«

Am Abend machte ich einen langen Spaziergang. Aber ein Plan wollte sich nicht bilden. Nur ein Vorhaben – am nächsten Tag würde ich die SPD aufsuchen.

Die Lady und der Adel

Das Parteibüro der SPD lag mitten in der City in einer kleinen Seitenstraße der Fußgängerzone. Über der Eingangstür prangten die fetten roten Buchstaben im Morgenlicht, im Schaufenster lenkte ein Foto des Vorsitzenden den Blick auf sich: Mobby Madig mit rotem Schlips und erhobenem Zeigefinger vor einem Mikrofon. Es schien niemanden zu stören, dass Madig im Knast schmorte. Seine Partei stellte ihn weiter aus.

Neben dem Bild war eine Tafel mit den güldenen Worten des großen Vorsitzenden angebracht:

Die Bierstädter Sozialdemokratinnen und Sozialdemokraten sind sich sowohl der Tradition als auch der Zukunftschancen unserer Stadt bewusst. Wir wissen, wodurch sich unsere Stadt ihre Stärke und Ausstrahlungskraft bewahrt hat. Gerade deshalb setzen wir uns mit viel Engagement für die Entwicklung des ›neuen Bierstadt‹ ein, damit die Bürgerinnen und Bürger eine gesicherte und zukunftsfähige Zukunft haben.

Na ja, dachte ich, auf die Wortkombination *zukunftsfähige Zukunft* muss man erst mal kommen.

Ich drückte die Tür auf und stand in einem Flur. Überall hingen Wahlplakate von Kandidaten, die inzwischen ihr Mandat in Bezirksvertretungen, Räten, im Landtag, im Bundestag und im Europaparlament absaßen. Auf einer Hinweistafel standen die Namen der Mitarbeiter und ihre Raumnummern. Ganz auf dem neuesten Stand waren die Genossen nicht – ich entdeckte auch noch den Namen von Sandra Becker. Sie war zuletzt für die Mitgliederbetreuung zuständig gewesen.

Das ist doch ein Anfang, dachte ich. Mal sehen, wer sich inzwischen um die Sorgen und Nöte der Parteisoldaten kümmert. Entschlossen nahm ich den Aufzug in die zweite Etage.

Wenigstens neben der Tür hatte man Sandra Beckers Namen entfernt. Ich klopfte und ein »Herein« ertönte. Ein junger Mann saß hinter einem Schreibtisch, die Beine auf den Tisch gelegt. Im Regal hinter ihm stapelten sich Flugblätter, SPD-Fähnchen, Luftballons und weitere rote Devotionalien. Er war um die dreißig, korrekt gekleidet, etwas dicklich und sah aus wie ein zu groß geratener und verjüngter Danny De Vito.

»Guten Tag«, sagte ich. »Kann man hier Mitglied werden?«

»Grundsätzlich schon.« Er nahm die Beine vom Tisch und musterte mich unverhohlen.

»Komisch«, sagte er dann. »Die letzten zwei Wochen hatte ich nur Austritte zu bearbeiten. Und nun das!«

»Solidarität mit einer Partei in schlechten Zeiten«, lächelte ich. »Ich hätte dann gern mal das aktuelle Parteiprogramm und ein Beitrittsformular.«

»Ist klar.« Er erhob sich tatsächlich, schlenderte zum Regal und kramte.

»Sie sind neu, oder?«, fragte ich. »Ihre Vorgängerin ist ja tot. Stand groß in den Zeitungen.«

»Ich arbeite hier nur als studentische Hilfskraft. Zwei Stunden am Tag. Und die sind gleich um.« Er reichte mir die Papiere.

»Dann haben wir mal miteinander telefoniert«, sagte ich. »Als ich Herrn Madig suchte. Er war an dem Tag auf der Klausur im Goldsaal.«

»Ich weiß, Frau Grappa.«

Ich starrte ihn an. »Sie haben sich meinen Namen gemerkt?«

»Der ist ja nicht schwer zu behalten. Und Sie wollen nun wirklich der SPD beitreten?«

»Nein«, gab ich zu. »Ich wollte mich in diesem Haus umsehen. Immerhin ist die Mordwaffe in der Parteizentrale entdeckt worden. Wie heißen Sie eigentlich?«

»Gestatten: Elberberg.« Er schlug die Hacken zusammen.

Ich reichte ihm die Hand. »Angenehm.« Sein Griff war fest, die Augen klar.

»Können Sie mir die Stelle zeigen, wo das Gewehr gefunden wurde?«

»Die Polizei hat alles auf den Kopf gestellt«, entgegnete er. »Alle Spuren sind gesichert. Was hoffen Sie noch zu finden?«

»Keine Ahnung«, gab ich zu. »Aber vielleicht bekomme ich ja eine Inspiration.«

»Das Gewehr lag im Putzschrank in der Besenkammer. Bestimmt der richtige Ort für eine Eingebung. Kommen Sie.«

Ich folgte ihm in die dritte Etage. Auf dem Flur mussten wir über verstaubte Kartons steigen, die wohl seit Jahren dort vor sich hin gammelten. Werbematerial für eine Partei, die regelmäßig zu großzügig disponierte.

Elberberg schüttelte den Kopf. »Den Kram hier räumt niemand auf. Nicht mal die Spusi.«

Ich musste grinsen.

»So.« Er öffnete die Tür zu einer Kammer. »Das Gewehr stand rechts hinten in der Ecke, Kolben auf dem Fußboden, Mündung nach oben. Hinter dem Besen und dem Schrubber.« Er lehnte sich lässig an die Wand. »Und jetzt lassen Sie sich mal inspirieren«, grinste er. »Darf ich zuschauen?«

»Sie sind ganz schön frech«, konstatierte ich. »Was studieren Sie eigentlich?«

»Jura.«

»Haben Sie Sandra Becker gekannt?«

»Nein. Ich hab nur von ihr gehört. Sie hatte schon gekündigt, als ich anfing. Kann ich die Tür wieder schließen?«

»Klar. Es riecht ein bisschen streng da drin«, sagte ich. »Wird die Besenkammer abgeschlossen oder hat jeder Zugang?«

»Keine Ahnung. Aber gerade war die Tür ja offen. Warum sollte man Schrubber und Besen einschließen?«

»Das bedeutet also, dass jeder das Gewehr hier abgelegt haben kann«, schloss ich messerscharf. »Das entlastet Madig.«

Eine Frau kam auf uns zu. Das bringt hier nichts, dachte ich.

»Guten Tag, Herr von Elberberg«, grüßte sie.

»Von Elberberg?«, fragte ich.

»Ich kann nichts dafür«, lächelte der Student.

»Ein Adelsspross bei den Sozis? Wie ungewöhnlich. Wie kommen Sie denn mit einem Proleten wie Mobby Madig klar?«

»Der Herr Parteichef beachtet mich kaum. Aber das ist ganz gut so. Soll ich Ihnen noch was zeigen?«

»Madigs Büro.«

»Das ist abgeschlossen«, antwortete er. »Und von der Polizei versiegelt. Was wollen Sie in einem Zimmer finden, das der Erkennungsdienst schon durchgebürstet hat?«

»Die sehen auch nicht immer alles. Und wissen Sie warum?«, sagte ich. »Weil ihre Wahrnehmung nur auf das gedrillt ist, was sie finden müssen, um einen Beschuldigten dranzukriegen. Warum kann zum Beispiel eine verwelkte Rose auf einem Schreibtisch keinen Hinweis auf Täter oder Motiv geben? Es muss ja nicht immer die qualmende Knarre oder das blutige Messer sein.«

»Womit wir bei den objektiven und subjektiven Beweisen wären«, meinte Elberberg.

»Lassen Sie uns zu Madigs Büro gehen und nachschauen, ob das Siegel noch klebt!«, schlug ich vor.

»Dann müssen wir eins höher.«

Ich stieg hinter von Elberberg die Treppe hoch. Ein ungewöhnlicher junger Mann! Ich erinnerte mich an die Studenten, die ab und zu beim *Tageblatt* hospitierten. Fast alle gehörten in die Abteilung Schlaffi. Der hier nicht. Er machte trotz seiner vertraulichen Art einen offenen, freundlichen Eindruck.

Wir waren da. Das Siegel klebte noch, war aber durchtrennt worden. Ich drückte die Klinke runter. Der Raum war abgeschlossen.

»Wahrscheinlich war die Polizei noch mal da«, sagte der Student. »Und wo der Schlüssel ist, weiß ich nicht. Ich bin ja hier nur das Mädchen für alles.«

»Schade«, meinte ich. »Aber da kann man nichts machen.«

»Wollen Sie nicht doch in die SPD eintreten?«, grinste er. »Würde der Partei sicher guttun, mal ein bisschen aufgemischt zu werden.«

»Danke für die Blumen«, lächelte ich. »Aber gerade in Bierstadt gibt es zu viele dumme Männer in der SPD. Gucken Sie sich die Leute doch mal an!«

»Ich weiß. Ich habe schon bei so einigen Vorstandssitzungen Kaffee gekocht und Schnittchen geschmiert. Es war schon Hardcore, was da manchmal abgesondert wurde.«

»Und warum müssen Sie sich durch so schmutzige Arbeit Geld verdienen?«

»Der Verdienst ist unerheblich, das sind nur ein paar Euro«, erklärte Elberberg. »Ich hab wegen meiner Abschlussarbeit hier angeheuert. Die handelt von bürgerlichen Parteien und ihren Programmen.«

»Hört sich ja sauspannend an. Ich dachte, Sie studieren Jura und nicht Politikwissenschaften.«

»Das hängt doch letztendlich alles zusammen«, behauptete er. »Den genauen Titel meiner Arbeit müsste ich nachlesen – mein Professor hat sich was ganz Kompliziertes ausgedacht.«

»Lassen Sie mal stecken. Und danke, dass Sie mir behilflich waren. Wollen Sie das Parteiprogramm zurück?«

Von Elberberg schüttelte grinsend den Kopf. »Wir haben noch viele Tausend davon im Haus. Und die liegen wie Blei in den Regalen.«

Ich reichte ihm die Hand zum Abschied. Dabei fiel mein Blick auf ein Abzeichen, das er am Revers seines Jacketts trug: ein winziger schwarzer Reichsadler in einem dreieckigen Ordensspiegel. Das Wappen derer von Elberberg?

Brinkhoff hatte seinen Teil des Jobs erledigt und wir trafen uns am Mittag in der Redaktion.

»Wenn ich hier mal aufhören sollte«, sagte ich, »machen wir zusammen eine Privatdetektei auf. Für die ganz schwierigen Fälle.«

»Wirklich?« Er sah mich zweifelnd an. »Ich glaube nicht, dass Ihnen das liegt.«

»Und warum nicht?«

»Detektive müssen verschwiegen und unauffällig sein. Sie aber brauchen eine Bühne. Und die heißt *Tageblatt.* Aber das ist nicht alles: Ihre roten Haare machen verdeckte Ermittlungen unmöglich und Ihr Einparkverhalten ist so verräterisch wie ein Fingerabdruck.«

»Meine Haare lasse ich umfärben«, meinte ich. »Oder kehre zur Naturfarbe zurück. Die dürfte inzwischen einem dezenten Mausgrau ähneln. Außerdem gibt es heutzutage Autos, die automatisch einparken. Sogar Cabrios. Jetzt bestelle ich uns erst mal eine Pizza.«

Die war eine halbe Stunde später da und wir vertilgten sie in meinem Büro.

»Das reinste Chaos hier«, stellte Brinkhoff mit Blick auf die Zeitungsstapel und Bücher fest.

»Ich komme einfach nicht zum Aufräumen«, entgegnete ich. »Aber in Ihrem Büro sah es auch nie besser aus – wenn ich mich richtig erinnere.«

»Stimmt. Das alles fehlt mir sehr«, seufzte er. »Ich hätte nicht gedacht, dass mir das passieren wird – ins Rentnerloch zu fallen.«

»Deshalb sind Sie ja jetzt mit dabei. Was haben Sie rausgekriegt?«, kam ich zur Sache.

»Der Rechner steht in einem Lesesaal der Universität. Also in der Bibliothek. Die ist neuerdings vierundzwanzig Stunden geöffnet. Der PC wird für Recherchen gebraucht, ist also internetfähig. Ich habe mit der Bibliothekarin gesprochen. Die erzählte, dass die Computer – es sind insgesamt zehn – ständig benutzt werden. Von Studenten aller Fakultäten.«

»Und wie loggen die sich dort ein?«, fragte ich.

»Es gibt keine persönlichen Kennungen. An jedem PC ist ein Schild mit den Zugangsdaten angebracht. Warten Sie mal, ich hab ein paar Fotos gemacht.«

Brinkhoff holte eine kleine Digitalkamera aus der Jacke. »Moment. Ich muss erst mal die Fotos von meiner missglückten Traumreise überblättern.«

»Die dürfen Sie mir auch gern zeigen«, lächelte ich und rückte näher an ihn ran.

»Das war die Aussicht.« Ich sah blaues Meer. »Und hier – zwei Tage später.« Wieder blaues Meer. »Und das war kurz vor Kuba.« Das Foto zeigte – blaues Meer.

»Aufregend, was?«, kommentierte Brinkhoff. »Dagegen sind diese Aufnahmen hier wirklich spannend.«

Auf dem Display erschien der Lesesaal der Bibliothek. Ich erkannte einen Tisch mit Computern und ein paar Menschen.

»Natürlich haben meine ehemaligen Kollegen schon alles hinterfragt«, berichtete Brinkhoff.

»Wer ist das?«, fragte ich. Mein Blick hatte sich an einem Foto festgehakt. Zwei Menschen saßen gemeinsam vor einem Rechner.

»Die hübsche Blondine?« Er grinste. »Ich konnte nicht widerstehen. Jetzt sagen Sie nicht, dass ich ein alter Trottel bin.«

»Keineswegs. Können Sie das Foto mal ein bisschen größer machen?«

Er konnte.

»Sie sind kein alter Trottel, sondern eher ein schlauer Schnüffler. Die hübsche Blondine heißt Anna Wachowiak alias Lady Cora. Und der junge Mann nennt sich von Elberberg.«

»Und was bedeutet das?«

Ich klärte ihn auf.

»Tut mir leid, dass ich mich erst jetzt bei dir melde«, sagte Friedemann Kleist. »Ich hatte Termine im Landeskriminalamt. Du wolltest mich sprechen?«

Ich saß im Auto und fuhr rechts heran.

»Der Mörder hat mir eine Mail geschickt. Sie besteht aus zwei Worten: *Marta Russo.* Und sie wurde wieder von der Uni aus abgeschickt.«

»Mh.«

Ich spürte durchs Handy, wie er nachdachte.

»Sagt dir der Fall Russo etwas?«

»Ja sicher. Ein Mord ohne Motiv. Einer der Klassiker in der Geschichte des Verbrechens. Wohin bist du unterwegs?«

»Zu einem beruflichen Termin.«

»Wir müssen reden«, sagte er. »Geht es heute Abend? Ich mache mir Sorgen um dich.«

»Du weißt ja, wo ich wohne«, gab ich zurück.

Lady Cora hatte einem Treffen zugestimmt. Ich hatte ihr keinen Grund für meinen Besuch genannt, doch ich nahm einen Ausdruck des Fotos mit, das sie und von Elberberg im Lesesaal der Universität zeigte.

Anna Wachowiaks Appartement befand sich in der Innenstadt in einem Haus mit vielen kleinen Single-Wohnungen. Geschickt gewählt, dachte ich, hier kann jeder sein eigenes Leben gestalten – ohne Nachbarschaftskontrolle.

»Fahren Sie in die achte Etage«, sagte Lady Cora durch die Sprechanlage.

Oben empfing sie mich – ungeschminkt, mit roter Nase und in einem schlabbrigen Jogginganzug. Keine Spur von dem Hochglanz-Erotikgirl.

»Seit heute Morgen geht es mir nicht gut«, schniefte sie. »Wollen Sie einen heißen Tee?«

Ich stimmte zu. Sie ging in die Küche und ich nutzte die Chance, mich in der Wohnung umzusehen. Auf dem Schreibtisch lagen Papiere, die mit ihrem BWL-Studium zu tun hatten, und die Zeitschriften, in denen sie mit den zweifelhaften Erotikfotoserien vertreten war. Die Bücher in den Regalen dokumentierten einen Streifzug von Nackenbeißerschmalz über Beziehungsromane bis zum Psychothriller. Nichts Auffälliges.

Sie kehrte ins Wohnzimmer zurück und reichte mir eine Tasse Früchtetee. Ich zog das Foto aus meiner Handtasche.

»Heute Morgen waren Sie noch an der Uni«, sagte ich.

»Sie haben mich fotografiert?«, fragte sie verdattert. »Was soll das?«

»Nein, nicht ich. Ein Bekannter. Wer ist der Mann neben Ihnen?«

Sie machte zu. »Warum wollen Sie das wissen? Kann man mich denn nicht einfach in Ruhe lassen?« Tränen flossen.

Sie spielt mir was vor, dachte ich, aber sie spielt es schlecht. »Also? Wer ist er?«

»Ein Student. Ich hatte Probleme mit dem Computer. Er war da und hat mir geholfen. Das war alles. Und schon steht irgendein Spanner mit einer Kamera da und drückt ab. Wie krank ist das denn?«

»Der junge Mann heißt Elberberg.«

»Keine Ahnung, wie der heißt. Glauben Sie, ich tausche gleich mit jedem Trottel meine Daten aus? Und jetzt raus hier, Frau Grappa!«

Wieder im Auto informierte ich Brinkhoff.

»Die saßen nicht zufällig nebeneinander«, behauptete er. »Die beiden machten einen sehr vertrauten Eindruck.«

»Aber warum lügt sie?«, grübelte ich. »Sie hätte doch einfach zugeben können, dass sie ihn von der Uni her kennt.«

»Was studiert dieser Elberberg?«

»Jura.«

»Einen Jurastudiengang gibt es in Bierstadt nicht«, erklärte Brinkhoff. »Die nächsten Möglichkeiten, Jura zu studieren, sind in Bochum, Münster und Köln. Irgendwas stimmt mit diesem angeblichen Studenten nicht.«

»Das Gefühl habe ich auch. Obwohl er mir nicht unsympathisch ist. Morgen früh überprüfe ich das Adelsgeschlecht derer von Elberberg. Haben Sie eigentlich Lust, heute Abend zum Essen zu mir zu kommen? Ein Abendessen zu dritt?«

»Und wer ist der Dritte?«

Ich lachte. »Ein Überraschungsgast.«

»Der Mörder?«

Kleist staunte nicht schlecht, als er Brinkhoff in meiner Küche entdeckte. Sein Blick verriet Irritation.

Wir teilten die beiden Pizzen in Dreiecke. Ich hatte einen Salat zubereitet.

Als Brinkhoff die italienische Teigscheibe sah, bemerkte er trocken: »Das ist schon die zweite heute. Ich seh bald aus wie eine Pizza.«

»Na gut, Plan S dann«, gab ich ihm recht. »Grappas Single-Mahl. Die Pizza friere ich ein. Aber wir bleiben in Italien. Pasta. Einverstanden, die Herren?«

Ich erntete Zustimmung und setzte Wasser auf. Pastasaucen hatte ich ja immer da. Ich verfeinerte die *all'arrabiata* mit Kräutern aus dem Garten. Brinkhoff und ich tranken Wein, Kleist blieb wie üblich beim Wasser.

»Wollt ihr mir jetzt zu zweit ins Handwerk pfuschen?«, fragte Brinkhoffs Nachfolger.

»Nein. Herr Brinkhoff hilft mir bei meinen Recherchen«,

stellte ich klar. »Als freier Mitarbeiter der Redaktion. Der Presseausweis ist bereits beantragt.«

»Dann muss ich mich ja anstrengen.«

»Wir helfen dir, wo wir nur können.« Ich lächelte ihn an. »Und eine These habe ich auch schon.«

»Die wievielte wäre das dann?«, spöttelte Kleist.

Ich überhörte die Frechheit. »Ich bleibe dabei, dass Mobby Madig unschuldig ist. Neu ist der Hinweis auf den Fall *Marta Russo.*«

»Es kann auch sein, dass uns der Mörder in die Irre führen will«, wandte Kleist ein. »Vielleicht stammt die Mail von Madigs Komplizen.«

Wir ergingen uns in den wildesten Thesen. Vielleicht hatte Madig nicht Sandra Becker, sondern Jessica Brühl umgebracht? War Student Elberberg vielleicht kein echter Adelsspross, sondern der uneheliche Sohn von Jakob Nagel, der sich für Madigs jahrelange Intrigen rächen wollte? Welche Rolle spielte Lady Cora noch – außer der einer Edelnutte?

Inzwischen waren zwei Flaschen Wein geleert und die Pasta vertilgt. Brinkhoff und ich waren gut drauf. Kleist beobachtete uns mit einem milden Lächeln. Oder langweilte er sich einfach?

»Wir haben Frau Schmitz bei unseren Überlegungen vergessen«, nuschelte Brinkhoff. »Vielleicht hat sie die Schnittchen für die Sexpartys im Rathaus geliefert und Lady Cora ist ihre heimliche Enkelin?«

»Vielleicht betreibt Frau Schmitz ja auch einen konspirativen Kokainhandel«, steuerte ich bei. »Kokain sieht ja aus wie Zucker und es würde gar nicht auffallen, wenn in den Zuckertüten in Wirklichkeit Schnee wäre.«

»Dann werde ich ihr eine andere Backmischung für deine Mandelhörnchen vorschlagen«, meinte Kleist. »Wenn ich das nächste Mal unsere Frühstücksbrötchen hole.«

Brinkhoff grinste in sich hinein, ich wurde rot und Kleist amüsierte sich.

Schlagzeilen

Am Morgen weckte mich ein kleiner Kater. Ich verscheuchte ihn mit dem Einwerfen von für diesen Fall empfohlenen Tabletten, aß ein halbes Glas Gurken zum Frühstück und fuhr zur Arbeit. Von Elberberg – ich komme!

In der Redaktion holte ich mir als Erstes einen großen Becher Kaffee.

Bei den von Elberbergs gab es eine schlesische und eine ostpreußische Linie. Ich überflog die zahlreichen Burg- und Markgrafen seit dem 12. Jahrhundert und wurde schnell müde. Merkwürdig, dass Geschichte – zumindest wenn sie aufgeschrieben wird – fast nur aus Kriegen, Scharmützeln und anderen Gewalttaten besteht.

Das Stammwappen der Familie zeigte auf blauem Feld zwei schräg gekreuzte sechsendige silberne Hirschstangen. Auf dem Helm mit blau-silbernem Federbusch stand eine gekrönte Jungfrau mit langem güldenem Loreley-Haar. Als jüngster Sprößling des Geschlechts war Aldwin von Elberberg verzeichnet, Student.

Ich erinnerte mich an die Nadel mit dem Wappen an seinem Jackett. Das hatte allerdings keine Hirschgeweihe gezeigt, sondern den Reichsadler.

Ich setzte den Vornamen *Aldwin* vor den Nachnamen und landete auf seiner Homepage. Er war mit dreißig Jahren ein etwas zu alter Student. Aber sonst fiel mir zunächst nichts Ungewöhnliches auf. Unter dem Titel *Aktuelles* wurde ich dann fündig. Aldwin gehörte einer Burschenschaft an, dem *Corps Potentia,* das von Elberberg mit seiner Seite verlinkt hatte.

Ich klickte auf den Link.

Vor mehr als 250 Semestern gegründet, kann unsere Burschenschaft auf einige Höhen und Tiefen in ihrer Geschichte zurückblicken. Doch egal, ob wir uns Repressalien durch die Öffentlichkeit ausgesetzt sahen oder mit unserer Meinung dem Zeitgeist entsprachen, stets verband und verbindet unsere Mitglieder der Wille, auf der Basis einer freiheitlich-konservativen Grundordnung eine politische Meinung zu bilden und diese nach außen zu vertreten, fernab jeglicher politischer Opportunität. Die Verteidigung unserer traditionellen Werte ist unsere größte Herausforderung.

Das hörte sich sehr nach gestern, aber nicht kriminell an.

Das *Corps Potentia* hatte den schwarzen Reichsadler im Wappen. Der Wahlspruch lautete *Virtus fidesque bonorum corona.* Ich aktivierte meine rudimentären Lateinkenntnisse und kam auf folgende Übersetzung: *Tugend und Treue, die Krone der Guten.*

Was wollte der Dichter damit sagen? Keine Ahnung. Ob mir Brinkhoff aus meiner Ratlosigkeit helfen konnte? Ich erreichte ihn auf seinem Handy.

»Ich werde den Herrn Studenten observieren«, kündigte Brinkhoff an. »Er kennt mich nicht und wird keinen Verdacht schöpfen.«

»Hat er Sie in der Bibliothek nicht bemerkt?«

»Kann ich mir nicht vorstellen«, antwortete der Hauptkommissar im Ruhestand. »Ich bin noch nicht so lange aus dem Job raus, dass ich alles verlernt hätte. Ich melde mich, sobald es was zu erzählen gibt.«

Nach der Redaktionskonferenz überflog ich die Konkurrenzzeitungen. Nichts Neues über die beiden Mordfälle.

Das Interesse meiner Kollegen schien zu erlahmen. Neue Themen drängten sich in den Vordergrund: Eine Frau in Kalifornien hatte Achtlinge bekommen, obwohl sie schon sechs Kinder hatte. Eine italienische Patientin durfte nach siebzehn Jahren im Wachkoma endlich sterben.

Die konservative Regierung von Silvio Berlusconi hatte mit einem Gesetz die Sterbehilfe für die 38-Jährige verhindern wollen. Auch der Vatikan hatte immer wieder gegen die ›Euthanasie‹ argumentiert.

Das passt ja super, dachte ich. Die Mörder von Marta Russo hatte Berlusconi begnadigen wollen und diese junge Frau versuchte er, zum Weiterleben zu zwingen.

Auch Milva Grandis Elan, jeden Tag mit einer Schauergeschichte in ihrem Schmuddelblatt vertreten zu sein, schien verflogen. Ich blätterte die BILD durch. Bierstadt war nur einmal erwähnt.

WAR DER SEX ZU HEISS? HUREN-MOBIL STEHT IN FLAMMEN

Ein mächtiger Bums erschüttert einen VW-Bus in Bierstadt. Es ist das Sex-Mobil der Prostituierten Lola M. (28; Name von der Redaktion geändert). Dann brennt der Liebeswagen lichterloh. In letzter Sekunde rettet sich die Hure aus dem Bus. Sie erleidet Verbrennungen zweiten Grades, wird später im Krankenhaus behandelt. Die Feuerwehr löscht den Brand mit Schaum. Das Liebesgefährt ist nicht mehr zu retten. Der Freier wird gesehen, wie er hinter einem Busch seine Kleidung anlegt und das Weite sucht.

Es langte.

Der Tag plätscherte dahin. Bis zum frühen Nachmittag. Sekretärin Stella überraschte mich mit einer für sie ungewöhnlichen Aktivität. Sie brachte mir höchstpersönlich ein Fax in mein Büro.

»Ist bestimmt interessant für dich«, nuschelte sie durch ihr Kaugummi.

Ich schaute auf der Papier und erstarrte: Mobby Madig hatte den Mord gestanden. Allerdings den falschen. Er gab zu, Jessica Brühl erwürgt zu haben. Die Tötung von Sandra Becker und Thomas Schulz stritt er nach wie vor vehement ab.

Ich schrieb eine kurze Nachricht für die Händlerschürzen, die noch am Abend an die Verkaufsstellen des *Bierstädter Tageblattes* verteilt wurden.

Mobby Madig gesteht Mord – so die Überschrift in fetten Lettern. Und darüber in kleiner Schrift: *Morgen im Bierstädter Tageblatt.*

Danach verwandelte ich die karge polizeiliche Mitteilung in einen Sechzigzeiler und reicherte den Text mit Fotos aus Madigs bewegtem politischem Leben an. Auf einem Foto war er beim Verteilen von Rosen zu sehen. Ich untertitelte: *Für Mobby Madig wird es keine roten Rosen mehr regnen – er gab zu, Jessica B. erwürgt zu haben.*

Dann noch ein Bild von Jessica B., das uns die Staatsanwaltschaft zur Verfügung gestellt hatte.

DIE KOKSERIN AUS DEM OB-BÜRO: JESSICA B. ERPRESSTE SPD-PARTEICHEF MIT SEXFOTOS

Der Inhalt des Schließfaches in der Sparkasse Bierstadt ist brisant: Fotos, die den SPD-Politiker Mobby Madig (56) beim Schmuddelsex mit Prostituierten und beim Drogenkonsum zeigen. Weitere Fundstücke: Belege, die beweisen, dass das Honorar für die Damen aus der Stadtkasse bezahlt wurde. Das Schließfach war auf den Namen von Jessica B. angemietet worden. Die Polizei entdeckte den Schlüssel im Landhaus des Parteichefs im ostdeutschen Brandenburg und konnte ihn zunächst nicht zuordnen.

In einer ersten Vernehmung gab Mobby Madig zu, mit den Fotos erpresst worden zu sein. Bei einem Treffen mit Jessica B. in deren Wohnung sei es dann zu einem heftigen Streit gekommen, in dessen Verlauf der Politiker die ehemalige Stadtbedienstete erwürgte. Danach suchte er in der Wohnung nach den Fotos, fand sie aber nicht. Den Schlüssel für das Schließfach nahm er an sich.

»Ich wollte das alles nicht«, so Madig. »Aber sie hat mich bis aufs Blut gequält.«

Die Opferrolle nehmen ihm Polizei und Staatsanwaltschaft nicht ab. Sie glauben, dass Madig niemals die Absicht hatte, auf die Erpressung einzugehen. »Wir ermitteln wegen Mordes«, so Hauptkommissar Friedemann Kleist. »Herr Madig tötete aus niederen Beweggründen. Er sah seine politische Karriere in Gefahr. Frau B. hätte ihn immer wieder zur Kasse gebeten – und das wollte er verhindern.«

Ich kochte mir einen starken Kaffee. Irgendetwas passte mir an der Sache nicht. Hatten sich Sandra Becker und Jessica Brühl eigentlich gekannt? Gesehen hatten sie sich bestimmt, denn zwischen SPD-Fraktion und Oberbürgermeisterbüro besteht stets reger Kontakt. Wenn Madig Jessica Brühl wirklich im Streit erwürgt hatte, dann käme er in einem Gerichtsprozess vermutlich mit Totschlag davon. Bei den bestens geplanten Taten an dem Brautpaar wäre eine Verurteilung wegen Mordes unumgänglich. Gab Madig die Tötung der Jessica B. zu, um von dem Doppelmord abzulenken?

Mir schwirrte der Kopf. Der bringt doch nicht drei Menschen um, dachte ich. Und was war mit Aldwin von Elberberg? Hatte der Adelsspross Madig unterstützt? Er saß schließlich in dessen Parteibüro – sozusagen Tür an Tür mit ihm.

Wenn er Madigs Komplize sein sollte, warum hat ihn Madig nicht auch eliminiert? Und was für einen Sinn machte der Hinweis auf *Marta Russo* und den Mord ohne Motiv?

Ich kam mir vor wie eine Puzzlespielerin, die zu viele Teile unterbringen musste.

Vielleicht wusste Sandras Mutter, Waltraud Becker, wie eng der Kontakt zwischen ihrer Tochter und Jessica Brühl gewesen war – falls es überhaupt einen gegeben hatte. Doch sie meldete sich nicht am Telefon. Ich hinterließ mein Sprüchlein auf ihrem Anrufbeantworter.

Als ich den Weg nach Hause nahm, dämmerte es schon. Die weißen Händlerschürzen des *Bierstädter Tageblattes* waren bereits ausgeliefert und angebracht worden. Der Satz *Mobby Madig gesteht Mord* prangte hundertfach in der Stadt und begleitete mich bis fast vor die Haustür.

Wer kennt wen?

Frühstückszeit am Wochenende. Kleist hatte sich eingeladen und das bedeutete: frische Brötchen, viel Kaffee und ein freimütiges Gespräch. Während ich den Tisch deckte, las er meinen Artikel im *Bierstädter Tageblatt.* Wir agierten wie ein älteres Ehepaar: Sie macht sich in der Küche nützlich und er wendet sich dem Weltgeschehen zu.

»Wie kam es eigentlich zu Madigs plötzlichem Geständnis?«, fragte ich.

»Ich habe ihm damit gedroht, dich zu ihm zu lassen«, grinste Kleist. »Wenn das bei allen so klappen würde, bekämst du eine Festanstellung bei uns.«

»Aber nur mit Pensionsanspruch«, meinte ich. »Wie geht es weiter mit ihm?«

»Er plappert wie ein Wasserfall. Ist kaum zu bremsen. Natürlich versucht er, seine Schuld so klein wie möglich zu reden.«

»Machst du mir noch einen Kaffee, bitte?«

Er stand auf und bediente die Hightechmaschine. Die Milch zischte und schäumte in die Tasse. Ich überlegte, ob ich jeden Tag einen Mann in meinem Haus ertragen könnte, kam aber zu keinem Ergebnis.

»Madig behauptet allen Ernstes, dass Jakob Nagel der Drahtzieher hinter allem ist.« Kleist stellte die Tasse vor mich auf den Tisch. »Nagel höchstpersönlich habe Jessica Brühl auf ihn, Madig, angesetzt.«

»Und sie hat ihn dann mit vorgehaltener Waffe gezwungen, Kokain zu schnupfen und mit Nutten rumzumachen. Klingt ja vollkommen logisch. Habt ihr eigentlich eine Haarprobe von Madig genommen?«

»Sicher. In der Untersuchungshaft ist mal zufällig ein Haar in seinem Kamm hängen geblieben. Das landete dann ebenso zufällig in der Analyse.«

»Und?«

»Du würdest es so ausdrücken, Maria: Der Kerl hat gekokst wie ein Weltmeister.«

Wir lachten. Kleist nahm meine Hand und hielt sie. Tiefe Blicke. Zum Glück klingelte mein Handy. Ich pflückte meine Hand aus seiner und packte das Telefon. Waltraud Becker.

»Danke, dass Sie anrufen«, sagte ich. »Sagt Ihnen der Name Jessica Brühl etwas?«

»Das ist doch die tote Frau, die beim Oberbürgermeister gearbeitet hat. Ich hab davon in der Zeitung gelesen«, antwortete sie.

»Kannten sich Sandra und Frau Brühl? Vielleicht sogar näher?«

»Näher? Nein. Thomas war mit ihr besser bekannt.«

»Ihr Schwiegersohn?«

»Ja. Frau Brühl war seine Tante. Sie hat dafür gesorgt, dass Thomas den Job bei der Stadtverwaltung bekam.«

Das war mir neu. Ich hatte Thomas Schulz bei meinen Recherchen völlig vernachlässigt.

»Wo hat er denn gearbeitet?«, wollte ich wissen.

»Als Sachbearbeiter beim Rechnungsprüfungsamt.«

Stimmt, das hatte Frau Becker ja schon mal erzählt. Das passt ja gut, dachte ich. Die Tante unterschlägt Geld aus der Stadtkasse und der Neffe arbeitet in dem Amt, das die Auszahlungen nicht prüft.

»Mochten sich Sandra und Jessica nicht?«

»Sie gingen sich aus dem Weg«, antwortete Frau Becker. »Sandra hat Frau Brühl ... warten Sie mal, wie war das doch? Sie hatte so einen komischen Spitznamen. Irgendwas mit Frosch. Ich hab's gleich.«

»Lassen Sie sich Zeit.«

»Ah, ja. Froschauge. Frau Brühl wurde Froschauge genannt.«

»Froschauge?« Ich war irritiert. »Warum das?«

»Die Frau Brühl hatte so hervorstehende Augen und einen breiten Mund«, antwortete Frau Becker. »Vielleicht deshalb. Sandra hat sich jedenfalls darüber lustig gemacht.«

Kleist hatte mein Gespräch mit Frau Becker mitgehört und dabei entspannt ein Glas Fruchtsaft getrunken.

»Habt ihr euch eigentlich um Thomas Schulz gekümmert?«, fragte ich und widmete mich wieder einem Brötchen.

»Wir haben die privaten und dienstlichen Umstände aller Toten untersucht«, antwortete er. »Das ist die Grundlage jeder Polizeiarbeit. Möchtest du mal ein Praktikum machen bei uns?«

»Wenn, dann nur in deinem Vorzimmer! Dann weißt du bestimmt, dass Thomas Schulz beim Rechnungsprüfungsamt beschäftigt war und die Brühl ihn dort untergebracht hatte?«

»Schulz war nur ein kleiner Sachbearbeiter ohne jegliche Kompetenzen«, erklärte Kleist.

»Aber das hat doch alles miteinander zu tun!«, rief ich aus.

»Mag sein. Das liegt an den Konstellationen in dieser Stadt. Die SPD ist hier schon so lange an der Macht, dass alle nur denkbaren Posten mit parteinahen Menschen besetzt sind. Und mit ihren Kindern, Nichten und Neffen. Ich habe selten so viel Filz gesehen wie hier. Der Stadtkämmerer wird Chef der Stadtwerke und beerbt den früheren Oberstadtdirektor. Der Geschäftsführer der SPD wird Flughafenchef. Und das sind nur zwei Beispiele.«

»Für die CDU fällt aber auch mal was ab«, wandte ich ein. »Ein CDU-Politiker war lange Jahre Chef des Bierstädter Hafens. Und zum Pressechef des städtischen Entsorgungsunternehmens hat es sogar ein Grüner geschafft. Selbst willfährige Journalisten können es weit bringen.«

Kleist lachte. »Weshalb bist du bei deinem *Tageblatt* geblieben? Hat dir keiner ein Angebot gemacht?«

»Weil ich nicht willfährig bin.«

»Schade.«

»Was?«

»Ich fände ein bisschen Willfährigkeit jetzt gerade gar nicht so übel«, grinste er. »Ich gehe schon mal vor.«

Es wurde ein sehr gemütlicher Sonnabend.

Das Leben kann auch richtig gemütlich sein

Einschlafen neben einem Mann. Die Decke teilen. Nur die halbe Fläche der Matratze nutzen können. Und aufwachen neben ihm. Eine merkwürdige Sache, die ich schon lange nicht mehr erlebt hatte.

Kleist hatte sich noch einmal umgedreht und die Decke über den Kopf gezogen. Leises Schnarchen. Mit gemischten Gefühlen stieg ich in die Wanne. Wollte ich diese Situation jeden Tag haben? Ob er sich solche Fragen auch stellte, wenn er mit einer Frau zusammen war?

Nicht dran rühren, supercool bleiben, Grappa.

Eine Etage höher hörte ich die Dusche. Auch Kleist hatte den Weg aus dem Bett gefunden. Ich trocknete mich ab und rieb mich mit einer Körpermilch ein. Sie duftete leicht nach Vanille. Mit Schlabberhose und T-Shirt bekleidet, ging ich in die Küche. Er saß schon dort und hatte den Tisch gedeckt. Der Kaffee duftete.

»Hast du gut geschlafen?«, fragte er.

»Ich hatte wirre Träume«, gestand ich. »Irgendein großes Tier lag neben mir und verhinderte meine Entfaltung.«

»Was du nicht sagst«, amüsierte er sich. »Lass uns noch schnell eine Tasse zusammen trinken. Ich muss gleich los.«

»Am Sonntag?«, wunderte ich mich. »Ist etwas geschehen?«

»Vielleicht. Bist du auf Recherche oder hast du heute frei?«, fragte er.

»Ich bin immer im Dienst, wenn es nötig ist. Genau wie du.«

»Es wird Zeit für mich.« Kleist erhob sich. »Vielen Dank für die schönen Stunden, Maria. Sie haben mir gezeigt, dass es noch anderes gibt, als Straftaten aufzuklären.«

»Nämlich?«

»Einer Frau die Bettdecke wegzuziehen.«

Zehn Minuten später war ich allein und stürzte mich in die Hausarbeit. Sie lenkte mich vom Nachdenken über mein Singledasein ab. Zwischen Waschmaschineeinfüllen und Trocknerausräumen klingelte das Telefon.

Es war mein Chef. »Hast du die *BILD am Sonntag* gelesen?«, fragte er.

Hatte ich nicht.

»Erzähl schon!«, forderte ich.

»Milva Grandi. Sie ist voll auf der Seite von Madig«, berichtete er. »Behauptet, dass Nagel hinter allem steckt.«

»Das sind doch die Schutzbehauptungen von Madig. Ich frage mich nur, woher sie davon weiß.«

In meinem Hirn blitzte es kurz auf und in dem Licht sah ich die Szene nach dem Beisammensein in der *Stechuhr.* Milva Grandi war in Kleists Dienstwagen eingestiegen und davongefahren. Und wenn nicht Kleist selbst am Steuer gesessen hatte, dann gab es eine andere undichte Stelle im Polizeipräsidium.

Ein Quentchen Misstrauen blieb. Ich verfrachtete es in eine meiner hintersten Gehirnwindungen.

»Der Artikel steht online«, sagte Jansen. »Könnte irgendwas dran sein?«

»Die Polizei glaubt nicht daran, dass Nagel irgendwie verwickelt ist in die Dinge«, antwortete ich. »Das weiß ich aus sicherer Quelle.«

»Ach, diese Quelle meinst du!«

Ich überhörte die Anspielung. »Hat die Grandi Nagel mit den Vorwürfen konfrontiert?«

»Nein. Es gibt keine Stellungnahme von ihm in dem Artikel.«

Ich überlegte. »Wir haben noch immer nicht über unsere These mit dem Mord ohne Motiv berichtet. Und den Hinweis auf den Fall *Marta Russo* haben wir auch noch nicht verbraten. Brinkhoff beobachtet diesen Studenten, der im Parteibüro jobbt. Vielleicht kommt dabei etwas raus.«

»Wir reden morgen drüber«, kündigte Jansen an. »Ich bin froh, dass in unserer Montagsausgabe kein Wort über Mord und Totschlag zu lesen sein wird. Nur von Schimmel im Museum, Giftmüll im künftigen Phönix-See und Kurzarbeit bei Opel. Du siehst, Grappa-Baby, das Leben kann auch richtig gemütlich sein.«

Auch schwierig kann schön sein

Privatermittler Brinkhoff hatte mir noch am Sonntagabend eine SMS auf mein Handy geschickt. Er wollte sich mit mir gegen zehn Uhr im Bistro der Bäckerei Schmitz treffen. Folglich verzichtete ich aufs Frühstück und begab mich dorthin.

»Tach auch, Frau Schmitz«, leitete ich das Ritual ein. »Wie isses?«

»Die Frau Grappa«, freute sich die Bäckerin. »Muss ja. Und selbst?«

»Viel zu tun«, entgegnete ich.

»Ja, die Morde. Jetzt soll es ja der Nagel gewesen sein, der alles eingestielt hat.«

»Sie lesen die falsche Zeitung, Frau Schmitz«, griente ich.

»In Ihrer steht ja heute nix drinne. Frühstück mit alles?«

»Ja, mit allem. Aber erst mal nur einen Kaffee. Herr Brinkhoff kommt gleich auch.«

»Der?« Ihr Blick sagte: Das ist doch der Falsche. Sie konnte es nicht lassen. »Dann setzen Se sich ma rein.«

Ich verzog mich ins Bistro. Die *BILD am Sonntag* lag zerfleddert auf einem Tisch. Ich griff danach. *Mobby Madig: Ich wurde reingelegt!*

Frau Schmitz kam mit dem Kaffee. Die Milch bildete eine schöne Schaumhaube und die Bäckerin hatte sie mit Kakao bestäubt.

»Der Nagel ist clever«, meinte sie mit einem Blick auf den Artikel. »Aber eigentlich hat ja der Madig 'ne richtige Verbrechervisage. Und der hat dieser Frau B. den Hals zugedrückt. Da beißt die Maus kein' Faden ab.«

In der Bäckerei schepperte die Schelle. Frau Schmitz eilte zurück. Wenig später nahm Brinkhoff an meinem Tisch Platz.

»Hallo, Chefin«, grinste er.

»Nun machen Sie mal halblang«, gab ich zurück.

»Ich will ja nur, dass Sie mein Frühstück bezahlen. Als armer Pensionär muss ich auf meinen Geldbeutel achten.«

»Okay, geht klar. Und nun erzählen Sie. Was treibt der Herr von und zu denn so?«

Anneliese Schmitz rückte mit dem Frühstück an. Heute hatte sie sich selbst übertroffen. Frische Waffeln mit heißen Kirschen, Melone und Schinken, Rührei mit Speck.

»Der Hammer!«, entfuhr es Brinkhoff bei dem Anblick der Köstlichkeiten. »Dann mal los!«

Die nächsten zehn Minuten widmeten wir uns dem fürstlichen Frühstück. Ab und zu sah Frau Schmitz nach uns – immer mit gespitzten Ohren.

»Sie bekommen den ersten Preis im Wettbewerb um das beste Frühstück nördlich des Äquators«, rief Brinkhoff ihr zu.

»Eigentlich finde ich diesen Elberberg ganz niedlich«, begann ich. »Vielleicht ist alles ja ein Missverständnis und er will nur spielen.«

»Will er nicht«, widersprach Brinkhoff. »Ich habe am Freitag meine Observation aufgenommen und alles detailliert aufgeführt und dokumentiert.«

Er legte mir eine Kladde hin. In ihr handschriftliche Notizen über die Beobachtungen mit Datum, Zeit und Fotos.

»Das ist ja eine echte Fleißarbeit«, lobte ich. »Bevor ich mir das jetzt alles durchlese … was waren die Besonderheiten?«

»Ein guter Polizist fährt immer zwei- oder dreigleisig. Die Observation ist die eine Sache, der Hintergrund die andere. Also hab ich den Studenten über das Zentralregister abgeklärt. Und siehe da!«

Brinkhoff schob sich eine Scheibe Schinken in den Mund.

Er lässt sich Zeit, dachte ich, aber er ist ja auch Rentner. Ich vermied den Blick auf die Uhr. Zur Konferenz würde ich es nicht mehr schaffen. Schnell tippte ich eine SMS und schickte sie Jansen.

»Aldwin von Elberberg ist schon einige Male aufgefallen«, fuhr der Exkommissar fort. »Aber seine Sippe hat ihn immer wieder rausgehauen. Der Vater lebt im Osten und betätigt sich politisch konservativ. In der Verwandtschaft tummeln sich Rudel von Rechtsanwälten, Notaren und Managern. Also – eigentlich eine ganz feine Familie.«

»Der Bubi aber nicht?«, half ich nach.

»Hier und da ein bisschen Körperverletzung, mal eine Anzeige wegen versuchter Erpressung und sexueller Nötigung einer Kommilitonin – um nur einige Fälle zu nennen.«

»Wieso kann der Jura studieren?«, wunderte ich mich. »Muss man da nicht eine blütenreine Weste haben?«

»Weil es nie zu einer Verurteilung gekommen ist«, erklärte Brinkhoff. »Die Anzeigen wurden immer zurückgezogen. Oder die Zeugen verhedderten sich in Widersprüchen. Offiziell hat Elberberg also eine blütenreine Weste. Den kleinen Grauschleier sieht man nur bei günstiger Beleuchtung.«

»Und wieso hängt Sohnemann jetzt im Bierstädter Parteibüro der SPD ab?«

Frau Schmitz brachte frischen Kaffee. Sie schielte neugierig in die Kladde, doch diese lag kopfüber.

»Schmeckt es noch?«, fragte die Bäckerin.

»Abba imma«, strahlte ich und legte die Papierserviette auf das aufgeschlagene Buch.

Anneliese Schmitz blinzelte empört und verzog sich mit einem trotzigen Lächeln. Brinkhoff hatte verstanden und war sichtlich vergnügt.

»Also – warum ist Bubi bitte in Bierstadt?«, nahm ich den Faden wieder auf.

»Er musste aus Brandenburg weg. Wegen dieser kleinen Nettigkeiten, die er sich erlaubt hatte.«

»Brandenburg? Da hat doch der Madig seine Hütte!«

»Genau. Die Datscha gehörte einem Stasioffizier. Madig hat sie für 'n Appel und 'n Ei bekommen. Und raten Sie mal, wer das Ganze vermittelt und notariell beglaubigt hat!«

»Elberbergs Sippe?«

»Bingo! Der Vater hat dem Stasimann mit ein bisschen Schweigen den Preis versaut und Onkel Elberberg hat alles beurkundet. Dafür bringt Madig das Bübchen mit dem bekloppten Benehmen bei uns in Bierstadt unter.«

»Nicht zu fassen!«, rief ich. »Und mir hat Elberberg erzählt, dass er Madig kaum kennt und an einer Examensarbeit über die Parteien arbeitet.«

»Wo steht geschrieben, dass Lügen verboten ist?«, fragte Brinkhoff.

»In den Zehn Geboten.«

»Ja. Da steht auch drin: Du sollst nicht begehren deines Nächsten Weib, Knecht, Dings und Bums. Halten sich ja auch alle dran.«

»Ich muss dringend rauskriegen, welches Thema seine Examensarbeit wirklich hat. Falls er überhaupt eine schreibt«, murmelte ich.

»Schon erledigt!« Brinkhoff gabelte die Reste vom Rührei auf. »Aldwin von Elberberg schreibt keine juristische Examensarbeit, denn sein Examen ist noch in weiter Ferne. Er geht ab und zu mal zur Uni, doch nur, um Studenten für seine Burschenschaft zu werben.«

»Das *Corps Potentia*«, nickte ich. *»Virtus fidesque bonorum corona.«*

»Jetzt muss ich passen«, meinte Brinkhoff. »Was heißt das auf Bierstädtisch?«

»Tugend und Treue, die Krone der Guten«, antwortete ich. »Halten wir also fest: Adels-Aldwin ist ein dubioses Bürschchen, das vielleicht Mails vom Lesesaal der Uni an mich

schickt, in denen es sich als Doppelmörder bezeichnet. Aber bewiesen ist das noch lange nicht. Haben Sie irgendwelche Hinweise auf den Fall *Marta Russo* oder das Thema ›Mord ohne Motiv‹ gefunden?«

Brinkhoff verneinte.

Frau Schmitz kehrte zurück, um den Tisch abzuräumen. Sie stand hinter mir und zog die Serviette von Brinkhoffs Ermittlungsbuch. Mit scharfem Blick spähte sie auf die oben liegende Seite. Darauf klebte ein Foto von Elberberg – es zeigte ihn in Badehose im Freibad.

»Isser das?«, fragte sie.

»Wer?«, gab ich zurück.

»Der Mörder.«

»Was für ein Mörder?« Ich tat harmlos.

»Abba Frau Grappa!« Jetzt war sie richtig sauer. »Sie wissen doch, dass ich schweigen kann. Außerdem kenne ich den da.« Sie deutete auf das Foto.

»Wie bitte?«, fragten Brinkhoff und ich unisono.

»Ja, der war ma hier. Vor einer Woche oder so. Hat nach Ihnen gefragt, Frau Grappa.«

»Und was wollte er wissen?«

»Dass Sie bei der Zeitung sind, war ihm bekannt«, teilte Frau Schmitz mit. »Ich dachte, der ist ein Fan von Ihnen. Gibbet ja ab und zu, dass Jungspunde auf ältere Frauen stehen.«

»Frau Schmitz! Welche Fragen hat er gestellt?«

»Die gingen so in die private Richtung. Nach Ehemann oder Freund und so. Wann Sie aus dem Haus gehen und wiederkommen.« Sie lachte. »Er hat gedacht, Sie wohnen noch um die Ecke.«

»Haben Sie ihm etwa erzählt, dass ich umgezogen bin?«

»Abba nee!« Sie schüttelte sich. »Der Kerl wurde ein bisschen klebrig mit seinen Fragen. Außerdem bin ich ja durch den Kontakt mit Ihnen kriminalistisch geschult.«

In der Redaktion erwartete mich die nächste Überraschung. Auf meinem Schreibtisch lag die Nachricht, dass mich Jansen dringend zu sprechen wünsche.

Ich ging sofort zu ihm.

»Sie haben Madig auf freien Fuß gesetzt.«

»Was?«

»Hier!« Er reichte mir eine Pressemitteilung. Das Blatt trug das Logo der Staatsanwaltschaft.

»Die Ermittlungen gegen ihn wegen der Tötung der Brühl werden fallen gelassen.«

»Er hat die Tat aber doch gestanden!«, rief ich aus.

»Ja, hat er. Aber nur aufgrund der menschenunwürdigen Verhörmethoden von Herrn Hauptkommissar Dr. Friedemann Kleist. Polizeiwillkür! Nötigung! Vielleicht sogar Folter! Das behauptet Madig jedenfalls. Dein Freund kann richtig Ärger kriegen. Die SPD hat zu einer Pressekonferenz eingeladen. In einer Stunde. Gehst du hin oder soll ich?«

»Natürlich gehe ich da hin«, meinte ich trotzig.

»Dann schreib vorher ein paar Zeilen über Madigs Freilassung. Aber knapp und sachlich. Keine Häme.«

»Häme? Ich? Ich bin Journalistin!«

Ich zog es vor, den schrägen Blick nicht zu bemerken, den Jansen mir zuwarf.

In meinem Zimmer studierte ich die Pressemitteilung, fuhr den Rechner hoch und schrieb:

SPD-MADIG WIEDER FREI

Mobby Madig (56) hat sein Geständnis überraschend widerrufen. Er hatte angegeben, Jessica B., die ehemalige Sachbearbeiterin im Oberbürgermeisteramt, im Streit erwürgt zu haben, weil sie ihn mit Fotos erpresst habe. Warum er eine Tat gestand, die er nun nicht mehr begangen haben will, ist mysteriös. Madig ist aus der Untersuchungshaft entlassen worden. Nach Auskunft der Staatsanwaltschaft besteht kein dringender Tatverdacht mehr (siehe weiteren Bericht in dieser Zeitung).

Auch im Lokalradio wurde die Meldung prompt gesendet – angereichert mit den Vorwürfen, die aus dem Einladungstext der SPD zur Pressekonferenz stammten. Eine Stellungnahme des Chefermittlers Kleist fehlte.

Ich wählte seine private Handynummer und hatte Glück.

»Was ist denn da passiert?«, fragte ich.

»Nichts Besonderes.« Er schien total entspannt. »Madig hat sich einen neuen Anwalt zugelegt, der ein paar falsche Zeugen eingekauft hat.«

»Wenn die Zeugen gekauft sind, warum wird er dann aus der Haft entlassen?«

»Der Richter, der den Haftprüfungstermin leitete, ist Vorsitzender eines SPD-Ortsvereins«, antwortete Kleist. »Aber, glaub mir, der Spuk ist schnell vorbei.«

»Was sind das für Zeugen?«, fragte ich.

»Das darf ich dir nicht sagen. Bitte versteh das.«

Ich schluckte. »Und die Vorwürfe gegen dich? Die wollen dich abschießen!«

»Ja, scheint so.«

»Machst du dir Sorgen?«, fragte ich sanft.

»Nicht wirklich. Alle meine Vernehmungen sind dokumentiert. Und der Polizeipräsident steht hinter mir.«

»Das ist gut.« Ich atmete auf. »Ich muss zur Pressekonferenz der SPD. Madig wird in die Vollen gehen. Brauchst du ein wenig Trost? Heute Abend vielleicht?«

»Ich weiß nicht, was heute noch auf mich zukommt. Können wir telefonieren?«

Medientheater: Der Saal in der SPD-Parteizentrale war gerammelt voll. Pöppelbaum begleitete mich, um den historischen Moment im Bild festzuhalten. Mobby Madig, das Unschuldslamm, bis aufs Blut gequält von Dr. Friedemann Kleist, dem grausamen Bullen.

Nur nahm ihm das keiner ab. Den Gesprächsfetzen, die ich auffing, entnahm ich, dass die meisten Kollegen Mobby Madig für eine absolute Lachnummer hielten.

Jetzt steuerte auch noch die BILD-Tussi auf mich zu. »Huhu, Grappa, hallo, Wayne.«

Milva Grandis Lachen war noch genauso schrecklich, wie ich es in Erinnerung hatte, und ihre Klamotten spiegelten ihren Schreibstil wider: grell und glitzernd, im Ganzen unecht.

»Sag mal, Grappa«, plapperte sie, »der Madig ist ja wohl völlig durch den Wind. Gesteht mal eben einen Mord und dann will er's nicht mehr gewesen sein. Und jammert nun rum wegen Polizeiwillkür. Was sind das bloß alle für Weicheier?«

Ich verzog meinen Mund zu einem Lächeln und nickte. »Ach, Milva. Wie recht du hast. Genau: Weicheier! Tutto completto! Und jetzt entschuldigst du mich? Ich muss noch mal für kleine Mädchen, bevor die Lügenschau hier losgeht.«

Pöppelbaum grinste.

Auf dem Damenklo kühlte ich meine Stirn mit kaltem Wasser. Eine Hitzewelle hatte von mir Besitz ergriffen. Wechseljahre oder Psyche? Egal, das Ergebnis war dasselbe: Durch meine Adern rann eine heiße Flüssigkeit. Ich betrachtete mich im Spiegel. Nichts war zu sehen – lediglich ein paar rote Flecken auf dem Dekolleté.

Ich begab mich zurück in den Saal. Inzwischen hatten die Kollegen Platz genommen. Die Kameraleute hatten ihre Stative aufgebaut und die Tontechniker die Mikrofone auf den Tischen befestigt.

Milva Grandi saß zwischen ihrem eigenen Fotokünstler und Wayne, der mir den Stuhl neben sich frei gehalten hatte.

»Dann kann's ja losgehen«, sagte ich.

Prompt öffnete sich die Tür. Mobby Madig, Fraktionschef Erwin Debill und ein paar nachgeordnete Genossen und Genossinnen. Und noch einer tauchte in der Runde auf: Rudi Gies, Hobbyfilmer im Pornosektor und neuerdings Medienberater des SPD-Politikers. Blitzlichter und Kamerasurren.

»Der Kerl da ist sein Anwalt«, raunte mir Wayne zu und deutete auf ein kleines, mageres Männlein in grauem Zwirn. »Dem ist kein Mandat zu schmutzig.«

Milva Grandi nickte. »Den kenne ich auch – sehr beliebt bei Kinderschändern und Vergewaltigern. Und er vertritt Gies in der Fotofälschersache gegen meinen Verlag.«

»Habt ihr ihn schon drangekriegt?«, fragte ich.

»Werden wir«, antwortete sie. »Betrug und Schadensersatz.«

»Geh mal mit der Kamera richtig nah an den Burschen ran, Wayne. Lügner erkennt man am Blick.«

»Guten Tag, meine Damen und Herren!« Mobby Madig hatte das Wort ergriffen. »Vielen Dank, dass Sie so zahlreich erschienen sind. Die letzten Tage waren die bisher schlimmsten in meinem Leben. Unschuldig eingesperrt, einer unfassbaren Polizeiwillkür ausgesetzt und dem Schoß meiner Familie entrissen.« Er tupfte sich mit einem Taschentuch die nicht vorhandenen Tränen vom Gesicht.

»Und damit nicht genug!« Kunstpause. »Einige Mitglieder Ihrer Zunft haben fast täglich versucht, meinen Namen und guten Ruf in übelster Weise durch den Dreck zu ziehen. Sie haben mich ausspioniert, mich mit Häme und Spott überzogen.«

»Hört, hört!«, schallte es aus der Journalistenschar.

»Meint der etwa euch beide?«, raunte Wayne grinsend.

»Mich bestimmt nicht«, flüsterte ich. »Mein Herz ist rein.«

»Halten wir uns an die Fakten«, machte Madig weiter. »Ich übergebe das Wort an meinen Anwalt Dr. Rüttelstein-Siegert.«

Der Angesprochene hielt ein Schreiben hoch. »In meiner Hand halte ich eine eidesstattliche Versicherung. Sie enthält ein Geständnis. Und sie wurde von dem Mann unterschrieben, der Jessica Brühl getötet hat.«

Stille im Saal.

»Und wer soll das sein?«, fragte Milva Grandi laut.

»Es ist der Mann, der schon einmal im Fokus der Ermittlungsbehörden war. Doch man ließ ihn unbehelligt.«

»Wer ist es denn nun?«, legte ich nach.

»Der Dealer von Jessica Brühl. Er hat sie im Streit um Geld erwürgt. Punkt.«

»Weiß die Polizei, dass Sie den Fall gelöst haben, Herr Anwalt?«, wollte ich wissen.

»Wir haben einen Kurier ins Polizeipräsidium geschickt. Er dürfte die eidesstattliche Versicherung in dieser Minute überreichen.«

»Und warum haben Sie die Tat zunächst gestanden, Herr Madig?«, rief ich. »Das passt doch alles nicht zusammen, was Sie hier zum Besten geben!«

Madig wollte etwas sagen, doch sein Rechtsverdreher hielt ihn zurück.

»Kommen wir also zum nächsten Thema dieser Pressekonferenz. Im Bierstädter Polizeipräsidium hat es kürzlich einen Personalwechsel gegeben. Dr. Friedemann Kleist ist nun Leitender Hauptkommissar der Mordkommission. Mein Mandant ist mehrfach von diesem Herrn vernommen worden. Herr Kleist ist dabei nicht fachgerecht vorgegangen – um es einmal freundlich auszudrücken. Mein Mandant ist durch stundenlange Vernehmungen, Nikotinentzug, Drohungen, Schlafentzug und die widerwärtigsten Unterstellungen psychisch schwer unter Druck gesetzt worden. Dr. Kleist kannte kein Erbarmen. Mein Mandant hat schließlich eine Tat gestanden, die er nicht begangen hat – nur um endlich Ruhe vor Herrn Kleist zu haben.«

»Das ist ja zum Quieken«, flüsterte ich Wayne zu. Auch einige andere Kollegen machten amüsierte bis erstaunte Gesichter.

»Und ich fand den Madig mal ganz okay«, seufzte Milva Grandi vor sich hin.

»Wir machen alle mal Fehler«, tröstete ich sie. »Jetzt bekommst du die Chance, in deinem Blatt alles wieder geradezubiegen.«

»Darauf kannst du wetten.« Ihr Lachen kratzte.

»Kommen wir also zu einer interessanten Frage«, erhob Rüttelstein-Siegert erneut die Stimme. »Oder – zu zwei interessanten Fragen. Die erste: Wer steckt hinter dieser Intrige gegen meinen Mandanten? Wer hat ihn in diese Situation gebracht? Wem kam es gelegen, dass der ehrenwerte Herr Madig an freizügigen Feierlichkeiten im Büro des Oberbürgermeisters teilnahm?«

»Feierlichkeiten?« Milva Grandi lief sich warm. »Was wurde denn da gefeiert?«

»Fünfzig Jahre Godesberger Programm?«, setzte ich nach.

Allgemeines Amüsement.

»Ich wäre Ihnen sehr verbunden, wenn ich meine Ausführungen fortsetzen könnte.« Rüttelstein-Siegert warf Grandi und mir einen eiskalten Blick zu.

»Natürlich hat Herr Madig niemals Drogen genommen. Er hat allerdings den eindeutigen Angeboten einiger Teilnehmerinnen der Feierlichkeiten nicht widerstanden. Aber dies ist reine Privatsache und nicht justiziabel.«

»Warum lehnt Herr Madig eine Haaranalyse ab, wenn er drogenfrei ist?«, fragte ein Kollege.

»Vielleicht werden wir unsere Meinung zu diesem Sachverhalt noch ändern«, sagte der Anwalt.

»Wer steckt denn nun hinter all dem?«, wollte der Reporter des Lokalradios wissen. »Oder war's mal wieder der große Unbekannte?«

»Jakob Nagel. Der ehemalige Oberbürgermeister von Bierstadt. Er hat diese Intrige gegen meinen Mandanten langfristig geplant.«

Jetzt hagelte es Zwischenrufe: »Schnee von gestern!«, »Schutzbehauptung!«, »Dümmer geht es kaum!« ...

»Ich bitte um Ruhe!« Rüttelstein-Siegert verlor ein wenig die Contenance.

»Der Fotofälscher sitzt doch bei Ihnen am Tisch!« Milva Grandi war aufgesprungen und zeigte mit dem Finger auf Rudi Gies. »Dieser Gauner da hat mir ein gefälschtes Foto verkauft. Und deshalb ist Nagel zurückgetreten. Wer ist denn da der König im Intrigantenstadl?«

Rudi Gies krallte sich an der Tischkante fest. Seine Säufernase leuchtete. Gleich dreht er durch, dachte ich, aber wenn, dann bitte das volle Programm!

Tatsächlich öffnete Gies den Mund. Madig schaut ihn einmal kurz an und prompt schlossen sich die Lippen wieder.

Madigs Anwalt hatte sich inzwischen gefangen. »Und jetzt kommen wir zu einer sehr spannenden Frage«, lächelte er. »Und zu einer Forderung, die wir an den Polizeipräsidenten der Stadt und den Innenminister des Landes stellen.«

Rüttelstein-Siegerts Lächeln gefiel mir nicht.

»Wir verlangen die sofortige Abberufung des leitenden Ermittlungsbeamten Dr. Friedemann Kleist. Unsere Vorwürfe: Polizeiwillkür und unerlaubte Kontakte zur Presse.«

Rums.

Das galt mir.

Im Saal herrschte plötzlich gespannte Ruhe.

»Damit Sie auch wissen, was ich meine«, sagte Rüttelstein-Siegert, »werde ich Ihnen einige Fotos zeigen. Bitte!«

Das letzte Wort richtete sich an eine Genossin, die einen Laptop einschaltete, der mit einem Projektionsgerät verbunden war. Und schon erschien das erste Foto auf der Wand: Es zeigte Friedemann Kleist mit einer Brötchentüte vor der Bäckerei Schmitz.

Mir wurde schlecht.

»Kleist holt Brötchen – wie spannend!«, tönte es aus der Journalistenrunde.

»Warten Sie ab, wie es weitergeht!«

Das zweite Foto zeigte Kleist vor meinem Haus.

»Das nächste, bitte!«

Das dritte Foto zeigte mich, wie ich ihm die Tür öffnete. Das vierte Foto zeigte uns in einer geschwisterlichen Umarmung.

»Das bist ja du!«, staunte Milva Grandi.

»Und jetzt die andere Serie«, forderte Rüttelstein-Siegert.

Ein neues Foto wurde an die Wand geworfen. Milva Grandi am Steuer eines Wagens, daneben Kleist. Danach: Milva und Kleist, Kopf an Kopf. Kuss auf die Wange. Kleist steigt aus.

»Das bist ja du!«, staunte ich. Nur deine Gefühle nicht zeigen, Grappa, dachte ich und lächelte tapfer.

Zwischenrufe: »Der Mann macht es richtig!«, »Schmierentheater!«, »Was beweist das schon?«.

Der Anwalt gab ein Zeichen zur Beendigung der Fotoschau. »Was das beweist?«, schnarrte er. »Das beweist, dass Herr Dr. Friedemann Kleist seine – sagen wir mal – außerordentlich engen Kontakte zu zwei Damen der Presse dazu missbraucht hat, meinen Mandanten unter Druck zu setzen. Wir haben dies in ausführlicher Weise dokumentiert und dem Polizeipräsidenten und dem Innenminister zukommen lassen.«

Ich konnte nichts dagegen machen, mir war speiübel. Mein positives Gefühl Kleist gegenüber wollte Vertrauen schenken, aber die Eifersucht lechzte danach, ihn zu verteufeln. Hatte ich nicht Grund dazu? Er hatte gelogen, als er sagte, Milva Grandi nicht näher zu kennen. Dabei hatte er in ihrem Auto gesessen und die beiden hatten sich geküsst.

»Grappa! Was ist los?« Pöppelbaum versetzte mir einen Stoß auf den Arm. »Es können Fragen gestellt werden. Willst du nicht was sagen?«

»Darauf kannst du Gift nehmen!«

In mir stieg eine ungeheure Wut auf. Sie fegte alle kleinmütigen Gedanken aus meinem Kopf. Und sie wollte raus!

»Was sich hier gerade abgespielt hat, ist die größte Freak-Schau, die ich jemals besucht habe!« Ich haute auf den Tisch, dass die Wassergläser klirrten. »Ein drogensüchtiger und sexbesessener Politiker, der von einem Bilderfälscher und Pornofilmer medial beraten wird, versucht, den Ruf eines Kriminalbeamten, der seine Arbeit ernst nimmt, zu demontieren! Glauben Sie wirklich, Herr Madig, dass wir auf diese dumme Komödie reinfallen?«

»Hast du denn nun was mit dem Kleist, Grappa?«, fragte der Kollege vom Radio, fett grinsend.

»Das geht dich einen Dreck an!«

Raunen und Gelächter.

Nun stieg Milva Grandi in die Bütt. »Ich habe mit Herrn Kleist genauso wenig etwas wie meine Kollegin hier.«

Ich legte die Hand vor die Stirn und verbarg meinen Blick.

Sie zeigte auf Rudi Gies: »Der Herr Gies ist ein bekannter Bilderfälscher. Rudi, du hast doch schon die Fotos gefälscht, die zum Rücktritt des Oberbürgermeisters geführt haben. Komisch, dass ich das Kleid nicht kenne, das ich auf dem Foto anhabe. So ein Teil gibt es in meinem Kleiderschrank nicht.«

Nun war ich dran.

»Genau! Herr Gies, bei mir haben Sie auch danebengefälscht. Wenn ich einen attraktiven Mann umarme, sieht das erheblich unzüchtiger aus als das, was Sie da für die Projektion abgeliefert haben.«

Wieder Lachen.

Madig warf seinem Anwalt einen unsicheren Blick zu. Der gab den Blick an Rudi Gies weiter. Der wiederum betrachtete die Maserung des Tisches mit großem Interesse.

»Der Vorwurf der unmenschlichen Verhörmethoden bleibt aber bestehen!« Rüttelstein-Siegert wollte sich noch nicht geschlagen geben. »So etwas ist in einem demokratischen Staat nicht erlaubt. Und dagegen werden wir uns zu wehren wissen.«

Niemand hörte mehr zu. Die ersten Kollegen packten ihre Arbeitsutensilien ein.

»Das war knapp«, urteilte Pöppelbaum. »Kurz dachte ich, dass du schlappmachst, Grappa.«

»Ich doch nicht!«, log ich.

»Bist ja doch ein alter Haudegen«, lachte er. »Milva, du warst auch Klasse. Das eben war ganz großes Tennis!«

»Danke, Wayne«, sagte ich. »Gehst du schon mal vor? Ich muss mit Milva noch was besprechen.«

»Sicher. Aber haut euch nicht wegen dem Kleist!« Er trollte sich – verschmitzt lächelnd.

Auch Milva und ich verließen den Saal. Auf dem Weg nach draußen begegnete uns Aldwin von Elberberg. Er grüßte artig. Mit dir bin ich auch noch nicht fertig, dachte ich.

»Waren wir gut?«, fragte Milva draußen.

»Das waren wir!«, bestätigte ich. »Ich hab da aber noch eine Frage an dich.«

»Und die wäre?« Ihre Augen blitzten.

»Wie gut kennst du Kleist?«

»Ich kenne ihn schon einige Jahre.«

»Also ist das Foto nicht gefälscht?«, fragte ich.

»Nein. Die Fotos, die euch beide zeigen, ja auch nicht.«

Wir grinsten uns an.

»Ich sag dir, was du eigentlich wissen willst. Ich kenne Kleist aus der Therapie. Alkoholentzug. Ist schon einige Jahre her. Wir waren in derselben Gruppe. Und haben es beide geschafft. Das ist alles. Wir haben und hatten keinerlei Affäre.«

»Aber ich habe dich schon Bier trinken sehen«, entgegnete ich erstaunt.

»Ja, in der *Stechuhr.* Alkoholfreies. Der Wirt weiß Bescheid und schenkt für mich immer Entkerntes aus, egal, wer was für mich bestellt. Saufen ist in unserem Job doch fast schon Pflicht. Also spiele ich mit, so gut ich kann.«

»Und du und Kleist – ihr habt euch hier zufällig wiedergetroffen?«, wollte ich noch wissen.

»Ja. Rein zufällig. Und jetzt frage ich mal was: Seid ihr zwei ein Paar?«

Ich schüttelte den Kopf. »Dazu ist es zu früh, aber vielleicht auch zu spät. Jedenfalls ist es schwierig.«

»Aber schwierig kann ja auch schön sein, oder?«

SPD-JAMMERLAPPEN: MOBBY MADIG DREHT DURCH

titelte ich.

Die Pressekonferenz der SPD zur Entlassung ihres Vorsitzenden aus der U-Haft war ein Stück aus dem Tollhaus. Madig beschuldigte den ehemaligen Oberbürgermeister der Intrige und die Bierstädter Polizei ungesetzlicher Verhörmethoden. Er selbst gab sich unschuldig. Warum er den Mord an Jessica B. gestanden hat,

weiß er nicht mehr so genau. Jetzt soll plötzlich der Drogendealer von Jessica B. der Täter sein.
An den Partys im Rathaus habe Mobby Madig nur teilgenommen, weil Ex-OB Nagel gewisse Damen auf ihn angesetzt habe, denen der 56-jährige SPD-Politiker nicht habe widerstehen können. Doch er behauptet, niemals Drogen genommen zu haben – eine Haaranalyse beweist allerdings das Gegenteil.
Mobby Madig als Opfer? Diese Rolle glaubt ihm niemand. Jahrelang bestimmte Madig darüber, wer in Bierstadt einen lukrativen Job in einem städtischen Betrieb oder einem der vielen Tochterunternehmen bekam. Er hielt den Daumen nach oben oder nach unten, wenn es um Karrieren in der Wirtschaft ging. Er schanzte Unternehmen Aufträge zu, die sie ohne seine Protektion nicht bekommen hätten.
Die SPD wäre gut beraten, sich von ihrem Vorsitzenden zu trennen. Mobby Madig ist ein verwirrtes Auslaufmodell. Und Auslaufmodelle gehören auf den Müll – vielleicht sogar auf den Sondermüll.

»So habe ich mir Journalismus immer vorgestellt«, meinte Jansen, nachdem er den Artikel gelesen hatte. »Unabhängig, souverän und ohne Wertung.«

Die Ironie war nicht zu überhören.

»Diese Pressekonferenz war die totale Lachnummer«, entgegnete ich. »Ich kann nicht sachlich darüber schreiben.«

»Dann ändern wir deine Autorenzeile in: *Ein Kommentar von Maria Grappa.* Und den *Sondermüll* lassen wir weg, okay?«

»Wenn es sein muss«, lenkte ich ein. »Obwohl solche Giftspritzen nun wirklich nicht in die graue Tonne gehören.«

Die Pizza hatte einen dünnen Teig und war mit Ananas und Schafskäse belegt. Ich zerteilte sie in gleichschenklige Dreiecke und drapierte sie auf einem Teller.

»Hat dich wieder jemand fotografiert, als du an meiner Tür geklingelt hast?«, fragte ich und schenkte mir ein Glas Chianti ein.

Kleist schmunzelte. »Und wenn schon. Madig wird mit seinen Anschuldigungen nicht weit kommen. Alle meine Vernehmungen sind auf Band festgehalten. Und was die schlimme Folter Nikotinentzug betrifft: Im gesamten Polizeipräsidium herrscht absolutes Rauchverbot. Gebrüll eines Papiertigers.«

»Und die unerlaubten Kontakte zur Presse?«

»Es gibt so ein Gesetz für Beamte nicht. Nur die Absprache, alle Informationen über die Pressestelle laufen zu lassen«, meinte er. »Und wer will mir vorschreiben, welche Kontakte ich in meinem Privatleben pflege?«

»Warum hast du mir eigentlich nicht erzählt, dass du Milva von der Therapie kennst?«

»Sie hatte mich darum gebeten. Als Alkoholkranker wird man allzu schnell stigmatisiert. Auch, wenn man wieder gesund ist.«

»Sie ist eigentlich ganz okay. Du hättest uns mal sehen sollen, wie wir die Veranstaltung gesprengt haben«, schwärmte ich. »Eiskalt und mit Pokerface.«

»Ich habe euch gesehen«, entgegnete er.

»Gesehen? Wie das?«

»Ich habe einen jungen Kollegen mit einer Digikamera hingeschickt. Der hat alles aufgezeichnet.«

»Du bist ziemlich gerissen«, stellte ich fest. »Wie geht es jetzt weiter? Habt ihr den Drogendealer festgenommen?«

»Der Richter hatte den Haftbefehl vor einer Woche aufgehoben, weil er keine Fluchtgefahr sah und der Mann Familie und Kinder hat. Es ging ja damals ›nur‹ um Drogenhandel. Als wir den Mann nun zu seiner eidesstattlichen Versicherung vernehmen wollten, war er verschwunden. Seine

Frau weiß angeblich nicht, wo er sich aufhält. Jetzt läuft ein internationaler Haftbefehl gegen ihn.«

»Seltsam, dass er so plötzlich und freiwillig gesteht«, grübelte ich. »Madig hat ihm bestimmt Geld gegeben, damit er sich aus dem Staub macht. Trotzdem bleibt mir schleierhaft, wieso der Haftbefehl gegen Madig sofort aufgehoben wurde.«

»Madig hat eben gute Kontakte. Doch das wird ihm nichts nützen. Ich hab ihn im Auge.«

»Wer weiß, ob Madig nicht ganz was anderes auf dem Kerbholz hat. Ein falsches Geständnis ist eine wunderbare Handvoll Sand für Bullenaugen. Entschuldige den Ausdruck. Jemand anders macht sich verdächtig.«

Ich berichtete kurz, was Brinkhoff über den Adelsspross herausbekommen hatte.

»Ihr pfuscht mir ganz schön ins Handwerk«, seufzte Kleist. »Ich bitte euch nur um eins: Seid vorsichtig.«

»Brinkhoff ist ein alter Profi«, wandte ich ein. »Und ich habe keine Angst.«

»Schon klar, Maria«, seufzte er ein zweites Mal.

Wenn einer eine Reise tut ...

Früh am nächsten Morgen weckte mich das Telefon.

»Brinkhoff hier. Ich bin die nächste Zeit nicht in Bierstadt«, kam es aus dem Hörer. »Ich mache eine kurze Reise. Aber heute Abend rufe ich Sie an.«

»Wo geht es hin?«, fragte ich schlaftrunken.

»Nach Osten. Ich muss dringend etwas überprüfen.«

»Nun sagen Sie schon.«

»Lassen Sie mich mal machen«, meinte er. »Ich melde mich. Bis dann.«

Ich kroch ins Bett zurück. Das große Tier neben mir hatte sich der kompletten Decke bemächtigt. Es wachte auf, knurrte, weil ich an der Decke zupfte. Dann fragte es nach der Uhrzeit.

»Kurz vor acht«, antwortete ich.

»Ich muss los.«

Kleist sprang aus dem Bett und verschwand im Bad. Das Duschwasser lief.

Ich hatte noch viel Zeit bis zum Arbeitsbeginn, legte mich wieder hin und döste weiter.

»Ich fahre jetzt«, hörte ich irgendwann eine Männerstimme sagen. »Ich frühstücke in der Kantine.«

Die Tür fiel ins Schloss.

Eine Stunde später erreichte ich die Redaktion.

Madig hatte aufgrund meines Kommentars ein Gegendarstellungsbegehren an den Verlag geschickt – verfasst und unterschrieben von Anwalt Rüttelstein-Siegert.

»Kommentare sind nicht gegendarstellungsfähig, da es sich um Meinungen handelt«, dozierte ich. »Und die Meinungsfreiheit ist ein hohes Gut. Ich habe keine Tatsachenbehauptungen aufgestellt, sondern meinen persönlichen Eindruck geschildert.«

»Stimmt. Aber das ist nicht der dümmste Fehler. Gegendarstellungen müssen immer vom Betroffenen persönlich unterschrieben werden. Der Herr Anwalt hat wohl bei Medienrecht ein paarmal gefehlt. Also lassen wir das Schreiben einfach verschimmeln.«

»Guter Plan«, nickte ich. »Was liegt sonst noch an?«

»Der Polizeipräsident scheint der SPD nicht besonders nahezustehen. Deinen Freund zu suspendieren, hat er abgelehnt. Er hat ihm sogar den Rücken gestärkt. Es sieht so aus, als interessierten ihn Fakten mehr als das Gejammer eines politischen Intriganten«, berichtete Jansen weiter. »Hier ist die Stellungnahme. Schreibst du eine Meldung für die Ausgabe morgen?«

In meinem Zimmer tippte ich los, wurde aber bald gestört. Zu meiner Überraschung war Anna Wachowiak am Handy. Sie bat mich um ein Treffen.

»Ich habe wenig Zeit«, fragte ich. »Um was geht es denn?«

»Um Aldwin von Elberberg.«

»Ich dachte, Sie kennen ihn kaum«, erinnerte ich sie.

»Können wir uns sehen? Bitte!«

»Gut. Ich komme vorbei.«

»Ich bin nicht in meiner Wohnung«, sagte sie. »Ich bin zurzeit bei einer Freundin.« Lady Cora nannte mir die Adresse. »Und passen Sie bitte auf, dass Ihnen niemand folgt.«

Sie trug eine Sonnenbrille mit riesigen Gläsern. Die hatte ich im Fernsehen schon oft gesehen. Sie verbarg meist die Veilchen misshandelter Frauen.

»Was ist passiert?«, fragte ich.

»Wollen Sie einen Kaffee?«

»Ja, gerne.«

Sie ging in die Küche und ich setzte mich auf ein bunt geblümtes Sofa. Alles hier war auf niedlich gemacht. Gardinen aus Spitzen gehäkelt, Trockenblumensträuße mit Röschen und Frauenzeitschriften auf dem Couchtisch. Die Inhaberin dieser Wohnung war wohl nicht geschmacksverwandt mit Lady Cora.

Anna kehrte zurück. Sie hatte die Brille abgenommen. Da war es ja, das Veilchen. Es stand in voller Blüte.

»Wer war das?«

»Aldwin. Ich habe Sie damals belogen. Aber er hatte mir verboten, die Wahrheit zu sagen.«

»Und was ist die Wahrheit?«, fragte ich.

»Dass ich ihn schon lange kenne. Aus Templin. Wir waren befreundet.«

»Warum hat er Sie verprügelt?«

»Ich will weg von ihm. Er macht mir Angst.« Ihre Stimme zitterte.

»So plötzlich?«

»Ich hatte immer schon das Gefühl, dass mit ihm was nicht stimmt.«

»Das hat Sie aber nicht davon abgehalten, sich mit ihm einzulassen.«

Lady Cora stand auf, ging ans Fenster und schaute nach draußen.

Ich wurde ungeduldig. »Was stimmt nicht mit ihm? Reden Sie bitte!«

»Er ist morbid.«

»Was soll das heißen?«

»Er sammelt Bücher über Morde.«

»Ich lese auch gern Krimis«, winkte ich ab. »Was ist schlimm daran?«

»Er hat ein Tagebuch. Da schreibt er seine Fantasien hinein.«

»Das ist nicht illegal. Solange es Fantasien bleiben.«

Sie nickte. »Ja, aber da bin ich mir nicht mehr sicher. Ich war nicht oft in seiner Wohnung, aber neulich fühlte er sich verfolgt. Von einem älteren Mann. Da hat er mich mit zu sich genommen.«

Das muss Brinkhoff gewesen sein, dachte ich. Also hat er sich doch erwischen lassen! Ein ungutes Gefühl beschlich mich.

»Und weiter?«

»Ich blieb eine Weile dort. Aldwin rannte ständig zum Fenster, um zu sehen, ob der Mann noch da war. Mein Blick fiel auf seinen Schreibtisch. Darauf lag eine schwarze Mappe mit einem aufgemalten Totenkopf.«

»Hm. Das klingt ja wirklich etwas ungewöhnlich.« Besonders interessant fand ich es allerdings nicht.

»Ich habe hineingesehen. Lauter Fotos, Zeitungsartikel, Internetseiten. Alle handelten von Mord. Widerliches Zeug. Sexualverbrechen, Amokläufe, Serientaten. Ich hab ihn natürlich gefragt, warum er so was sammelt.«

»Ich kann mir schon denken, was er geantwortet hat. Er braucht das für sein Jurastudium.«

Lady Cora nickte. »Ja, das sagte er.«

»Können Sie sich noch an einzelne Artikel erinnern? Haben Sie etwas über den Fall *Marta Russo* gelesen, eine junge Studentin, die von zwei Männern erschossen wurde, weil die Typen den perfekten Mord begehen wollten?«

Sie überlegte. »Nein, ich erinnere mich an gar keine Namen. Ich habe die Papiere ja auch nur überflogen. Aber ein Blatt habe ich eingesteckt. Moment!«

Sie holte es aus einer Schublade und reichte es mir.

Ich las:

Ich töte gerne Menschen, weil es so viel Spaß macht. Es macht mehr Spaß, als Wild im Wald zu töten, denn der Mensch ist das gefährlichste Wild. Töten ist das Aufregendste, besser noch, als ein Mädchen zu ficken. Das Beste ist, wenn ich gestorben bin und im Paradies wiedergeboren werde, sind alle, die ich getötet habe, meine Sklaven. Ich werde euch meinen Namen nicht nennen, ihr werdet versuchen, mein Sammeln von Sklaven für das Jenseits zu verlangsamen oder zu verhindern. Deshalb werde ich morden, ohne dass ihr ein Motiv oder eine Erklärung dafür findet.

Mir lief ein Schauer über den Rücken. »Weiß Aldwin, dass Sie das Blatt mitgenommen haben?«, fragte ich.

»Ich glaube nicht«, entgegnete sie.

»Wie kam es zu der Prügelei?«

»Er wollte weg aus Bierstadt. Für immer. Und er wollte mich mitnehmen. Ich sagte Nein. Da schlug er zu und ich bin aus seiner Wohnung geflohen. Er traute sich wohl nicht, mir zu folgen, weil er den Mann unten vermutete.«

»Wissen Sie, ob Aldwin noch in Bierstadt ist?«

»Keine Ahnung. Und ich will es auch gar nicht wissen.«

Vom Büro aus informierte ich Kleist über Aldwin von Elberbergs mögliche Flucht und faxte ihm den Zettel, den Lady Cora hatte mitgehen lassen.

»Ich mache mir Sorgen um Brinkhoff«, gestand ich. »Elberberg hat ihn bemerkt. Das ist nicht gut.«

Kleist beruhigte mich. »Ihm wird schon nichts passieren, Maria. Er ist ein erfahrener Polizist und lässt sich nicht so leicht austricksen.«

»Gegen Wahnsinn ist kein Kraut gewachsen.«

»Ich werde versuchen, einen Durchsuchungsbeschluss für Elberbergs Wohnung in Bierstadt zu bekommen«, kündigte er an. »Mal sehen, was der Kaschmir-Bubi noch so alles sammelt.«

»Glückwunsch übrigens, dass der Polizeipräsident deine Suspendierung abgelehnt hat«, sagte ich. »Ich werde diese Tatsache in der nächsten Ausgabe des *Tageblattes* lobend erwähnen.«

»Ich bin entzückt!«, lachte er.

POLIZEIPRÄSIDENT: DR. KLEIST ÜBER JEDEN ZWEIFEL ERHABEN

Hauptkommissar bleibt im Amt – Mobby Madig scheitert mit Rücktrittsforderung

Seine politischen Kontakte haben dem SPD-Parteichef nicht geholfen. Die Forderung, den Leitenden Hauptkommissar der Mordkommission, Dr. Friedemann Kleist, von seinem Amt zu suspendieren, verhallte ungehört. Der Polizeipräsident lehnte es ab, einen – so wörtlich – über jeden Zweifel erhabenen Kriminalisten »in die Wüste zu schicken«. Auch der Innenminister des Landes erteilte Mobby Madig eine Abfuhr. Er reagierte erst gar nicht auf das Schreiben des 56-jährigen SPD-Politikers, der bis vor Kurzem wegen Mordverdachtes in Untersuchungshaft saß. Er hatte gestanden, eine frühere Mitarbeiterin des Oberbürgermeisteramtes im Streit erwürgt zu haben. Diese Frau, Jessica B., hat die Stadtkasse um 1,5 Millionen Euro erleichtert, unter anderem um Sex- und Drogenpartys im Rathaus zu organisieren, an denen die Bierstädter Politprominenz teilnahm.

Später hat Mobby Madig dieses Geständnis wieder zurückgezogen und behauptet, von der Polizei unter Druck gesetzt worden zu sein. Dr. Friedemann Kleist versicherte gegenüber unserer Zeitung, die Ermittlungen – unabhängig von Personen und politischem Filz – im Sinne des Gesetzes fortzuführen.

Abends wartete ich vergeblich auf den Anruf von Brinkhoff. Ich versuchte mehrmals selbst, ihn auf seinem Handy zu erreichen, doch er meldete sich nicht.

Mit einem unguten Gefühl ging ich zu Bett und hatte wirre, angstvolle Träume.

Weitere Reisepläne

Am Morgen noch immer keine Nachricht. Brinkhoff blieb unerreichbar. Dass Elberberg auch verschwunden war – vermutlich in die gleiche östliche Richtung –, trug nicht zu meiner Beruhigung bei.

Ich rief Kleist an: »Brinkhoff meldet sich immer noch nicht. Ist es möglich, sein Handy zu orten?«

»Natürlich ist das möglich«, antwortete er. »Ich kümmere mich darum.«

Ich nannte ihm die Nummer.

»Übrigens hat der Richter die Durchsuchung von Elbergs Wohnung genehmigt.«

»Wann passiert das?«

»Die Aktion läuft gerade«, antwortete Kleist. »In einer Stunde weiß ich mehr.«

Zu spät, um Pöppelbaum hinzuschicken, dachte ich. Aber das war auch nicht das Wichtigste im Moment.

»Wie lange brauchst du, um das Handy zu orten?«

»Ich bin schon dabei. Ich habe das Programm auf dem Rechner. Wartest du?«

Minuten verrannen. Durchs Telefon hörte ich, wie er auf seiner Tastatur tippte.

»Postleitzahl ist 17268. Brinkhoffs Handy ist in Ostdeutschland. Uckermark. In der Nähe der Stadt Templin.«

»Dort steht Madigs Landhaus!«, rief ich aus. »Und die Elberberg-Sippe ist dort auch versammelt. Ich muss da hin, Brinkhoff suchen.«

»Ich nehme mit den Kollegen dort Kontakt auf«, versprach Kleist.

»Das reicht nicht!« Ich war in heller Aufregung. »Ich mache mich selbst auf den Weg. Wie ist die Adresse von Madigs Lusttempel?«

Jansen war von meinen Reiseplänen nicht sonderlich begeistert.

»Was versprichst du dir davon?«, fragte er. »Außer Brinkhoff zu finden?«

»Er hat gesagt, dass er etwas überprüfen muss. Was, weiß ich nicht, denn er hat ein Geheimnis daraus gemacht.«

»Dann stiefelst du also durch die Landschaft und rufst:

›Brinkhoff, wo bist du?‹ Oder nagelst ein paar Flugblätter an die Bäume der Uckermark?«

»Sehr witzig«, grummelte ich. »Ich will Pöppelbaum mitnehmen.«

Er seufzte. »Einverstanden. Dann hast du wenigstens jemanden, der auf dich aufpasst.«

In meinem Büro startete ich den Rechner und checkte die Flugverbindungen nach Berlin. Templin war etwa achtzig Kilometer von der Bundeshauptstadt entfernt. Am Schönefelder Flughafen würde ich mir einen Mietwagen nehmen.

Pöppelbaum stürzte herein. »Klasse, Grappa! Endlich mal wieder eine Recherche nach meinem Geschmack. Brauchen wir außer den Kameras noch andere Waffen?«

»Nein, lass mal«, lächelte ich. »Wir kommen auch so klar. Der Flug geht morgen früh. Brinkhoffs Handy ist in Templin geortet worden. Das ist ein Kaff in Dunkeldeutschland. Ich muss mal *Google Earth* anwerfen. Kannst du morgen früh um neun am Flughafen sein?«

Templin in der Uckermark. Nie hätte ich gedacht, dass es mich einmal dahin verschlagen würde. Die Stadt erstreckte sich über eine riesige Fläche, die viel Grün und Wasser aufwies: Kanäle und Seen durchzogen die Landschaft. Der Aktenlage nach eine Traumlandschaft.

Ich recherchierte weiter. Der Vater unserer Bundeskanzlerin, ein Theologe, hatte dort vor der Wende eine evangelische Weiterbildungseinrichtung geleitet. Es gab eine Naturtherme und eine mittelalterliche Stadtmauer.

Abends rief ich Kleist an, um zu erfahren, was bei der Durchsuchung von Elberbergs Wohnung herausgekommen war.

»Er besitzt eine makabre Bibliothek. Besonders scheint

ihn zu interessieren, was ein Mörder fühlt, wenn er seinem Opfer beim Sterben zusieht.«

»Ziemlich krank.«

»Das sieht unser Polizeipsychologe genau so. Er wertet gerade die handschriftlichen Ergüsse aus. Und das sind viele. Elberberg hat jedes Fitzelchen Papier bekritzelt, das ihm in die Finger fiel. Manchmal stehen nur ein paar Worte da. Der Mann ist ein geniales Studienobjekt für einen Profiler.«

»Das sind noch alles keine Beweise!«, wandte ich ein.

»Die Auswertung der Fingerabdrücke und DNA-Spuren dauert noch«, entgegnete er. »Wann fliegst du eigentlich?«

»Morgen. Die Maschine geht kurz vor zehn.«

Große Vögel

Mit kleinem Handgepäck traf ich am Flughafen ein. Pöppelbaum wartete bereits und hatte sich mit einem Haufen Süßigkeiten eingedeckt. Ich hatte diese Passion früher nicht an ihm bemerkt. Er registrierte meinen Blick auf sein Carepaket und meinte entschuldigend: »Das Einzige, was gegen meine Flugangst hilft, ist das hier. Jetzt kennst du mein größtes Geheimnis, Grappa!«

»Na, du wirst auch noch andere haben«, warf ich zweifelnd ein. »Aber die bleiben mir auf Dauer auch nicht verborgen.«

Er kam mit dem Zeug sogar durch die Sicherheitskontrolle, obwohl manche der Sweeties durchaus hätten Flüssigsprengstoff enthalten können.

Kaum hatten wir abgehoben, starteten die Luftkellnerinnen ihre Versorgungsrunde. Man könnte ja während einer guten Stunde Flug verhungern und verdursten. Ich ignorierte die Papiersandwiches mit wahlweise Schweizer Käse oder spanischem Schinken und orderte stattdessen viel Kaffee. Ich wollte nämlich nachdenken und bei solcher Aktivität sind Koffeindosen meist hilfreich.

Wo sollten wir anfangen, Brinkhoff zu suchen? Sein Handy befand sich in Templin, aber die brandenburgische Touristenperle hatte die sechsgrößte Fläche einer deutschen Stadt, sie war nur vergleichsweise dünn besiedelt. Andererseits lag die Vermutung nahe, dass Brinkhoff zu Madigs Hütte wollte.

Neben mir pfiff sich Pöppelbaum die Haribos rein. Er schien nicht ansprechbar zu sein. Ich versuchte es dennoch.

»Was hältst du davon, wenn wir uns zuerst Madigs Lustschloss vornehmen?«

»Nö«, kaute er. »Wir gehen zur Polizei. In dem Kaff wird es ja irgendeine Wache geben. Wenn Brinkhoff was rauskriegen wollte, dann ist er bestimmt dort zuerst aufgelaufen. Macht der Gewohnheit – sozusagen.«

Gar nicht schlecht, dachte ich. »Gib mir bitte auch so ein überzuckertes Teil«, forderte ich. »Es scheint den Denkvorgang in zehntausend Metern Höhe zu stimulieren.«

Er hielt mir die Tüte hin, ich griff einen viereckigen rosaschwarzen Würfel und bugsierte ihn in meinen Mund.

»Und danach besuchen wir die örtliche Zeitung«, schlug ich vor. »Journalisten wissen immer mehr, als sie schreiben. Gespräch von Kollege zu Kollege.«

»Prima Plan, Grappa. Und wenn wir Brinkhoff gefunden haben, können die eine Story über uns schreiben.«

»Genau. *Rasende Ruhr-Reporter retten rüstigen Rentner* – oder so«, entgegnete ich. »Kommt bestimmt gut.«

Die Anschnallzeichen leuchteten auf und Kapitän Meyer ließ über die Stewardess versichern, dass es ihm ein großes Vergnügen gewesen sei, uns geflogen haben zu dürfen, und dass er hoffe, bald wieder für uns tätig werden zu können.

Wird wohl nichts, dachte ich, einen Rückflug hatte ich nicht gebucht. Wir mussten ja erst mal Brinkhoff finden.

Die Landung in Schönefeld verlief glatt. Pöppelbaum drückte sich dabei in den Sitz, schloss die Augen und war mucksmäuschenstill. Ich grinste. Männer!

Bevor wir den Mietwagen abholten, fragte ich in einem Zeitungsladen nach Blättern, die in der Gegend um Templin erschienen. Die Verkäuferin reichte mir: *Uckermarker Kurier – Templiner Zeitung.* Ich schnappte mir noch einen Reiseführer über die Uckermark und bezahlte beides.

Wayne wartete bereits vor dem Autovermietungsschalter.

»Das Lokalblatt hab ich schon.« Ich wedelte mit der Zeitung und zog den Templiner Teil aus dem Mantel.

Auf der ersten Seite prangte ein Foto von einem Mann in mittleren Jahren, dem ein Siegerlächeln ins Gesicht gemeißelt war.

Hausdurchsuchung beim Kreistagsvorsitzenden André Ort – so die Überschrift.

»Guck mal«, sagte ich zu Pöppelbaum. »Ich komme mir vor wie zu Hause in Bierstadt. Hör zu: *25 Mitarbeiter des Landeskriminalamtes haben gestern die Wohn- und Geschäftsräume des Kreistagsvorsitzenden von Ostprignitz-Ruppin und Rheinsberger Ortsvorstehers André Ort (SPD) durchsucht.*

Gegen André Ort wird wegen des Verdachts des Fördermittelbetruges ermittelt. Er soll sich bei der Investitionsbank des Landes mit falschen Angaben Fördermittel für den Bau eines Appartementhauses in Rheinsberg erschlichen und nicht erbrachte Bauleistungen abgerechnet haben. Der zu viel kassierte Betrag soll in den Ausbau seines Eigenheimes geflossen sein, so der Vorwurf. Bei dem Appartementhaus handelt es sich um ein Projekt der Rheinsberger Tourismus-Service Gesellschaft (RTS), deren Gesellschafter zu 30 Prozent André Ort ist und zu 70 Prozent dessen Frau Heike. André Ort wies gestern alle

Vorwürfe zurück. ›Es ist kein Euro Fördermittel zweckentfremdet verwendet worden.‹ Er sei ›hundertprozentig sicher, dass sich alles aufklärt‹.«

»Die Ossis machen's wie die Wessis. Ob sie es wohl erst von uns lernen mussten?«, meinte Wayne.

»Glaub ich nicht. Die Menschen waren immer schon so. Die Mächtigen schustern sich immer alles gegenseitig zu. Nur hieß die Partei hier früher nicht SPD, sondern SED.«

Templin hatte rund 17.000 Einwohner und galt als Hochburg der rechtsradikalen Szene.

Die Landschaft gefiel mir. Pöppelbaum fuhr und ich blätterte im Reiseführer.

»Manno, Wayne, wir fahren durch eine absolute Traumlandschaft.«

»Wegen der Rechtsradikalen oder wegen Angela?«

Ich hatte ihm eben beigebracht, was der Reiseführer zu sagen hatte: dass die Bundeskanzlerin in der Uckermark ein Ferienhaus besaß.

»Die sind doch auch nur Gast in Gottes schöner Natur«, meinte ich. »Ich les dir mal vor, was du gerade siehst: *Die fruchtbare, eiszeitlich geprägte hügelige Grund- und Endmoränenlandschaft ist von einer Seenkette durchzogen und im Südteil überwiegend mit Buchenwäldern bestanden. Die meisten der Seen sind das Resultat der Eisschmelze am Ende der letzten Eiszeit vor 15.000 Jahren. Der außergewöhnliche Reichtum an Seen ist ein besonderes Charakteristikum der Jungmoränenlandschaft.*«

»Seen?« Wayne strahlte. »Hätte ich das gewusst, hätte ich meine Badehose eingepackt, bei diesem genialen Wetter. Aber ich kann mir ja eine kaufen.«

»Ich glaub nicht, dass wir zum Baden kommen«, zerstörte ich seine Hoffnungen. »Es sei denn, Brinkhoff sitzt quietschvergnügt vor Madigs Haus und wartet auf uns. Dann könnten wir auf Sommerfrische machen. Aber damit rechne ich nicht.«

Ich schaltete mein Handy ein und wählte die Nummer des Mobiltelefons des Vermissten. Die Automatenstimme sagte das übliche Sprüchlein über den zurzeit nicht erreichbaren Teilnehmer. »Wieder nichts«, murmelte ich.

»Nun mach dich nicht fertig«, meinte Wayne.

»Ich versuche es ja«, sagte ich. »Deshalb lenke ich mich jetzt ab und lese dir weiter vor. Hörst du zu?«

»Klar.«

»Also: *Die Uckermark zählt zu den landschaftlich schönsten Gebieten Deutschlands. Man sieht eine in großen Teilen noch unberührte Natur mit Pflanzen und Tieren, die anderswo in Deutschland schon lange nicht mehr existieren. Seeadler, Schwarzstorch, Reiher und Kraniche haben hier noch Lebensraum. Wer einmal in der Abenddämmerung in der Uckermark unterwegs ist, wird erstaunt sein, wie häufig ihm auch andere Tiere wie Rehe, Füchse, Hasen, auch mal ein Hirsch oder allerlei Vogelarten begegnen. Sogar Fischotter, Biber und die außerordentlich seltene Großtrappe sind anzutreffen.*«

»Wow! So eine Großtrappe würde ich ja gern mal in der Dämmerung treffen«, frotzelte Wayne. »Wie sieht so ein Teil aus?«

»Etwa so groß wie der Vogel, den du hast«, lächelte ich. »Mir wär lieber, wir würden nicht die Großtrappe finden in der Dämmerung, sondern Brinkhoff. Kannst du nicht ein bisschen schneller fahren? Sonst hat die Polizeiwache am Ende schon zu, weil die Dorfbullen die Rehe, Füchse, Hasen, Hirsche oder die Trappe ins Bettchen bringen müssen.«

Nach etwa achtzig Kilometern passierten wir die Ortseinfahrt Templin und richteten uns nach dem Schild *City*. Die

Polizeiwache befand sich in der Innenstadt in der Nähe eines multifunktionalen Geschäftshauses. Es beherbergte Makler, Ärzte, Restaurants, einen Lebensmitteldiscounter und einen PC-Laden.

»Hast du einen Plan?«, fragte Pöppelbaum.

»Klar, Plan I.«

»Verstehe. Spontane Improvisation«, nickte der Fotograf. »Klappt ja fast immer. Aber manchmal auch nicht. Die Ossis sind nicht so zugänglich wie wir Ruhris.«

»Meinem Charme kann keiner widerstehen«, meinte ich. »Und jetzt park da vorne und komm!«

»Da steht aber: *Nur für Einsatzfahrzeuge*«, wandte er ein.

»Na und? Sind wir etwa nicht im Einsatz?«

Pöppelbaum kontrollierte die Verriegelung des Wagens, als rechne er jede Minute mit einem Überfall der ostdeutschen Dorfbevölkerung auf unseren Polo.

»Komisch«, meinte er.

»Was?«

»Das Auto da drüben!«

Ich blickte auf das Gefährt. Es sah bekannt aus, aber völlig unspektakulär. Wie ein Auto eben. »Was ist damit?«, wollte ich wissen.

»Ach, nichts«, antwortete er.

Ich drückte die Klingel neben der Tür. Sekunden später sprang sie auf und wir gelangten in einen unwirtlichen Flur. An den Wänden mehr oder weniger aktuelle Terrorfahndungen und Plakate polizeilicher Vorbeugungskampagnen: *Urlaubszeit – Langfingerzeit.*

An einer Tür war ein Schild mit der Aufschrift *Anmeldung* angebracht. »Hier fangen wir an«, stellte ich klar, klopfte energisch und öffnete die Tür.

Ein junger Beamter in aufregendem Grün sah zu uns auf. »Ja, bitte?«

Ich legte meinen Presseausweis auf den Tresen. »Grappa, vom *Bierstädter Tageblatt*, einer Zeitung in Westdeutschland. Das ist mein Fotograf Pöppelbaum. Wir sind auf der Suche nach einem Kollegen, der in dieser Gegend eine Story recherchiert. Das letzte Lebenszeichen von ihm stammt aus Templin.«

»Haben Sie eine Vermisstenanzeige aufgegeben?«, fragte der Grüne – halbwegs interessiert.

»Nein. Dazu blieb keine Zeit. Ich habe das Gefühl, dass unser Mann in Gefahr ist. Hat sich vielleicht jemand an Sie gewandt, um Auskünfte über Personen zu erhalten?«

»Über welche Personen?«

»Über die Familie von Elberberg zum Beispiel.«

»Elberberg?« Der Gesichtsausdruck des Uniformierten legte den Verdacht nahe, dass ihm etwas auf- oder eingefallen war. »Moment.«

Er erhob sich und ging in einen Nebenraum. Ich hörte Stimmen durch die geschlossene Tür.

Sie öffnete sich und der junge Polizist stand wieder im Raum – hinter sich zwei Männer.

»Das ist doch …!«, entfuhr es mir.

Friedemann Kleist lächelte mich an. »Ich bin schon mal vorgefahren.«

»Das war es doch, Grappa«, mischte sich Pöppelbaum ein. »Der Wagen da draußen. Dienstfahrzeug der Bierstädter Polizei.«

»Ich muss mich jetzt mit Frau Grappa und ihrem Begleiter abstimmen«, sagte Kleist zu dem älteren Polizisten. »Gibt es hier einen Besprechungsraum, Herr Kollege?«

»Ich habe mich um fünf Uhr morgens in den Wagen gesetzt«, berichtete Kleist. »Die Autobahn war frei. Ruck, zuck war ich hier.«

»Warum bist du hier?«, fragte ich.

»Brinkhoff.«

»Also glaubst du auch, dass er in Gefahr ist?«

Es klopfte. Der junge Polizist bot uns Kaffee an. Wir nahmen dankbar an.

»Es ist etwas geschehen, was du noch nicht wissen kannst, Maria«, berichtete Kleist. »Wir haben den Komplizen.«

»Was?«, entfuhr es mir.

Kleist fuhr fort. »Wir haben gestern in Bierstadt die Wohnung von Elberberg durchsucht. Auf den ersten Blick gab es nichts, was ihn mit dem Hochzeitsmord in Verbindung bringen könnte. Doch während wir die Aktion durchführten, tauchte sein Nachbar auf. Als er uns bemerkte, wollte er sich verdrücken. Aber wir hielten ihn auf. Ein Kommilitone. Gero von Rudelbach. Wir haben den Namen mit dem Zentralregister abgeglichen und sind auf einige kleinere Dinge gestoßen, die im Zusammenhang stehen mit rechtsradikalen Straftaten. Details lass ich jetzt mal weg.«

Der Polizist erschien mit einer Thermoskanne und drei Bechern. Während er die Sachen vor uns hinstellte, schwiegen wir.

»Rudelbach gehört ebenfalls dem *Corps Potentia* an«, fuhr Kleist fort, als die Tür wieder geschlossen war. »Ich habe mich dann ausführlich mit Rudelbach unterhalten. In seiner Bude. Zunächst leugnete er eine nähere Bekanntschaft mit Elberberg. Aber er wirkte unruhig. Dann fiel mir sein Camcorder auf. Eine ziemlich aufwendige Maschine von Sony. Tja, und da hab ich ihn darüber ausgefragt. Wann er die zuletzt benutzt hat und so, und ob er schon mal von einem Flachdach aus gefilmt hat. Das hat er natürlich abgestritten. Und wurde gleichzeitig sehr, sehr unruhig.«

Pöppelbaums Mund stand offen, so gespannt verfolgte er den Bericht.

»Ich habe ihm dann einfach ins Gesicht gesagt, dass er den Hochzeitsmord gefilmt hat. Immer noch leugnete er. Aber dann nahm ich einen Speicheltest von ihm. Und als er wissen wollte, warum, sagte ich ihm, wenn er da oben auf dem Dach gepinkelt habe, dann könnten wir ihm klar beweisen, dass er oben war. Tja. Das hat er dann begriffen. Doof ist er nicht. Er hat gestanden.«

»Was hat er genau gestanden?«, fragte ich aufgeregt.

»Er hat ausgesagt, dass Elberberg Sandra Becker und Thomas Schulz erschossen hat. Rudelbach selbst habe lediglich die Kamera bedient. Natürlich behauptet er, dass Elberberg ihn mit dem Tod bedroht hat, wenn er etwas verrät. Wie sich die Schuld der beiden genau verteilt, wird das Gericht klären müssen. Und er hat dir die DVD in die Tasche gesteckt.«

»Und was ist das Motiv?«, rief ich aus.

Kleist zuckte mit den Achseln. »Morbide Mordlust anscheinend. Elberbergs düstere Fantasien sind wohl der eigentliche Antrieb. Und intellektueller Größenwahn. Dass die beiden dann auf das Thema ›motivloser Mord‹ gestoßen sind, hat wohl eher damit zu tun, dass es dadurch schwierig wurde, auf Elberberg zu kommen. Er wollte einen Mord begehen. Und er brauchte einen Mitwisser. Ohne Rudelbach hätte er nur vor sich selbst geglänzt, und das reichte ihm wohl nicht. Auf das psychologische Gutachten über den Aldwin bin ich gespannt.«

»Brinkhoff ist wirklich in großer Gefahr«, meinte ich.

»Hatte Rudelbach die Möglichkeit, Elberberg zu warnen?«, fragte Pöppelbaum.

»Das wissen wir nicht. Es spricht jedenfalls einiges dafür, dass Elberberg weiß, dass wir ihm auf den Fersen sind, und sich absetzen will. Vor allem die Tatsache, dass er verschwunden ist.«

»Kann die Templiner Polizei uns helfen?«, fragte ich. »War Brinkhoff hier?«

Kleist verneinte.

»Aber irgendwo muss er doch angefangen haben, Informationen zu sammeln!« Mir war ganz schlecht vor Sorge.

»Er hat doch einen Presseausweis«, warf Pöppelbaum ein. »Vielleicht hat er ja zuerst Kollegen um Hilfe gebeten. Also nicht seine alten, sondern die neuen.«

Ich stutzte. Ja, das war es!

Ich zog die Zeitung aus der Tasche. »Wo sitzen die?«

Haribo und eine überraschende Begegnung

Wir ließen die Autos stehen, denn die Zeitungsredaktion war nur einen Steinwurf von der Polizeiwache entfernt untergebracht.

»Ich komme niemals darüber weg, wenn Brinkhoff etwas passiert ist«, stöhnte ich. »Wir sind da.«

Die Geschäftsstelle des *Uckermark Kuriers* hatte schon geschlossen. In den Fenstern hingen die einzelnen Zeitungsseiten. Ein Kessel Buntes – genau wie beim *Bierstädter Tageblatt:* Von der Jubilarehrung über die Ausschusssitzung bis hin zur örtlichen Skandalgeschichte waren alle Themen vertreten.

Die Lokalredaktion war durch eine Nebentür zu erreichen. Pöppelbaum klingelte und schon sprang die Tür auf. Wir gelangten in einen Flur, der zu einem Lichthof führte, von dem weitere Türen abgingen.

Ein junger Mann in Jeans und Sweatshirt mit der Aufschrift *Kollege kommt gleich* trat auf uns zu.

»Hallo, was kann ich für Sie tun?«

Ich sagte mein Begrüßungssprüchlein, zeigte meinen Presseausweis und fragte nach Brinkhoff. »Ist der Kollege vielleicht bei Ihnen gewesen?« Ich beschrieb ihn, so gut ich konnte.

»Ich habe diese Woche Spätschicht«, entgegnete der junge Mann, der Sven hieß. »Aber ich ruf mal die Kollegin eben an, die morgens hier Stallwache hatte. Wollt ihr Kaffee?«

Wir wollten. »Da hinten – in der Küche!«

Die Küche hatte Ähnlichkeit mit der im Verlagshaus des *Tageblattes:* ungespülte Becher, abgegessene Teller und gebrauchte Kaffeefilter, die nun vor sich hin trockneten. Der Kaffee brutzelte wohl schon länger vor sich hin und war ungenießbar.

Kleist und Pöppelbaum waren bei Sven geblieben. Der telefonierte. Sein Tonfall sagte mir, dass er auf etwas gestoßen sein musste.

»Der Mann war hier«, erklärte der Lokalredakteur. »Vor zwei Tagen. Ein Typ um die sechzig. Tiefe Stimme, freundliches Auftreten. Ein Kollege aus dem Westen. Maggy – das ist meine Kollegin – weiß sogar noch seinen Namen. Brinkmann.«

»Brinkhoff«, stellte ich klar. »Aber egal. Was wollte er wissen?«

»Er hat nach Morden gefragt. Ungeklärten Mordfällen. In der Gegend hier. Uckermark, Brandenburg. Maggy hatte das natürlich nicht auf dem Schirm. Sie hat ihn ins Archiv geschickt. Dort hat er sich dann ein paar Stunden aufgehalten und sich Notizen gemacht.«

»Archiv?«, fragte Kleist. »Wo befindet sich das?«

»Im Keller. Wollen Sie es sehen?«

Wir folgten Sven über eine enge Treppe. Unten angekommen, stieß er einen Kellerraum auf und machte Licht an. In Regalen, die bis unter die Decke reichten, standen gebundene Zeitungsbände – geordnet nach Jahren und Monaten.

Ich kannte diese Art der Archivierung noch aus meinen

frühen Zeiten beim *Tageblatt,* doch inzwischen waren alle Seiten abfotografiert worden, was die Suche erleichterte.

»War nach Brinkhoff noch jemand in diesem Raum?«, fragte Kleist.

»Keine Ahnung«, antwortete Sven. »Ich bin ja nicht immer hier.«

Kleist betrachtete die Bände, die auf dem Tisch lagen, genauer. »Er hat sich alles vom letzten Jahr angeschaut«, sagte er. »Aber die Arbeit dürfte ihm dann wohl zu zeitraubend geworden sein.«

»Über unaufgeklärte Morde weiß die Polizei eigentlich viel mehr als wir«, warf Sven ein.

»An die Templiner Polizei hat er sich nicht gewandt«, entgegnete ich.

»Vielleicht an die Hauptwache in Prenzlau«, sagte Sven. »Die führen die Kriminalstatistik.«

»Natürlich!« Kleist schlug sich vor den Kopf. »Brinkhoff kennt die Strukturen des Polizeiapparates. Ich werde dort sofort anrufen.«

»Hat Herr Brinkhoff noch mehr wissen wollen?«, fragte ich. »Vielleicht etwas über die Menschen, die hier wohnen? Kann ich mit deiner Kollegin sprechen?«

»Mit Maggy?« Sven überlegte. »Klar«, meinte er dann. »Sie war grade dabei, ihr Baby zu wickeln. Vielleicht können wir noch fünf Minuten warten?«

Ich hatte Mühe, meine Ungeduld zu zügeln. Kleist drückte beruhigend meine Hand.

Sven schloss die Tür zum Archiv und wir stiegen wieder nach oben. Kleist lief in den Lichthof und telefonierte.

»Wisst ihr eigentlich schon, wo ihr unterkommt?«, fragte Sven. »Oder wollt ihr heute noch zurück?«

»Nein. Nicht, solange wir unseren Kollegen nicht gefunden haben.« Ich schaute nach draußen. Es dämmerte.

»Ich kann euch ein Hotel empfehlen. Den *Fährkrug*. Direkt am See.«

»Würdest du dort anrufen und fragen, ob die was frei haben?«

»Sicher. Drei Einzelzimmer?«

Ich nickte. Sven hatte die Telefonnummer des Hotels im Kopf.

Inzwischen war Kleist ins Zimmer zurückgekehrt. »Brinkhoff war tatsächlich bei den Kollegen in Prenzlau. Er fragte nach den unaufgeklärten Morden der letzten Jahre.«

»Bingo!« Endlich ein Lichtblick.

Sven nahm den Hörer vom Ohr. »Die haben nur noch ein Doppel und ein Einzel frei.«

»Ist schon in Ordnung«, versicherte ich schnell.

Pöppelbaum grinste. Ich übersah das natürlich.

»Danke, Sven. Können wir jetzt Maggy anrufen?«

Maggy hatte inzwischen ihr Baby ins Bett gebracht und war ansprechbar. Sie bestätigte, dass Brinkhoff auch nach der Familie von Elberberg gefragt hatte.

»Aber ich konnte ihm nicht sagen, ob die hier irgendeine Rolle spielen. Ich kenne die nicht. Er hat dann noch ins Telefonbuch geguckt und auf den Stadtplan. Dann ist er wieder losgefahren.«

»Hatte er ein Auto?«

»Ja. Einen Mietwagen. Einen kleinen roten Opel.«

»Hast du danach noch etwas von ihm gehört?«

»Nein, er hat sich nicht mehr gemeldet«, antwortete Maggy. »Ist denn etwas passiert mit deinem Kollegen?«

»Er war an einer heißen Sache dran. Und wir haben den Kontakt zu ihm verloren.«

»Dann viel Erfolg bei der Suche. Kannst du mir den Sven noch mal geben?«

Ich reichte den Hörer weiter.

Kleist hatte die Suche nach Brinkhoff in Gang gesetzt. »Heute wird nicht mehr viel passieren – es ist gleich dunkel.«

Sven hatte sich zu uns gesellt und die Ohren gespitzt. »Wenn ich euch noch irgendwie helfen kann …«, meinte er.

»Du hast uns schon geholfen«, lächelte ich. »Und wenn alles so läuft, wie ich mir das vorstelle, dann kriegst du zum Dank eine tolle Geschichte für deinen *Kurier.* Und zwar exklusiv.«

Er warf Kleist einen Blick zu. »Sie sind auch ein Kollege?«

»Ich habe etwas erweiterte Kompetenzen, ermittle aber zurzeit noch verdeckt.«

»Verstehe.«

Ich gab Sven meine Karte. »Hier ist meine Handynummer. Wir bleiben in Verbindung.«

Draußen hatte sich der Himmel dunkelblau verfärbt. Die Luft war kühler geworden und es ging ein leichter Wind. Ob es vor der Wende auch schon so hübsche Straßencafés gegeben hatte? Pärchen flanierten an uns vorbei – heiter und verliebt. Kleine Jungs lieferten sich auf Skateboards waghalsige Rennen. Ein Betrunkener torkelte an den Schaufenstern entlang. Aus Kneipen drang amerikanische Oldie-Musik zu uns herüber.

»Sollen wir jetzt noch zu Madigs Datscha fahren?«, fragte ich.

Kleist verneinte. »Das machen wir morgen früh. Ich möchte erst das Kennzeichen von Brinkhoffs Mietwagen wissen. Die Vermietungen telefoniert mein Büro in Bierstadt ab. Außerdem steht die Hütte mitten im Wald. Nachts laufe ich in so einer Umgebung ungern ohne die Schupos auf.«

»Ist auch für die Fotos schlecht. Zu wenig Licht«, stimmte Pöppelbaum zu. »Ich hab außerdem Hunger.«

»Der eine hat Angst, der andere denkt ans Essen«, grummelte ich. »Ihr seid mir ja Helden!«

»Du siehst das falsch, Maria.« Kleists Ton war leicht verärgert. »Elberberg ist gefährlich und hat keinerlei Hemmungen abzudrücken. Ich würde mich strafbar machen, wenn ich euer beider Leben leichtfertig aufs Spiel setzte.«

»Sorry, Herr Hauptkommissar. Ich bin zutiefst gerührt.«

Er wandte sich ab. Irgendwie kam mein flapsiger Ton nicht gut an.

»Sven hat uns ein Hotel besorgt«, wechselte ich das Thema. »Den *Fährkrug*. Liegt direkt am See. Am Fährsee. Wir müssen durch ein paar Wälder durch, vorbei an Seeadlern, Schwarzstörchen, Reihern und Kranichen. Die erste menschliche Behausung, auf die wir treffen, soll dann dieser *Fährkrug* sein.«

»Hattest du mir nicht ein Date mit der Großtrappe versprochen?«, fragte Wayne.

Kleist schaute uns an, als hätten wir sie nicht alle. Wir grinsten ihn an.

»Wenn du mir die Adresse sagst, fahre ich vor«, sagte der Hauptkommissar. »Ich habe ein *Global Positioning System* im Wagen – auch GPS genannt.«

»Aye, aye, Sir!« Ich salutierte.

Kleist tippe sich an die Stirn und ging zu seinem Wagen.

»Ist der immer so humorlos?«, fragte Wayne, als Kleist in sicherer Entfernung war.

»Humor hat er«, stellte ich klar. »Nur mit sinnfreiem Blödeln hat er manchmal Schwierigkeiten. Aber das kommt noch.«

Die Fahrt ging wirklich durch Wälder, doch die Straßen waren gut ausgebaut und die Hinweisschilder zum *Fährkrug* gut beleuchtet. Ab und zu führten kleine Wege rechts und links ab – zu privaten Ferienhäusern, die sich gut Betuchte hier errichtet hatten.

Das Hotel war ein moderner Klotz. Von dem See sah man leider nicht viel – etwas Wasser glitzerte im Schein der Laternen, die einen Spazierweg am Ufer erleuchteten.

Wir packten das wenige aus, was wir mitgenommen hatten, und gingen zur Rezeption.

»Sie sind für ein Doppelzimmer und ein Einzelzimmer avisiert«, sagte die Blondine hinter dem Tresen. »Das Einzel liegt im zweiten Stock zum See hinaus und das Doppel im ersten zum Park. Wie wollen Sie die Aufteilung vornehmen?«

Wir sahen uns an.

»Wenn ihr beide das Doppel wollt, nehm ich das Einzel«, schlug ich vor, brav wie immer.

»Ich schlaf nicht mit einem Mann im selben Zimmer«, sagte Pöppelbaum. »Und mit Grappa auch nicht. Die schnarcht, und das muss ich mir nicht antun. Also will ich das Einzel.«

»Dass Frau Grappa schnarcht, passt gut«, sagte Kleist mit todernster Stimme. »Ich schnarche nämlich auch. Nehmen wir also das Doppel.«

»Ich hab mich nachts noch nie schnarchen gehört!«, protestierte ich.

»Ich dich schon!«

Pöppelbaum grinste fett.

»Dann wäre das ja geklärt.« Die Hotelblondine verteilte die Schlüssel. »Unsere Restaurants haben noch bis 23 Uhr geöffnet. Zum *Wintergarten* geht es nach rechts. Wenn Sie lieber rustikale Küche mögen, besuchen Sie den *Fährmann.* Die Wege sind ausgeschildert.«

»Ich will mich erst noch frisch machen«, kündigte ich an. »In einer Viertelstunde im *Fährmann?*«

Kleist und ich nahmen unser Doppelzimmer in Besitz. Seine Reisetasche kannte ich ja schon, er hatte sie beim ersten Besuch in meinem Haus dabeigehabt: ein abgewetztes Teil, das wohl noch aus der Zeit seiner Ausbildung auf der Polizeihochschule stammte.

Das Zimmer war geräumig und mit den Dingen ausgestattet, die ein Gast angeblich erwartet: Fernseher mit Bezahlporno, Briefpapier mit Hotellogo, eine Minibar mit überteuerten Alkoholika sowie Haarfön und Bademantel im Bad.

Ich räumte den Kulturbeutel aus und erneuerte mein Make-up. Noch schnell ein frisches T-Shirt und fertig. Kleist verschwand nach mir im Bad und ich hörte Wasserrauschen.

»Das Bett ist ja nicht besonders breit«, meinte ich, als er wieder neben mir stand.

»Schlimm?«

»Nicht wirklich.«

Im *Fährmann* gab es viel Holz in der Deko. Ein offener Kamin malte Gemütlichkeit in die Seelen der Gäste. Der Widerschein des Feuers tanzte auf dem Fußboden und der Decke. Die Karte war so, dass man von ihr nicht wählen sollte, wenn man ein Magenleiden sein Eigen nannte.

»Du wolltest es doch rustikal«, sagte Pöppelbaum, als er mich die Nase kräuseln sah. »Ich nehm die gemischte Bratenplatte und dazu Kartoffelgratin. Und erst mal ein Pils. Hoffentlich haben die hier was Vernünftiges.«

Kleist entschied sich für Buletten aus der Pfanne mit Senf und pikantem Gemüse und ich für Putengeschnetzeltes in Rahmsauce.

Die Portionen waren noch größer als im Westen. Dazu Wasser und Ossi-Wein. Der kam von der Saale und schmeckte gar nicht übel.

Wir redeten nicht viel. Unter dem Tisch griff Kleist mehrmals nach meiner Hand. Da er aber sämtliche Buletten vertilgte und sich sogar die Petersilie einverleibte, die eigentlich als Dekoration gedacht war, gab ich die leise Hoffnung auf einen erotischen Ausklang des Abends auf. Dafür trank ich ein wenig mehr von dem Wein.

Kurz nach dreiundzwanzig Uhr zogen wir uns zurück, nachdem wir einen Weckruf am Morgen um acht Uhr vereinbart hatten.

Mitten in der Nacht glaubte ich zunächst an eine Begegnung mit der seltenen Templiner Großtrappe. In einem wirren Traum spürte ich plötzlich Berührungen, die alles anderes als unangenehm waren.

»Hab ich etwa wieder geschnarcht?«, fragte ich und rückte näher zu Kleist.

»Genau. Ich wollte dich eigentlich nur dazu bringen, dich auf die andere Seite zu legen«, flüsterte er. »Dreh mir doch bitte mal den Rücken zu.«

Gut, dass es dunkel war – so konnte er mein amüsiertes Gesicht nicht sehen.

Ich brauchte noch eine Weile, bis ich so lag, wie er es gern hatte. Im Morgengrauen schließlich hatten wir die ideale Lage gefunden, aber nur noch drei Stunden Schlaf, bis der automatische Weckruf uns in den nächsten Tag spülte.

Eine Datscha wird erobert

»Wie siehst du denn aus?«, fragte Pöppelbaum, als er mich im Frühstücksraum entdeckte. »Ich dachte immer, Sex im Alter sei eine eher ruhige Angelegenheit.«

»Sex? Was ist das? Ich hab den Wein nicht so gut vertragen«, gab ich zu. »Leichte Kopfschmerzen sind das Ergebnis. Aber nach zwei Tassen Kaffee gibt sich das wieder.«

Als ich vom Büfett an den Tisch zurückkam, setzte sich Kleist gerade.

»Na, hat Grappa geschnarcht?«, grinste Wayne.

»Ich konnte nicht darauf achten. Ich habe die ganze Nacht darüber nachgedacht, wie man am besten mit Menschen umgeht, die mit sinnlosen Fragen nerven.«

Ups, dachte ich, das sitzt. Kleist hatte Wayne an die Stelle zurückgeschubst, die ihm zustand.

»'tschuldigung«, stammelte Pöppelbaum. Er wirkte bedröppelt. Während Kleist sich am Frühstücksbüfett bediente, meinte er: »Ich hab das Gefühl, dein Freund mag mich nicht besonders.«

»Das kann sein«, gab ich zu. »Aber mach dir nichts draus. Du bist ja mit mir hier.«

Um neun Uhr waren wir mit dem Frühstück fertig und angriffsbereit. Kleist hatte mit drei Kollegen von der Prenzlauer Kripo ein Treffen hundert Meter von Madigs Datscha entfernt ausgemacht.

Das Haus, das Mobby Madig dem Stasioffizier für kleines Geld abgeluchst hatte, stand am Lübbesee. Das war ein Gewässer südlich vom Fährsee. Wir fanden den vereinbarten Treffpunkt, der vom Haus aus nicht einzusehen war, ohne Probleme.

»Haltet euch bei der Aktion im Hintergrund«, bat Kleist. »Und bevor du es sagst, Maria: Die Anordnung ist keine Beschränkung der Aufgabe der freien Presse in einem demokratischen Staat, sondern eine reine Vorsichtsmaßnahme. Elberberg weiß, dass wir ihn suchen. Vielleicht weiß er auch schon, dass sein Komplize ein Geständnis abgelegt hat. Also hat er nichts mehr zu verlieren.«

»Wie nah können wir denn ans Haus heran?«, fragte Pöppelbaum.

»Gar nicht. Ihr bleibt hier. Es ist möglich, dass wir das Haus stürmen. Aber vielleicht kommt alles auch ganz anders. Die Prenzlauer Kollegen beobachten das Anwesen schon eine ganze Weile. Das Gebäude scheint verlassen zu sein, allerdings ist das Polizeisiegel beschädigt.«

»Hoffentlich liegt Brinkhoffs Leiche nicht da drin.« Mich gruselte es.

»Alles, was es zu sehen gibt, können Sie im Anschluss an die Polizeiaktion fotografieren, Herr Pöppelbaum«, sagte Kleist. »Ich will Sie nicht in der Nähe des Hauses sehen. Ist das klar?«

Wir versprachen, brav zu sein. Kurz darauf waren die vier Polizisten im Wald verschwunden.

Nun stand ich mit Pöppelbaum unter den Bäumen des Waldes und konnte Natur pur genießen. Girlitze spielten in den Buchen, ein Käuzchen sandte uns seinen krächzenden Ruf. Auf der Lichtung zeigte sich ein scheues Reh und floh dann ins Unterholz. So ein Morgen im Wald hatte was! Die Luft war feucht und rein, duftete nach Latschenkieferbad und Holzfeuer.

»Schau mal, die rote Waldameise!«, rief ich erfreut und deutete auf einen aufgehäuften Hügel, auf dem Hunderte von Insekten krabbelten. »Wusstest du eigentlich, dass es in einem Ameisenstaat eine ausgeprägte Arbeitsteilung gibt? Wie bei uns in der Redaktion.«

»Wie spannend, Grappa«, maulte Pöppelbaum – die Ohren Richtung Madig-Datscha weit geöffnet.

»Am zahlreichsten sind die Arbeiterinnen. Das sind unfruchtbare Ameisen ohne Flügel. Und schließlich gibt es die Königinnen. Einige Hundert. Nur die können Eier legen.«

»Ich halte es hier nicht aus«, meinte Wayne und trat von einem Bein auf andere. »Ich muss zum Haus!«

»Du bleibst hier!«, befahl ich unmissverständlich. »Ich bin noch nicht fertig mit meinen Ausführungen. Denn jetzt wird es erst richtig interessant – besonders für dich.«

»Wieso das denn?«, schnaubte er. »Ich dachte, du willst mich mit der Großtrappe verkuppeln.«

»Im Juni paaren sich die Königinnen mit den geflügelten Männchen auf einem Hochzeitsflug«, machte ich unbeirrt weiter. »Bei der Begattung erhält jede Königin einen Spermienvorrat, der etwa zwanzig Jahre reicht. So lange leben die Königinnen nämlich.«

»Du spinnst, Grappa! Wo bewahren die Sperma für zwanzig Jahre auf?«

»Im Ameisenkühlschrank. Und da die Männchen natürlich völlig nutzlos für den Ameisenstaat geworden sind, werden sie gnadenlos gemobbt und aus dem Hügel vertrieben.«

»Ach, deshalb heißt Madig *Mobby* mit Vornamen!«, rief Wayne aus. »Weil er das Mobben der Männerameisen erfunden hat.«

Na, endlich blödelt er mit, dachte ich, lange genug hat es ja gedauert.

»Die Männchen sterben an gebrochenem Herzen und exzessiver Spermaabgabe, die Königinnen streifen ihre Flügel an vorhandenen Sollbruchstellen ab und kehren in ihr Nest zurück. Und alles geht im nächsten Jahr von vorne los. Hält die Natur nicht wunderbare Erlebnisse für uns bereit?«

»Ja, Grappa«, muffelte er. »Und während das Ameisenmännchen den Löffel abgibt, geht uns diese Geschichte hier durch die Lappen. Was glaubst du, was mir Jansen erzählt, wenn ich ohne Fotos nach Hause komme?«

Bevor ich mir eine passende Antwort überlegen konnte, rührte sich was im Wald. Kleist und seine drei Begleiter bogen um die Kurve des Waldweges. Sie hatten keinen fünften Mann bei sich.

»Und?«, fragte ich. »Was ist passiert?«

»Brinkhoff war in dem Haus«, antwortete Kleist. »Wir haben sein Handy dort gefunden. Ich nehme an, dass er es versteckt hat, denn es lag hinter einer Tür. Von ihm selbst leider keine Spur.«

Das Funkgerät, das sich in der Hand eines Prenzlauer Polizisten befand, meldete sich. Ich konnte nicht verstehen, um was es ging.

Kleist informierte sich und unterrichtete uns: »Der rote Opel ist aufgetaucht. Er steht am Ufer des Sees. Verlassen.«

Wie besoffen kann man sein?

Die Prenzlauer Polizisten hatten den roten Opel auf einen Abschlepper laden lassen und waren damit abgezogen. Kriminaltechniker würden ihn auf Spuren untersuchen.

Kleist, Pöppelbaum und ich waren an den See bei der Datscha zurückgefahren und saßen in einem einfachen Café am Ufer. Der See war wunderbar blau und sein Wasser kräuselte sich leicht. Idylle. Entspannung. Freier Gedankenfluss.

Wir redeten kaum. Die Sorge um Brinkhoff beschäftigte uns. Wo konnte er sein? Uns fiel keine Möglichkeit mehr ein, sinnvoll nach ihm zu suchen. Der Frust drückte auf die Stimmung. Ab und zu startete ein Boot vom Ufer und fuhr auf den See hinaus.

Ein Segelboot fiel auf. Es wechselte ständig die Richtung. Anscheinend übte der Skipper das Kreuzen. Das Boot war weiß und hatte gelbe Segel. Ich entzifferte den Namen des Bootes. *Cora.*

Natürlich ein Zufall. Lady Cora war nur einmal an diesem Ort gewesen – damals zusammen mit drei weiteren Callgirls, um Mobby Madig und Erwin Debill die Sommerfrische zu versüßen. Mühsame Handarbeit – so hatte sie sich ausgedrückt. Weil die Herren nicht mehr ganz auf dem potenten Posten waren.

Ein Boot. Cora. *Drum herum war nichts, keine Stadt, wo man wenigstens mal hätte shoppen gehen können.* Alles, was Anna Wachowiak mir über die Woche am See erzählt hatte, ging mir durch den Kopf. Ich schloss die Augen.

»Ist dir nicht gut, Maria?«, hörte ich Kleist aus weiter Ferne fragen.

Manchmal tut man Dinge, ohne dass man vorher weiß, was man damit erreichen möchte. Ich kramte mein Handy heraus und rief das Telefonbuch auf. *Cora.* Ich stellte die Verbindung her.

»Hier Grappa. Können Sie sprechen, Anna?«

»Ja, ich bin allein.«

»Erinnern Sie sich doch bitte mal an die Woche in der Datscha in Ostdeutschland«, sagte ich. »Sind Sie die ganze Zeit mit Madig und Debill im Haus geblieben?«

»Ja, fast. Oder im Garten natürlich.«

»Sie haben keine Ausflüge gemacht?«

»Nein. Die wollten nicht mit uns gesehen werden. Ist doch klar.«

»Aber der See ist doch wunderschön«, sagte ich. »Ich sitze gerade an seinem Ufer. Da gibt es ein Café, einen Bootsverleih und einen kleinen Hafen.«

»Oh. Doch. Die Stelle kenne ich. Wir waren auf einem Boot.«

»Gehörte es Madig?«

»Weiß ich nicht. Kann aber sein.« Sie überlegte. »Er kannte das Schiff und wusste, wie man damit umgeht. Aber wir waren nur einmal draußen. Zwei von den Mädchen wurden seekrank.«

»War es ein Segelboot? Oder ein Schiff mit Motor?«

»Es hatte einen Motor und eine Kajüte.«

»Können Sie sich an den Namen erinnern? Die Farbe? An irgendwas?«

»Weiß. Mit Rot. Es hatte einen komischen Namen. *Besoffen* – oder so.«

»Besoffen?« Ich verstand nur Bahnhof.

»Es hieß nicht *Besoffen,* aber der Name des Schiffes bedeutete genau das«, erzählte Anna. »Ich kannte das Wort nicht und Mobby meinte, dass es ein anderer Ausdruck für *Besoffen* sei. An mehr kann ich mich nicht erinnern.«

»Welche Synonyme für besoffen gibt es?«, fragte ich die beiden Männer, als ich das Telefonat beendet hatte. Beide machten keine besonders intelligenten Gesichter. Ich erklärte ihnen den Zusammenhang.

Berauscht. Betrunken. Angeheitert. Blau. Volltrunken – mehr fiel uns nicht ein.

»Das Boot liegt hier am See«, sagte ich. »Es muss größer sein als diese kleinen Jollen dort. Weil es nämlich eine Kajüte hat. Und in einer Kajüte kann man einen Menschen gefangen halten. Zumindest so lange, bis man ihn entsorgt. Möglicherweise irgendwann nachts auf dem See. Einfach ins Wasser mit ihm. Und fertig. Ein Mord ohne Motiv.«

»Du meinst, Brinkhoff taucht als Wasserleiche wieder auf?« Pöppelbaum war bleich geworden.

»Vielleicht kommen wir ja noch rechtzeitig.« Ich stand auf. »Kommt, Jungs! Wir trennen uns und gucken uns die Namen der Boote an, die hier am Ufer liegen. Wenn es bei einem von uns klingelt, verständigen wir uns per Handy.«

»Anscheinend hast du jetzt das Kommando, Maria«, meinte Kleist. »Aber deine Idee ist nicht schlecht. Jedenfalls besser, als gar nichts zu tun. Wir machen es so: Pöppelbaum geht nach rechts, Maria nach links. Ich nehme das Auto, fahre noch einen Kilometer weiter nach links und gehe dann nach rechts. Wenn einer von uns etwas findet: Keine Alleingänge! Verstanden?«

Die Suche geht weiter

Sea Queen. Katharina. Clara Zetkin. Seepferdchen. Muttis Liebling. Die Fantasie bei der Vergabe von Schiffsnamen kannte keine Grenzen. *Pantoffelheld, Madonna, Poseidons Paradise, Keen Tied, Neunundsechzig.*

Kleist und Pöppelbaum hatten sich am weitesten von einander entfernt, ich war etwa in der Mitte des Hafens geblieben und arbeitete mich langsam Richtung Kleist vor. Mein Handy lag locker in meiner Jackentasche.

Rosemarie. Elisabeth. Maria. Vanessa. Jaqueline. Besoffen hörte sich das nicht an.

Mein Handy meldete sich. »Hackenstramm!«, schrie Pöppelbaum mir ins Ohr. »Hackenstramm!«

»Wo bist du?«

»Zweihundert Meter rechts von dir. Sag Kleist Bescheid.«

»Hackenstramm!«, schrie ich Kleist ins Ohr. »Wayne hat das Boot entdeckt. Kannst du zu mir kommen? Ich warte auf dich.«

Es dauerte nur fünf Minuten, bis Kleist bei mir war. Arm in Arm – wie ein Paar auf Verdauungsmarsch – spazierten wir am Ufer entlang. Plötzlich sahen wir Wayne. Er stand zwischen den Kiefern und winkte uns zu.

»Eins der letzten Boote. Da hinten.«

»Na los. Entern«, schlug ich vor.

»Sollten wir nicht erst prüfen, wem es gehört?«, wandte Kleist ein. »Ich gebe den Kollegen in Prenzlau den Namen durch und die können dann bei der Wasserschutzpolizei nachfragen …«

»Ja, ja«, unterbrach ich ihn. »Und übermorgen haben wir die Antwort. Und dann ist Brinkhoff tot.«

»Vielleicht hat dieses Boot überhaupt nichts mit unserem Fall zu tun!«, versuchte es Kleist noch einmal.

»Ich geh da jetzt drauf«, kündigte ich an. »Und du kommst mit, Pöppelbaum. Und was du machst, Kleist, ist mir gerade ziemlich egal.«

Wild entschlossen ging ich auf das Boot zu. Es war über einen hölzernen Steg erreichbar. Nichts ließ darauf schließen, dass hier kürzlich ein Mensch seinen Fuß draufgesetzt hatte.

Ich sprang auf die Planken. Kleist und Pöppelbaum waren mir gefolgt und standen noch oben.

Ich drückte die Klinke zur Kajüte – die Tür war abgeschlossen. Ich musste sie aufkriegen – aber wie? Notfalls mit Gewalt.

Ich suchte nach einem schweren Gegenstand, mit dem ich das Schloss einschlagen konnte.

»Warte, Maria!« Kleist sprang neben mich, zog einen Schlüsselbund aus der Tasche und machte sich mit einem länglichen Metallstück an dem Schloss zu schaffen. »So wird der Schaden, den wir später ersetzen müssen, nicht ganz so groß.«

Er fummelte, zog und zupfte und schaffte es tatsächlich, die Tür zu öffnen. Verbrauchte Luft schlug uns entgegen. Zum Glück kein Leichengeruch.

»Bitte schön, die Dame!« Kleist hielt mir die Tür auf. »Treten Sie ein!«

»Ich?«

»Ja. Wolltest du nicht das Boot kapern?«

Vorsichtig nahm ich die beiden Stufen nach unten. Das Licht war schummrig. Ich sah einen Tisch, eine Kochplatte und Schränke. Auf dem Boden standen ein Bierkasten und einige leere Weinkisten.

»Nichts«, rief ich. Neben dem eingebauten Schrank befand sich eine Tür. Ich öffnete sie vorsichtig. Die Luft war noch bedeutend schlechter als die in der Kombüse und es war noch dunkler.

Ich tastete nach einem Schalter und fand ihn. Vier schmale Betten, jeweils zwei übereinander. In einem der unteren bildete das Bettzeug einen Haufen. Lag es an der Bewegung des Bootes, dass sich eines der Kissen bewegte? Ich ging näher. Der Gestank wurde unerträglich, aber es war nicht der Geruch von verwesendem Fleisch.

»Lass mich.« Kleist drückte mich zur Seite und zog das Bettzeug fort. Ein Mensch war darunter verborgen. Gefesselt und mit verklebtem Mund.

»Brinkhoff«, murmelte Kleist. »Wir haben ihn.«

Er drückte seinen Finger an die Halsschlagader des Gefangenen. »Er lebt. Aber es geht ihm nicht gut.«

Ein Rettungshubschrauber flog Brinkhoff ins Krankenhaus. Wir folgten mit dem Auto, setzten uns ins Wartezimmer und warteten. Ein Gespräch wollte sich nicht entwickeln. Lesen war unmöglich. Also Warten pur sozusagen. Nur Kleist ging ab und zu raus und telefonierte. Vermutlich wegen Elberberg. Meine Gedanken waren bei Brinkhoff.

Schließlich kam der Arzt und sagte etwas von Umständen, denen etwas entsprach. Dann durften wir alle drei zu Brinkhoff, aber nichts fragen. Der Arzt blieb dabei und passte auf. Brinkhoff hatte die Augen offen, erkannte uns und hob grüßend zwei Finger. Fast sah es aus wie das *Victory*-Zeichen.

Er flüsterte nur, aber wir konnten seine Worte verstehen. »Elberberg hat mich erwischt … und … nicht mehr der Jüngste …« – Der Arzt scheuchte uns hinaus.

Kleist berichtete von dem Ergebnis seiner Telefonate. »Ein internationaler Haftbefehl gegen Elberberg ist ausgestellt. Es ist nur eine Frage der Zeit, dass wir ihn kriegen.«

»Wem gehört eigentlich das Boot?«

»Elberberg. Ein Geschenk seines Vaters zum Abitur. Und wenn das Schiff nicht so einen geschmacklosen Namen hätte, wäre es uns nie aufgefallen«, sagte Kleist. »Das mit dem Boot hast du wunderbar gemacht, Maria! Du hast eine gute Spürnase und riskierst was. Von dir kann sogar ich noch etwas lernen.«

Ich freute mich über das Kompliment.

Pöppelbaum grinste. »Jedenfalls hab ich genug Fotos, um eine absolut spannende Geschichte zu bebildern. Falls du sie schreibst, Grappa.«

»Klar schreib ich die«, versprach ich. »Einiges werde ich weglassen, aber die Rettung von Anton Brinkhoff und die Aufklärung des Hochzeitsmordes wird die Bierstädter Leser bestimmt nicht langweilen. Und Mobby Madig bekommt auch noch eine Packung. Er hat die beiden zwar nicht umgebracht, aber ihrem Mörder geholfen.«

Kleist führte den Gedanken fort. »Ja. Falsche Geständnisse verwirren, weil sie nicht erwartet werden. Wozu macht der das? Jedenfalls nahm es die Luft aus den Ermittlungen.«

Pöppelbaum hatte eine Eingebung. »Es kann nur so sein, dass Madig seltsamerweise doch fest auf die Justiz vertraut. Er war sich wohl sicher, dass er für den Mord an dem Paar nicht verurteilt werden konnte, weil er es einfach nicht getan hat. Sein Geständnis ist eine Ablenkungsblase mit Rückversicherung. Wahrscheinlich hat er für den Hochzeitsmord ein knallhartes Alibi.«

Das leuchtete mir ein. »Das wäre typisch für seinen tollen Anwalt, diesen Rüttelstein-Siegert.«

Weil uns der Arzt versichert hatte, dass Brinkhoff bald folgen konnte, machten Wayne und ich uns noch am Abend auf den Heimweg nach Bierstadt. Kleist hatte noch in Templin zu tun. Ein Flug war nicht mehr zu bekommen. Wir gaben den Mietwagen am Bahnhof zurück und nahmen den Intercity. Der brauchte etwas mehr als vier Stunden von Berlin nach Bierstadt. Pöppelbaum und ich waren kurz nach Mitternacht zu Hause.

Zurück zu Hause

Ich schlief lange und traumlos. Zum Glück war Samstag und ich konnte meinen Artikel in Ruhe vorbereiten. Natürlich waren die Meldungen über Brinkhoffs Befreiung und die Flucht des Hochzeitsmörders noch in der Nacht über die Agenturen gegangen, sodass die Radio- und Fernsehnachrichten bereits Samstag früh darüber berichteten. Doch außer den nackten Fakten hatten sie keinerlei tiefere Einsichten.

Ich ordnete meine Erlebnisse und telefonierte mit Kleist, um zu erfahren, ob Brinkhoffs Genesung Fortschritte machte.

»Er hat es erstaunlich gut überstanden«, berichtete Kleist. »Natürlich war er sehr ausgetrocknet durch die mangelnde Flüssigkeitszufuhr. Ich soll dich ganz lieb grüßen. Er wird nie vergessen, dass er sein Leben deiner Hartnäckigkeit verdankt.«

»Nicht der Rede wert. Dafür hab ich ihn auch oft geärgert in den letzten Jahren.«

»Ja, davon hat er auch gesprochen«, lachte Kleist.

»Wann kommst du zurück?«

»Sobald hier alles geregelt ist. Es gibt übrigens Neuigkeiten.«

»Ach ja? Soll ich deine Pressestelle anrufen?«

»Nein. Diesmal erfährst du es aus erster Hand«, antwortete er. »Der flüchtige Dealer der Jessica Brühl ist festgenommen worden. In Istanbul. Versuchter Drogenschmuggel.«

»Und? Bleibt er dabei, dass er Brühls Mörder ist?«

»Genau das ist der Punkt«, sagte Kleist. »Er hat sein Geständnis widerrufen.«

»Sag jetzt nichts, denn ich weiß es schon«, unterbrach ich ihn. »Madig hat ihm Geld gegeben, damit er den Mord auf sich nimmt.«

»Bingo. Die Ermittlungen gegen Madig werden also wieder aufgenommen. Er wird erneut einkassiert.«

Am Abend öffnete ich eine Flasche Wein von der Saale. Ich hatte sie am Berliner Bahnhof gekauft. Sie war so durchgeschüttelt, dass sie fast moussierte. Dann stellte ich den Fernseher an. Gleich fühlte ich mich ganz zu Hause, denn ein Film über eine Ordensverleihung wurde anmoderiert. Der Geehrte war niemand anders als Mobby Madig. Und er bekam ihn für seine *progressive SPD-Personalpolitik besonders im Hinblick auf die elegante Entsorgung des Bierstädter Oberbürgermeisters Jakob Nagel.*

Verliehen wurde der Preis von einem Laien-Kabarettisten-Club, der mit seinen zweifelhaften humoristischen Auftritten auf kleinen Bühnen tingelte. Der Orden hatte den Namen *Pannekopp*, der Ruhri-Bezeichnung für Doofmann.

Es war nicht das erste Mal, dass dieser Orden verliehen wurde. Aber die Preisträger hatten bisher sämtlich darauf verzichtet, ihn tatsächlich entgegenzunehmen. Nicht so Mobby Madig. Entsprechend deutlich war das Aufkommen an Presse. Das lokale Fernsehen übertrug das Ganze live. Madig trat nach der Laudatio und der Übergabe des Preises in die Bütt, um seine Dankesrede zu halten.

Dazu kam es jedoch nicht. Zwei uniformierte Polizisten erschienen auf der Bühne, legten Madig Handschellen an und führten ihn hinaus. Den kleinen *Pannekopp* trug einer der Beamten für ihn. Der Kommentator verstand die Situation nicht. Er hielt die Vorgänge für eine der Kabarettnummern und erging sich in Spekulationen darüber, welche Art von Gag so ein Auftritt wohl darstellen sollte. Ich hörte mich sagen: »Tschüss, Doofmann«, und prostete ihm hinterher.

Worte mit Echo

Am Sonntag fuhr ich früh zur Redaktion. Peter Jansen hatte sich für den Mittag angekündigt. Ich schlenderte durch die leeren Räume. Unter den Faxen fand sich nichts Besonderes. In meinem dienstlichen Mailaccount stapelten sich die Nachrichten. Ich löschte alles, was unwesentlich war. Ich war fast fertig, als eine weitere Mail einging. Ich erstarrte. Der Absender war *weddingplanner.* Aldwin von Elberberg meldete sich – von wo aus auch immer.

Die Mail war kurz:

Das Verbrechen wird verherrlicht, weil es eine der schönen Künste ist, weil es nur das Werk von Ausnahmenaturen sein kann, weil es die Monstrosität der Starken und Mächtigen enthüllt, weil auch noch die Ruchlosigkeit ein Privileg ist.

Wieder eine Verharmlosung einer der schlimmsten Handlungen, die ein Mensch begehen kann, dachte ich. Der Kerl war unbelehrbar.

Ich gab den Anfang der Mail in eine Suchmaschine ein und erfuhr, dass der Satz von Michel Foucault stammte.

Ich schob den Gedanken an den flüchtigen Mörder beiseite, um mich auf meinen Artikel konzentrieren zu können. Eine Stunde lang schrieb ich, ohne mir eine Ablenkung zu gönnen.

Als Jansen gegen Mittag in die Redaktion kam, brachte er zwei Pizzen und zwei Schachteln mit frischem Salat mit.

Wenig später erschien auch Pöppelbaum. Er hatte die Fotos von unserem Ausflug zu den Templiner Seen zu Hause bereits gesichtet und die besten Bilder herausgesucht.

Madigs Haus, das Boot, die Kajüte. Brinkhoff, wie er auf der Bahre lag. Und ein Foto vom abfliegenden Rettungshubschrauber. Kleist im Gespräch mit den Prenzlauer Kollegen. Kleist und ich auf dem Boot. Der Schriftzug *Hackenstramm.* Und natürlich Aufnahmen von der wunderbaren Landschaft der Uckermark.

»Ich habe alle Fotos auch an Sven vom *Kurier* geschickt«, teilte Wayne mit. »Ich soll dich herzlich grüßen. Sie wollen deinen Artikel genau so abdrucken, wie du ihn schreibst. Er meldet sich noch per Mail oder ruft an.«

»Klappt ja alles prima«, freute ich mich. »Meinen Artikel könnt ihr im Redaktionsordner lesen. Ich koche derweil ein paar Liter Kaffee.«

Ich hatte die Geschichte in mehrere Teile aufgeteilt: Eine Auflistung der Verbrechen, die bisherigen Ermittlungsergebnisse inklusive der Festnahme des Dealers in Istanbul und die aufregende Befreiung des Anton Brinkhoff.

Der Kaffee wirkte nicht. Ich war auf eine seltsame Art erschöpft, doch meine Sinne waren trotzdem geschärft. Das Licht erschien mir heller als sonst, die Geräusche lauter. Die Sätze, die Jansen und Pöppelbaum von sich gaben, während sie lasen, prallten an meiner Hirnschale ab.

»Grappa, was ist los?«, fragte Jansen plötzlich. »Du bist ja weiß wie die Wand und deine Lippen sind blau.« Seine Worte hatten ein Echo.

»Ich fühle mich auch merkwürdig«, stotterte ich. »Wie in Trance. Ich glaube, ich kriege eine Grippe oder so was.«

Jetzt rumorte es in meinem Magen. Mir wurde speiübel. Ich schaffte es noch gerade zum Klo. Dort kotzte ich mir die Seele aus dem Leib. Als der Anfall vorbei war, zitterte ich am ganzen Körper.

»Ich bringe dich nach Hause«, kündigte Jansen an. »Pöppelbaum, du fährst mit Grappas Schlitten hinter mir her.«

»Wir müssen doch das Layout für die Seite noch besprechen«, wandte ich ein.

»Das kann ich auch allein machen. Soll ich einen Arzt rufen?«

»Bloß nicht. Ich will nur schlafen, schlafen und nochmals schlafen.«

Eine halbe Stunde später lag ich im Bett. Die Sonne strahlte. Ich zog die Gardinen vor und kuschelte mich ein. Alle Verbrecher dieser Welt konnten mich mal.

Bitte keine Blumen

Achtzehn Stunden hatte ich noch nie an einem Stück geschlafen. Ich erwachte, weil mein Handy nicht aufhören wollte zu klingeln. Es war zehn Uhr.

»Ja?«

»Hier Milva«, dröhnte es aus dem Telefon. »Deine Story ist der Hammer. Ja, wirklich!« Sie kicherte ihr kratziges Lachen. Aber dieses Mal störte es mich nicht, sondern ich war amüsiert.

»Hackenstramm!« Sie grölte. »Auf so einen Namen muss man erst mal kommen. Und weißt du was? Mein Verlag hat den Gies in seine schäbigen Einzelteile zerhauen. Wir wollen hunderttausend Euro von dem Sack. Der backt jetzt ganz kleine Brötchen. Er beschuldigt Madig, ihn zu der Bilderfälschung angestiftet zu haben. Und Madig behauptet, von

Gies angestachelt worden zu sein. Pack schlägt sich, Pack verträgt sich – und schlägt sich dann doch wieder. Und der Dealer von der Brühl hat sein Geständnis zurückgezogen. Jetzt hängt Madig wieder in der Uhr. Sag mal, hörst du mir eigentlich zu? Hallo!«

Hörte ich ihr zu? Ich wusste es nicht. »Milva, entschuldige. Ich bin krank. Können wir später reden?«

Ohne ihre Antwort abzuwarten, legte ich den Hörer auf. In der Küche warf ich die Kaffeemaschine an und drückte auf *Latte macchiato.* Das Geräusch der aufschäumenden Milch und das Mahlen der Bohnen vermittelte mir ein Gefühl der Geborgenheit.

Wieder klingelte mein Mobiltelefon. Lustlos nahm ich den Anruf an. Es war Kleist. »Wir sind auf dem Weg nach Hause.«

Seine Stimme löste ein gutes Gefühl in mir aus.

»Brinkhoff sitzt neben mir. Er wollte nicht länger in Templin bleiben. Wie geht es dir?«

»Ich weiß nicht. Aber ich glaube, ich habe heute frei.« Ich war noch nicht wieder ganz bei Besinnung. »Geht es Brinkhoff wirklich gut?«

Kleist beruhigte mich. »Keine bleibenden Schäden.«

Das genügte mir nicht. »Ich möchte mich selbst davon überzeugen.«

»Soll ich ihn dir vorzeigen?« Ich konnte hören, dass er sich amüsierte.

Das war mir aber egal. »Ja. Gut. Das wäre genau richtig.«

»Warte mal, ich frage ihn.« Im Hintergrund hörte ich Gemurmel. Dann wieder Kleists Stimme. »Wir kommen gern, aber du musst uns füttern.«

»Das ist in Ordnung. Keine Probleme.«

»Sollen wir etwas mitbringen?«

»Nein. Kommt einfach her. Und bitte: keine Blumen. Blumen sind schön. Aber nur, wenn sie in der Erde stecken.«

Frühheimkehrer

Brinkhoff sah noch etwas bleich aus, doch er konnte allein gehen. Er setzte sich in meinen bequemsten Stuhl.

»Erzählen Sie«, bat ich. »Ein Glas Wein dazu?«

»Haben Sie auch Bier?«

Ich hatte. Er goss das Blonde ins Glas und trank. Dann erzählte er: »Ich habe sehr lange über Elberberg nachgedacht. Ich wusste ja von den kleinen Sünden, die er im Osten begangen hatte. Es war klar, dass ein so geltungssüchtiger Typ nicht erst in unserem Bierstadt wirklich aktiv wird. Solche Charaktere haben immer ein Dilemma. Er will den Ruhm des Ausnahmemenschen, der tötet. Aber er will auch nicht erwischt werden.«

»Woher wussten Sie, dass er aus Bierstadt abgehauen ist?«, fragte ich.

»Ganz alte Polizeischule: Observation. Als Elberberg den Flug nach Berlin buchte, war mir klar, dass er sich absetzen wollte. Ich bin hinterher. War sogar im selben Flugzeug.«

»Hat er denn keinen Verdacht geschöpft?«

Brinkhoff stöhnte und änderte seine Haltung im Sessel. »Muss er wohl. Beinahe hätte ich ihn verloren, weil ich einen Wagen mieten musste, ohne ihn aus den Augen zu verlieren. Spätestens da bin ich ihm wohl aufgefallen. Und die rote Farbe des Opels half auch nicht gerade, mich unauffällig zu machen. Ich verfolgte ihn nach Templin. Dort begab er sich in ein Haus. In der Ritterstraße.«

»Da hat er eine Wohnung«, warf Kleist ein. »Wir haben sie durchsucht, aber nichts Auffälliges gefunden. Nicht mal morbides Geschreibsel.«

»Apropos Geschreibsel. Ich hab wieder eine Mail von ihm

bekommen«, sagte ich. »Ein Zitat von Foucault. Moment.« Ich hatte den Zettel an die Pinnwand geheftet. *»Das Verbrechen wird verherrlicht, weil es eine der schönen Künste ist, weil es nur das Werk von Ausnahmenaturen sein kann, weil es die Monstrosität der Starken und Mächtigen enthüllt, weil auch noch die Ruchlosigkeit ein Privileg ist.«*

»Mord als Kunstform, die nur von Ausnahmenaturen wie Aldwin von Elberberg ausgeführt werden kann.« Kleist schüttelte den Kopf.

»Jedenfalls befindet er sich noch in zivilisierten Gefilden«, stellte ich fest. »Sonst hätte er die Mail nicht schicken können.«

»Zum See ist er nicht mehr zurückgekommen«, erzählte Kleist. »Die Kollegen haben vergeblich gewartet.«

Ich warf Pasta in kochendes Wasser. Die Sauce war in der Hauptsache ein Fertigprodukt aus dem Glas. Ich hatte sie mit Zwiebeln, Knoblauch und Kräutern aus dem Garten etwas aufgemotzt.

»Wie ging es denn weiter mit Ihnen, Herr Brinkhoff?«

»Ich hatte die ganze Nacht vor dem Haus verbracht – im Mietwagen. Ganz früh am Morgen fuhr Elberberg plötzlich weg. Ich folgte ihm. Die Strecke führte durch Wälder und an kleinen Seen vorbei. Dann hielt er vor einem Gebäude, das von einem Park umgeben war. Piekfein, das Ganze. Er ging durchs Tor und ich wartete erst mal. Hätte ja sein können, dass er mit jemandem verabredet war.«

»War das Madigs Hütte?«, fragte ich.

Kleist nickte. »Elberberg hatte wohl einen Schlüssel zu dessen Landhaus.«

Brinkhoff hustete heftig. Ganz wiederhergestellt war er wohl doch nicht. Oder lag es am kalten Pils?

»Nach einer halben Stunde schlich ich mich ans Haus heran und riskierte einen Blick durch die Fenster«, berichtete

Brinkhoff. »Plötzlich spürte ich den Lauf eines Gewehres in meinem Rücken. Ich hatte mich tatsächlich von dem Bürschchen austricksen lassen. Bin wohl doch etwas aus der Übung.«

»Was hat Elberberg gesagt?«

»Nicht viel. Er meinte, dass meine Anwesenheit seine Pläne durcheinanderbringen würde. Ich fragte natürlich, was er für Pläne habe. Aber er lächelte nur merkwürdig. Dann zwang er mich, zum See zu gehen und in das Boot zu steigen. Es war dunkel und wir waren allein. Er bot mir keine Gelegenheit, ihm das Gewehr abzunehmen oder zu flüchten.«

»Sie brauchen sich nicht zu entschuldigen«, meinte ich. »Mit einer Waffe im Kreuz sind die Fluchtmöglichkeiten ziemlich eingeschränkt.«

»Auf dem Boot versuchte ich, ihm das Gewehr aus der Hand zu schlagen. Klappte aber nicht. Er zog mir mit dem Kolben eins über.« Brinkhoff tastete nach dem Pflaster auf seinem Hinterkopf. »Und als ich wieder zur Besinnung kam, lag ich verschnürt wie ein Päckchen auf dem Bett in der Kajüte. Und Elberberg war weg.«

»Und er überließ Sie einfach Ihrem Schicksal.« Ich goss das Nudelwasser ab und schüttete die Teigwaren in eine große Schüssel.

»Tja, und dann wurde die Zeit ziemlich lang. Ich dämmerte schließlich nur noch vor mich hin. Und dann hörte ich plötzlich Ihre Stimme, Frau Grappa«, fuhr Brinkhoff fort. »Ich dachte schon, dass ich völlig durchgedreht sei. Halluzinationen kurz vor dem Exitus oder so. Aber dann merkte ich, dass wirklich jemand auf dem Boot war.«

Ein enges Netz und mal wieder ein Geständnis

Das Netz um Aldwin von Elberberg war engmaschig geknüpft. Es gab einen internationalen Haftbefehl. Die Sippe derer von Elberberg versuchte zwar mithilfe ihrer Anwälte die Vorwürfe kleinzureden, doch das würde nicht gelingen.

Der *Uckermark Kurier* hatte in einer Serie damit begonnen, die ungeklärten Mordfälle der letzten Jahre zu beleuchten – in enger Zusammenarbeit mit der Polizei in Prenzlau und Berlin. Ob Elberberg für diese Taten verantwortlich war, würden die Ermittlungen zeigen.

In Bierstadt war der Mord an Jessica Brühl noch immer nicht zweifelsfrei aufgeklärt. Kleist flog eine Woche nach unserem Templiner Abenteuer nach Istanbul, um den Drogendealer zu vernehmen. Der wiederholte seine Aussage, dass er von Mobby Madig Geld erhalten habe, um den Mord zu gestehen und anschließend zu flüchten. Fast hätte es auch geklappt, doch wurde er am Flughafen mit Drogen erwischt.

Nach seiner Rückkehr lud Friedemann Kleist zur Pressekonferenz.

Pöppelbaum saß wieder zwischen Milva Grandi und mir. Sie war aufgebrezelt wie ein Gute-Laune-Hühnchen aus der *Viva*-Legebatterie: lila Stiefel, kurze weiße Shorts und ein zitronengelbes Top. Eine unmögliche Kombination, aber zu ihr passte sie.

Kleist und der Oberstaatsanwalt erschienen. Nach der üblichen Begrüßungs- und Vorstellungsarie dann die Fakten: »Der Beschuldigte P., der Jessica Brühl seit Jahren mit Drogen versorgte, hat in Istanbul eine Aussage zu Protokoll gegeben. Wie Sie wissen, hat uns das veranlasst, den Haftbefehl gegen Herrn Madig wieder in Kraft zu setzen«, erklärte der Oberstaatsanwalt. »Bitte, Herr Dr. Kleist.«

»Ja. Ich komme gerade aus Istanbul zurück und verlese nun die wichtigsten Passagen der Aussage des Herrn P.« Kleist setzte eine Brille auf. Ich hatte sie noch nie bei ihm gesehen.

»Ich besuchte Jessica Brühl in deren Wohnung. Sie hatte mir für den Tag die Zahlung von zehntausend Euro angekündigt. Dieses Geld schuldete sie mir für eine Kokainlieferung. In der Wohnung traf ich Herrn Madig an. Er war mir aus der Presse bekannt und ich wusste, dass er Kunde bei Frau Brühl war. Ich forderte das Geld, doch Frau Brühl konnte nicht zahlen. Sie entschuldigte sich damit, dass ihre Unterschlagungen entdeckt worden seien und man sie vom Dienst suspendiert hätte. Ich wurde wütend und drohte ihr, ein paar Freunde vorbeizuschicken. Daraufhin forderte Frau Brühl Herrn Madig auf, das Geld zu besorgen. Der lehnte das ab. Frau Brühl kündigte an, die Presse über ihn zu informieren. Sie habe nichts mehr zu verlieren und die Medien warteten nur auf eine solche Geschichte. Madig schlug Frau Brühl ins Gesicht und sie ging auf ihn los. Es gab ein Handgemenge. Ich verließ die Wohnung. Der Streit der beiden ging mich nichts an und mir war klar, dass ich mein Geld nicht bekommen würde. Später suchte Herr Madig mich auf. Er erzählte mir, dass er Frau Brühl erwürgt habe, und machte mir das Angebot, die zehntausend Euro zu bezahlen, wenn ich diese Tat auf meine Kappe nehmen und verschwinden würde. Das Geld habe ich in bar erhalten.«

Ein Raunen ging durch den Raum.

Kleist fuhr fort: »Wir gehen also davon aus, dass Herr Madig Frau Brühl im Streit getötet hat. Ich bin sicher, dass Herr Madig demnächst wieder mal ein Geständnis ablegen wird.«

»Dann kommt der Hundesohn ja mit Totschlag davon«, flüsterte Milva Grandi.

»Besser als gar nichts«, gab ich zurück.

Am Abend desselben Tages gestand Mobby Madig die Tat.

Aldwin von Elberberg ist bis heute flüchtig.

Epilog

Bierstadt hat gewählt.

Die mündigen Bürgerinnen und Bürger haben die Nase voll von Sozi-Filz und CDU-Gesülze. Sie haben die sogenannten Volksparteien erdrutschartig abgestraft und sich massenhaft den anderen Parteien zugewandt. Linke und Grüne zusammen haben die Mehrheit im Rat errungen. Die erste knallrot-grüne Koalition in der Bundesrepublik. Und ein Totgesagter ist zurückgekommen, wie das Sprichwort prophezeit: Jakob Nagel ist aus der SPD ausgetreten, hat als Parteiloser für das Oberbürgermeisteramt kandidiert und gegen seine Konkurrenten gewonnen. Nun kann er also doch noch den Hahn aufdrehen, um das erste Wasser in seinen Phönix-See hineinfließen zu lassen. Er kommt mit den neuen Machtverhältnissen im Rat gut klar. Kein Wunder, hat er doch immer seine eigene Politik gemacht und die anderen in die Tasche gesteckt. Sein Stellvertreter ist Moritz Ritter-Mensch.

Mobby Madig hat über viele Wochen versucht, sich einen Psychoschaden attestieren zu lassen, um nicht vor Gericht zu müssen. Vergeblich. Madig ist jetzt zuständig für die Gefängnisbibliothek. Mit allen Mitteln wollte er verhindern, dass dieses Buch angeschafft wird. Als der Verlag davon erfuhr, schickte er eine Spende von zwanzig Exemplaren an die Gefängnisverwaltung. Man hört, dass die allgemeine Stimmung im Knast seither fröhlicher geworden ist.

Rudi Gies ist mit einer Geldstrafe davongekommen. Milva Grandi hat ihn aber privatrechtlich am Wickel. Und das wünsche ich nicht dem schlimmsten meiner Feinde.

Grappa-Krimis von Gabriella Wollenhaupt

Grappas Versuchung
Der erste Krimi mit Maria Grappa
ISBN 978-3-89425-034-8
Reporterin umkreist charmanten Bösewicht.

Grappas Treibjagd
Der zweite Krimi mit Maria Grappa
ISBN 978-3-89425-038-6
Wer ist der geheimnisvolle »Onkel Herbert«?

Grappa macht Theater
Der dritte Krimi mit Maria Grappa
ISBN 978-3-89425-042-3
Geheimbund kontrolliert Kulturleben in Bierstadt.

Grappa dreht durch
Der vierte Krimi mit Maria Grappa
ISBN 978-3-89425-046-1
Nackte Tatsachen in einem Bierstädter Filmstudio

Killt Grappa!
Der siebte Krimi mit Maria Grappa
ISBN 978-3-89425-066-9
Schönheitschirurgie und Satanismus

Grappa und die fantastischen Fünf
Der achte Krimi mit Maria Grappa
ISBN 978-3-89425-076-8
Toter Teppichhändler und Erpresserbande

Grappa-Baby
Der neunte Krimi mit Maria Grappa
ISBN 978-3-89425-207-6
Die menschliche Reproduktion zwischen Himmel und Hölle

Zu bunt für Grappa
Der zehnte Krimi mit Maria Grappa
ISBN 978-3-89425-224-3
Provence: Ein Toter im Melonenfeld
und ein unbekannter van Gogh

grafit

Noch mehr Grappa-Krimis

Grappa und das große Rennen
Der elfte Krimi mit Maria Grappa
ISBN 978-3-89425-232-8
Wer meuchelte die drei prominenten Sozis
im Bierstädter Wahlkampf?

Flieg, Grappa, flieg!
Der zwölfte Krimi mit Maria Grappa
ISBN 978-3-89425-256-4
Wilde Tiere, tote Callboys und aggressive Neonazis

Grappa und die acht Todsünden
Der dreizehnte Krimi mit Maria Grappa
ISBN 978-3-89425-267-0
Tödliches Festmahl für sieben Männer und Frauen

Grappa im Netz
Der vierzehnte Krimi mit Maria Grappa
ISBN 978-3-89425-278-6
Bierstadts OB ist verschollen und untreue Ehemänner
werden gekillt.

Grappa und der Tod aus Venedig
Der fünfzehnte Krimi mit Maria Grappa
ISBN 978-3-89425-290-8
Grausame Verbrechen und eine Hommage
an Thomas Manns Venedig

Rote Karte für Grappa
Der sechzehnte Krimi mit Maria Grappa
ISBN 978-3-89425-318-9
Wer killte den brasilianischen Stürmerstar Toninho?

Grappa und die Nackenbeißer
Der siebzehnte Krimi mit Maria Grappa
ISBN 978-3-89425-335-6
Tote Kitschromanautorin und magische Momente

Es muss nicht immer Grappa sein
Der achtzehnte Krimi mit Maria Grappa
ISBN 978-3-89425-355-4
Eine tote Rentnerin und 35 kg Kaviar –
wie passt das zusammen?

grafit

163 Jahre vor Maria Grappa

Gabriella Wollenhaupt

Leichentuch und Lumpengeld

Historischer Roman

Originalausgabe

ISBN 978-3-89425-607-4

1845, vor der deutschen Revolution. Im preußischen Morgenthal wird der Fabrikant Emil Hartenau ermordet. In seiner Tasche steckt ein demagogisches Gedicht. Ist der Mord politisch motiviert?

Der Sonderermittler Justus von Kleist wird aus Berlin in die Kleinstadt geschickt. Er trifft auf eine bunte Gesellschaft: Da gibt es Marlene Grünblatt und ihren Salon, Redakteur Immermann mit seinen tendenziell revolutionären Ansichten, die Witwe Lilly Hartenau und ihren verhassten Stiefsohn, den aufständischen Weber Harry Roth und, nicht zu vergessen, Rachel Grünblatt, die schöne und gelangweilte Tochter der Salonière.

Doch trotz tatkräftiger Unterstützung des Gendarms Kürten und modernster Ermittlungsmethoden kommen von Kleists Nachforschungen nur schleppend voran – und es geschieht ein zweiter Mord …

»Die Grappa-Erfinderin kann also auch anders, aber nicht minder gut.« Nordkurier

»Amüsant zu lesen, spannend, lehrreich ist die komplexe Mordgeschichte.« Westfälische Rundschau

»Ein ironischer Blick auf eine Gesellschaft zwischen Biedermeier, Revolution und Industrialisierung.« Ruhr Nachrichten

grafit